万葉樵話

教科書が教えない『万葉集』の世界

多田一臣＊著

筑摩書房

万葉樵話《まんようしょうわ》

教科書が教えない『万葉集』の世界

はじめに

新元号「令和」の典拠が『万葉集』であったこともあって、筑摩書房の教科書編集部から、「国語通信」（筑摩書房のホームページ上での配信）に、『万葉集』についての連載を依頼された。そこで、一回目には、新元号「令和」について執筆し、その後は関心の赴くまま自由に書かせてもらった。全体のタイトルは「万葉樵話《まんようしょうわ》」とし、副題を「万葉こぼれ話」とした。「樵話」とは熟さぬ言葉だが、鬱蒼とした万葉の森に分け入って、その木を伐《き》り出す意を含ませたつもりである。その「万葉樵話」を、そのまま本書の書名とした。

連載は十回に及んだが、その後、それを増補するなどして、一冊の本にまとめることができた。もともと、「国語通信」の読者は、中学校、高等学校の先生方を想定している。そこで、連載中はそれを意識して執筆した。今回、本書をまとめるにあたっては、より広い読者の方々にご覧いただけるよう、筆を改めたところも少なくない。

ここで取り上げた内容は、あくまでも『万葉集』の「こぼれ話」であり、その世界を系統立てて論じているわけではない。『万葉集』の世界の多様さ、おもしろさをご紹介したいとの思いから、あれこれの話題を、言葉は悪いが気儘に書き継いでいった。それゆえ、どこからお読みいただいても差し支えのない体裁になっている。教科書などには、絶対に取り上げられないような話題も含まれている。そこで、副題も本書では「教科書が教えない『万葉集』の世界」と改めた。『万葉集』の表からは見えない世界、裏側の世界の案内でもある。本書をお読み下さる皆さまに、『万葉集』の世界の豊かさがうまく伝わることを、心から願っている。

本書の最後で、三つの怨霊譚を取り上げた。『万葉集』の世界の裏側で、こうした出来事があったということを知っていただきたいとの思いからである。

『万葉集』の照らし出す世界は、『古今和歌集』以降のそれとは、ずいぶんと異なっている。同じ宮廷歌集でありながら、『万葉集』には実に雑多な内容が盛り込まれており、時として猥雑な世界が展開されていたりもする。だが、そうしたところにこそ『万葉集』のもつ独自な価値と魅力とが現れているように思われる。

なお、本書に引用の『万葉集』の歌は、すべて訓《よ》み下しにしてある。現代語訳も含めて、原則として私の『万葉集全解（全七巻）』（筑摩書房）に拠ったが、文字表記を変更したところもある。本書の中でも触れたことだが、『万葉集』には敬語が意識的に用いられている歌がある。それを明示するため、現代語訳では、敬語使用の歌以外は、丁寧語をあえて使用しなかった。そのため、きわめてぶっきらぼうな日本語になっているが、そこはどうかご容赦いただきたい。

『万葉集』は、『古事記』とともに上代文学を代表する古典である。それを読む楽しさをいささかなりとも感じ取っていただければ幸いである。

万葉樵話　目次

万葉樵話……一

新元号「令和」と『万葉集』

◉「梅花の歌三十二首」と「令和」

新元号の「令和」はすでに定着し、それについて触れるのも、やや時期を失した感もある。しかし、この元号の制定が『万葉集』に対する関心を呼び起こしたことは確かだから、ここでも「令和」を話題にするところから始めてみたい。あわせて、新たな元号を制定すること、つまり改元のもたらす意味についても述べてみたい。

「令和」の元号が、『万葉集』の「梅花《ばいくわ》の歌三十二首」（巻五・八一五〜八四六＊　＊は歌番号、国歌大観番号ともいう。歌の特定のため、一首ごとに付された番号のこと）の序を典拠としていることは、いまさら述べるまでもない。原文は漢文だが、その序と現代語訳とを訓《よ》み下しで示しておく。

天平二年正月十三日、帥老《そちらう》の宅《いへ》に萃《あつま》りて、宴会《えんくわい》を申《の》ぶ。時に、初春令月《しよしゆんれいげつ》、気淑《よ》く風和《やはら》ぐ。梅は鏡前《きやうぜん》の粉《こ》を披《ひら》き、蘭《らん》は珮後《はいご》の香《かう》を薫《かを》らす。しかのみにあらず、曙《あけぼの》の嶺《みね》に雲を移し、松は羅《うすもの》を掛けて蓋《きぬがさ》を傾け、夕《ゆふへ》の岫《くき》に霧結び、鳥は縠《こめのきぬ》に封《とざ》されて林に迷《まと》ふ。庭に新蝶《しんてふ》舞ひ、空に故雁《こがん》帰る。ここに天を蓋《きぬがさ》にし、地を坐《しきゐ》にし、膝を促《ちかづ》け觴《さかづき》を飛ばす。言《こと》を一室の裏《うち》に忘れ、衿《ころものくび》を煙霞《えんか》の外に開く。淡然《たんぜん》として自《みづか》ら放《ほしきまま》にし、快然《くわいぜん》として自《みづか》ら足《た》る。もし翰苑《かんゑん》にあらずは、何をもちてか情《こころ》を攄《の》べむ。詩に落梅《らくばい》の篇を紀《しる》す。古今《ここん》それ何ぞ異《こと》ならむ。宜《よろ》しく園梅《ゑんばい》を賦《ふ》して、聊《いささか》に短詠《たんえい》を成すべし。

訳　天平二年（七三〇）正月十三日、帥老大伴旅人《おおとものたびと》の邸宅に集まって宴会を開いた。折しも初春の好《よ》き月、気は麗しく風はやわらかである。梅は鏡の前の白粉《おしろい》のごとくに花開き、蘭は帯の飾り玉の匂い袋のように薫っている。そればかりか、明け方の嶺には雲が動き、松は雲の薄絹を掛けたように蓋《きぬがさ》（貴人の背後から差し掛ける絹張りの大傘。松の形容）を傾け、夕べの山洞には霧が立ちこめ、鳥は縮《ちぢみ》の絹（ちりめん。霧を喩《きぬがさ》える）に閉ざされたように林に迷い鳴いている。庭には今春生まれた蝶が舞い、空には昨秋来た雁が帰って行く。ここに天を蓋《きぬがさ》とし、地を敷物として、互いに膝を近づけて酒杯を交わしあう。一堂に会する者は言葉を忘れるほどにうち解けあい、雲霞の彼方に向かって心を解き開く。淡々と心の赴くままに振る舞い、快い状態でそれぞれが満ち足りている。文筆でなければ、何によってこの思いを述べよう。漢詩には多く落梅の篇がある。昔と今とどうして異なろう。よろしく庭の梅を詠んで、いささかに短歌を作ろうではないか。

この序の作者は、異論もあるが、大宰帥《だざいのそち》（大宰府の長官）大伴旅人《おおとものたびと》（六六五～七三一）であったと見られる。天平二年（七三〇）正月、帥邸の庭園に梅が花開いた。そこで、旅人は、大宰府の官人や、管下の諸国（九州全土と壱岐《いき》・対馬《つしま》）の国司たち三十余人を集めて盛大な宴《うたげ》を催し、出席者それぞれに歌を詠《よ》ませた。それが「梅花の歌三十二首」である。

そこで、元号「令和」だが、右の序文の「初春令月《しょしゅんれいげつ》、気淑《よ》く風和《やはら》ぐ」から文字が選ばれた。めでたい初春の、のどかでゆったりとした情景の描写であり、典拠としてはまことにふさわしい。これまでの元号は、基本的に中国の古典を出典としていたから、和書である『万葉集』から選ばれたことは、なるほど新たな歴史を刻む一つの事件といえる。

もっとも、その直後からさまざまな指摘がなされているように、この序そのものは、中国の書家王羲之《おうぎし》（三〇七?～三六五?）の「蘭亭序《らんていのじょ》」に倣《なら》ったものであり、典拠となった箇所もその一節が、さらには張衡《ちょうこう》（張平子、七八～一三九）「帰田賦《きでんのふ》」（『文選《もんぜん》』所収）の一節が踏まえられている。とはいえ、日本上代の漢文作品は、多かれ少なかれ中国文学の圧倒的な影響下にあったから、どこを選んでも中国文学に行き着くのはやむを得ないことともいえる。それ以上に、元号を立てることそれ自体が中国の制度の継受だから、それを無視して元号の問題を議論することもまたできないに違いない。

◉元号制定の意味

そこで、元号を制定することの意味について考えてみたい。

もともと、元号を制定することは、国家の正史を編纂することとともに、中国皇帝の権能に属する行為とされていた。中国の支配下にある周囲の国々は、中国の元号を使用することが求められた。いわゆる大化の改新（乙《いっ》巳《し》の変、六四五）の後、日本が「大化」（六四五〜六五〇）の年号を独自に制定し、『日本書紀』という国家の正史を編纂したことは、日本もまた中国に匹敵しうる国家（帝国）であることを、対外的に示そうとする意図があったからに違いない。天皇の称号の使用もまた、中国皇帝に並ぼうとする意識が背後にあったことが想像される。

朝鮮半島に対するのとは異なり、中国皇帝がこれにあえて干渉しなかったのは、日本が海を隔てた島国であったためだろう。朝鮮半島では、独自な元号の使用は、中国皇帝からたびたび差し止められたし、朝鮮王は中国からの冊封《さくほう》（中国皇帝の冊《さく》〈勅書〉によって王に封《ほう》じられること）を受けるべきものとされたから、時代は下るが、王の敬称も皇帝の「陛下」ではなく、「殿下」を用いるべきものとされた。こうした事情を踏まえるなら、日本が制定した元号は、中国の制度の踏襲ではあっても、日本独自のものと見られなくもない。

元号にかかわって、さらに注意すべきことがある。それは元号を支える意識の問題である。「令和」の改元に際しても、「新しい時代」になったという感想がしばしば見られた。『万葉集』では、「新しい時代」を「新代《あらたよ》」と呼ぶ。持統天皇の時代、藤原宮《ふじわらのみや》の造営に従事した役民《えきみん》（藤原宮造営のために諸国から徴発された民で、この時期はまだ無報酬の強制労働であったらしい）が歌ったとされる歌が、『万葉集』に残されている。「藤原宮の役民《えのたみ》の歌」（巻一・五〇）である。実際の作者は役民ではなく、宮廷歌人（近代の学術用語。和歌の詠作によって宮廷の儀礼の場などに奉仕することを命じられた歌人をいう。六位以下の下級官人であるのが通例。その代表は柿本人麻呂《かきのもとのひとまろ》・山部赤人《やまべのあかひと》など）であったようだが、その中に、次のような一節がある。

……我《わ》が作る　日の御門《みかど》に　知らぬ国　寄《よ》し巨勢道《こせぢ》より　我《わ》が国は　常世《とこよ》に成らむ　図負《ふみお》へる　神《あや》しき亀も　新代《あらたよ》と　泉《いづみ》の河に……（巻一・五〇）

訳 ……この自分が造営する日の皇子の宮廷には、異域の知らない国も帰服させ寄せて来るようにという巨勢道《こせじ》から、我が国は永遠に栄える常世《とこよ》の国になるだろうという瑞祥《ずいしょう》の文字を甲羅《こうら》に負った不思議な亀も、新たな御代の始まりを祝福に出て来るという「出《い》づ」の名をもつ泉の川に……

当時は、祥瑞《しょうずい》の出現によって改元することがしばしばあった。この歌の歌われた持統天皇の時代（六九〇～六九七）に、そうした事実があったかどうかは不明だが、奈良時代には、不思議な亀の出現によって、「霊亀《れいき》」（七一五～七一七）「神亀《じんき》」（七二四～七二九）の年号に改められたこともあった。「天平《てんぴょう》」（七二九～七四九）の年号も、「天王貴平知百年」の文字を背負った亀が献上されたことによる（『続日本紀』神亀六年〈七二九〉六月二十日条）。それゆえ、持統朝にも、吉祥の文字を甲羅に背負った亀が出現したのかもしれない。ここでは、そうした亀の出現が「新代」の始まりとして意識されている。

それでは、「新代」の「代」＝ヨとは何か。ヨにあたる文字を見ていくと、他に世・寿・齢（寿命）などがあるが、ヨの意義をもっともよく示す文字は「節《よ》」である。「竹の節《ふし》」がわかりやすいが、『和名抄』に「両節《ノ》間《ヲ》俗《ニ》云《フ》レ與《よト》」とあるように、節《ふし》と節の間の空間もヨといった。『竹取物語』で、かぐや姫を発見したあと、竹取翁《たけとりのおきな》が「よごとに黄金《こがね》ある竹」を見つけたとある。その「よ」も、このヨ（節）である。そこから、ヨが前後にしきり（区分）をもつ空間であることが確かめられる。代・世・寿・齢も、これと同じである。これらは、しばしば時間と考えられがちだが、節がそうであるように、空間性をもあわせもつ。つまり時空である。さらに大事なのは、このヨには、ヨを生成・維持させる力があると信じられていたことである。ヨの時空を支える生命力といってもよい。

『万葉集』ではないが、そのことをよく示す歌が『拾遺集』にある。清慎公《せいしんこう》（藤原実頼《ふじわらのさねより》、九〇〇〜九七〇）の七十の賀に際して、大中臣能宣《おおなかとみのよしのぶ》（九二一〜九九一）が詠んだ祝福の歌である。

君がため今日切る竹の杖なればまたもつきせぬ世々《よよ》ぞこもれる　（『拾遺集』巻五・賀・二八〇）

訳 あなたのために今日切って作った竹の杖なのですから、この節《よ》にはこの先もずっと尽きることのない世《よ》（＝寿命）がこもっています。

現代語訳に示したように、竹の節（ヨ）の中に、世（＝寿命）、つまり生命力がこもるとする理解があったことがわかる。それゆえ長寿の祝いとして竹の杖を贈ったのである。

もっとも、その生命力は、ヨの推移につれて、次第に衰えるものとされた。寿・齢（寿命）を考えると、そのことは明らかだろう。『万葉集』の次の歌は、そのことをよく示す。

おのが齢《よ》の衰《おとろ》へぬれば白栲《しろたへ》の袖の馴《な》れにし君をしそ思ふ　（巻十二・二九五二）

訳　わが齢《よわい》のほどが衰えてしまったので、白栲の袖が褻《な》れるように、馴れ親しんだあなたのことばかりを思うことだ。

作者は不明だが、今は関係の途絶えた、昔馴染《むかしなじ》みの男に女が送った歌らしい。

生命力が徐々に衰えていくのは、代・世についても同様である。代・世の時空を支える生命力もまた徐々に減衰していく。それを立て直すのが、世直しである。改元はまさにその世直しのために行われた。「新代」の誕生によって、代・世は生き生きとした生命力をもって生まれ変わる。リセットと言い換えてもよい。改元の意義はそこにあった。今回の改元で「新しい時代」になったことを人びとが感じたというのは、この「新代」の意識によるる。元号を支えるこのような意識のありかたは、西暦のように、ただひたすら未来（ユダヤ教、キリスト教なら終末）に向けて突き進むような時間意識（時空意識ではないことに注意）とは、おそらく決定的に違っている。

このようなリセットの意識は、「大祓《おおはらへ》」の儀礼にも見られる。「大祓」は、六月、十二月の晦日《みそか》に、人びとが犯した罪のケガレを水の力で除却する儀礼である。人は意識せずとも罪を犯すから、その結果として、ケガレは徐々に積み重なっていく。その罪やケガレを半年ごとに無化するのが、「大祓」の儀礼である。ここにもリセットの意識がうかがえよう。「大祓」というと、子どもの頃、氏神さまから白紙で作った人形《ひとがた》が配られ、それに息を吹きかけ、名前と年齢を記して、神社に納めたことを思い起こす。神社ではそれを川に流したのだろうが、公害問題がやかましいから、いまはどうしているのかと思う。反対に、茅《ち》の輪くぐりをする神社は、ずいぶんと増えたように思う。日本人は、何でも水に流すとよくいわれるが、それは「大祓」に見られるようなリセットの意識による。

◉「梅花の宴」と大伴旅人

元号についての話が長くなったが、ふたたび「梅花の歌」に戻る。ここで、大事なことを述べておきたい。当時の梅はすべて白梅であったことである。もともと梅は大陸から渡来した植物であり、初めから鑑賞を目的として貴族の庭園に植えられた。山野に自生していた桜とは、そこが大きく違う。清少納言は、「木の花は、濃きも薄きも、紅梅。（木の花は、濃くても薄くても、紅梅が好き）」（『枕草子』「木の花は」）と述べているが、紅梅が現れるのは、平安時代以降のことになる。「梅花の歌」の序に「梅は鏡前《きやうぜん》の粉《こ》を披《ひら》き（梅は鏡の前の白粉《おしろい》のごとくに花開き）」とあるのも、それが白梅だからである。「梅花の歌」の中には、花の白さを雪と重ねて歌ったものもある。一例として、宴の主人《あるじ》である大伴旅人の歌を掲げておこう。

我《わ》が園《その》に梅の花散るひさかたの天《あめ》より雪の流れ来《く》るかも　　主人（巻五・八二二）

訳　わが庭に梅の花が散る。遠く無限の空の彼方《かなた》から雪が流れて来るのか。

白梅がはらはらと散るさまを、流れるように空から降って来る雪に見立てたもので、こうした趣向は漢詩に類例が多い。

梅と雪の取り合わせを歌った歌を、さらに二首ほど挙げておこう。

梅の花散らくは何処《いづく》しかすがにこの城《き》の山に雪は降りつつ　大監伴氏百代《だいげんばんじのももよ》（巻五・八二三）

訳　梅の花が散るというのはどこのことなのか。とはいうものの、この城《き》の山に雪は降り続いている。

作者名を小書きで注記しているが、その氏を一字で記しているのは、大陸風を気取ったためだろう。「伴氏百《ばんじのもも》代《よ》」つまり大伴百代は、「大監」とあるように、大宰府の上席の三等官だった。「梅の花散らくは何処」は、旅人の前歌を承《う》け、庭の梅はまだ満開ではありませんか、という意の反問になっている。当然ながら、そこに咲く梅への讃美になる。その一方で、目を転じると、「城《き》の山」には、雪が降り続いているというのである。「城の山」は、大野山（現在は大城山《おおきやま》と呼ばれる）のことらしい。大宰府の裏山になる。百済《くだら》滅亡後、山城が築かれたので、この名がある。

春の野に霧《きり》立ち渡り降《ふ》る雪と人の見るまで梅の花散る　筑前目田氏真上《ちくぜんのさくわんでんじのまかみ》（巻五・八三九）

訳　春の野に霧が立ちわたって、降る雪かと人が見るほどまでに梅の花が散ることだ。

「田氏真上」は、田辺史真上《たなべのふひとまかみ》のこと。「筑前目」は、筑前国の四等官。従八位下相当だから下級官人である。これも、梅の花と雪との紛《まぎ》れを歌っている。

三十二首ある「梅花の歌」だが、正直なところ、それほどおもしろい歌はない。

もう一首、筑前守山上憶良《ちくぜんのかみやまのうえのおくら》（六六〇～七三三？）の歌も紹介しておきたいが、その前に、大宰府における旅人と憶良の関係について簡単に触れておく。

大宰府の前身は筑紫大宰《つくしのたいさい》と呼ばれ、その所在地はいまの博多港のあたりにあった。白村江《はくすきのえ》の戦いに敗れた後（百済《くだら》救援を目的に朝鮮半島に出兵したが、六六三年、唐と新羅《しらぎ》の連合軍に白村江で敗れた）、国防上の必要もあって、その所在地は現在の太宰府の地に変更され、その性格や機能も大きく変化したとされる。九州（九州全体を西海道《さいかいどう》といった）の諸国、および壱岐《いき》・対馬《つしま》などの島々を統括するのが、大宰府の役割とされた。

大宰府の所在地は筑前国だが、その国司は大宰府の役人を充てるのが原則だった（「職員令」大宰府条）。もっとも、その原則は徹底されず、中央から派遣されることも少なからずあったらしい。憶良の場合も中央からの派遣だが、大宰府との関係、とりわけその長官である大宰帥との関係には、一種の扈従《こしよう》関係（「扈従」は、貴人に随従する意）に近いところもあったらしい。憶良が筑紫に下向したのは、神亀三年（七二六）頃のこととされる。一方、旅人が大宰帥として下向したのは、神亀五年（七二八）頃のこととされるから、憶良は、新任の帥《そち》を下僚の立場で迎えたことになる。

この筑紫の地での二人の出会いだが、『万葉集』の表現世界を大きく広げるような意味をもったとされる。その理由は、二人の資質が、浪漫的な旅人と現実的な憶良というように、対蹠的《たいせきてき》ともいいうるほどに大きく異なっていたからである。高木市之助氏は、この二人が接触することで生み出された反撥関係が、かえってそれぞれ独自の風格を作り上げるのに寄与することになったと述べているが（高木市之助「二つの生」『吉野の鮎――記紀万葉雑攷』岩波書店）、そのまま認めてよい理解だろう。

そこで、憶良の歌である。

二　春さればまづ咲く屋戸《やど》の梅の花独《ひと》り見つつや春日《はるひ》暮らさむ　　筑前守山上大夫《ちくぜんのかみやまのうへのだいぶ》（巻五・八一八）

一 **訳** 春になると最初に咲くわが家の梅の花、私一人でながめつつ春の日を暮らしてよいものだろうか。

この歌は、「独《ひと》り見つつや」の「や」を反語と見るか詠嘆と見るかで、理解が二つに分かれている。私見では、これを反語と見て、梅の花を共に享受しようとする、出席者一同への誘い歌と捉える。この場合の「屋戸」は旅人邸で、この歌は旅人の立場で詠じたことになる。「や」を詠嘆と見て「わが家（つまり憶良の私邸）で独りながめ暮らすとしようか」とする理解も可能ではあるが、それでは拗《す》ね者《もの》そのものであり、宴の場の論理から見てやはり不適切だろう。

「梅花の歌」について、さらに一言だけ付け加えておけば、旅人が大宰帥に任じられたのは、左遷人事の結果としてだった。光明子《こうみょうし》（藤原不比等《ふじわらのふひと》の娘）の立后問題がその背景にある。立后に強硬に反対する長屋王《ながやのおおきみ》（六八四〜七二九）の失脚をはかるため、藤原氏は陰謀をめぐらしつつあったが、その際、長屋王に近い立場の保守派の長老、旅人の存在は大いに目障りだったのだろう。それゆえ、旅人は大宰帥に左遷されることになった。当時、旅人は六十三歳。生きてふたたび都に帰れるかどうかの不安を抱えながらの筑紫下向だった。その翌年、旅人は同道した愛妻大伴郎女《おおとものいらつめ》を任地で亡くしている。長屋王の変の翌年、天平二年（七三〇）の暮れ、大納言に任じられた旅人は、やっと都に戻ることができた。「梅花の歌」の宴《うたげ》が催されたのは、その年の正月のことである。そこで披露された歌の数々は、春の到来を寿《ことほ》ぐ祝意に充ち満ちてはいるが、その裏には時勢の推移を複雑な思いでながめる旅人の苦いまなざしがあった。そのこともまた忘れてはならないだろう。

万葉樵話……二

『万葉集』は「国民歌集」か

◉『万葉集』という歌集

前章で、新元号「令和」について記したが、その続きから始める。新元号が『万葉集』を出典とすることについて触れた首相談話の中に、「万葉集は、千二百年余り前に編纂された日本最古の歌集であるとともに、天皇や皇族、貴族だけでなく、防人《さきもり》や農民まで、幅広い階層の人々が詠《よ》んだ歌が収められ、我が国の豊かな国民文化と長い伝統を象徴する国書であります」との一節があった。『万葉集』を国民統合の象徴（「国民歌集」）と捉えようとする意図がうかがわれて、私などは「おやおや」と思ったりもした。

もっとも、このような理解は、首相談話に限ったことではない。古典の教科書を見ると、『万葉集』を「国民歌集」と呼んだ例は、管見のかぎり見出だせない。だが、天皇から庶民までを作者とする歌集という説明は、多くの教科書に共通している。事実として誤りではないから、目くじらを立てる必要はないともいえるが、このような見方は、実のところ『万葉集』を不適切な理解に導くことになる。なぜなら、『万葉集』は「国民歌集」などではなく、「宮廷歌集」として把握されるべきだからである。歌い手もまた、ことごとく宮廷社会に属する皇族や貴族たちであることを原則とする。

◉『万葉集』成立の背景

そこで、この問題を考えるために、『万葉集』の成立事情について、ざっとながめてみたい。『万葉集』の編者が大伴家持《おおとものやかもち》（七一八?～七八五）であったとする理解は、あるいは広く行きわたっているかもしれない。なるほど、家持が『万葉集』の編纂に大きく関与していたことは間違いない。ところが、その詳細は実のところ、さほど明らかではない。天平十六〜十七年（七四四〜七四五）頃、元正太上天皇《げんしょうだじょうてんのう》の意向を受けた左大臣橘諸兄《たちばなのもろえ》（六八四〜七五七）が、家持に『万葉集』の編纂を命じたらしい。その段階では、ほぼ巻十六あたりまでが、現存本に近い形にまとめられたらしい。その後、家持の私的な歌日記群である末尾四巻が増補され、現行の二十巻に近いものが成立したとされる。

この『万葉集』は、橘諸兄の失脚等があって奏上の機会を失い、ずっと家持の手許に置かれていたらしい。家持は、死の直後、藤原種継《たねつぐ》暗殺事件に連座、除名処分（位階・勲等を剝奪して庶民の身分に貶《おと》すこと）を受け、『万葉集』も官に没収されたらしい。その後、平城《へいぜい》天皇の時代（八〇六〜八〇九）になって、やっと『万葉集』は叡覧・認証を受けることになったとされる。これが比較的支持の多い説だが、その成立をさらに引き下げる見方もあり、また巻ごとの編纂姿勢にかなりの相違があることから、成立過程をめぐる議論にもなお一致をみないところがある。『万葉集』の原型は巻一、巻二にある。そこにいわゆる三大部立《さんだいぶだて》が現れる。雑歌《ぞうか》・相聞《そうもん》・挽歌《ばんか》である。高校の教科書などにも、この三大部立は記されているが、ここでも少しだけ説明しておく。部立は和歌の分類基準だが、『万葉集』には、三大部立だけでなく、和歌の内容や表現方法による分類もあり、三大部立のみで分類されているわけではない。しかし、『万葉集』の原型とされる巻一、巻二がこの分類によっており、以後の巻にもそれを踏襲するようなところが見られるので、この三つが重視されるようになった。

雑歌《ぞうか》は、宮廷の公的な儀礼にかかわるさまざまな歌の総称と考えられている。旅の歌や四季の歌が多い。挽歌《ばんか》は、死一般にかかわる歌の総称で、柩《ひつぎ》を挽《ひ》く時の歌というのが、その原意になる。相聞《そうもん》は、しばしば恋歌の別称とされるが、これも互いに消息を交わしあうところにその原意がある。公的な歌である雑歌に対して、私的な関係における贈答歌を意味した。親子や友人同士、天皇と臣下の女性とのやりとりなども相聞の歌とされている。

しかし、圧倒的に多いのは男女間の贈答歌なので、相聞といえば恋歌と捉えられるようになった。

こうした分類とともに注意されるのが、巻一、巻二においては、和歌が編年式に配列され、しかも天皇代ごとにそれらが区分されていることである。こうした配列・区分は、以後の歌集、たとえば勅撰集などにおいては一切見られない。

天皇代ごとの区分は、『万葉集』が、『古事記』（七一二）の歴史認識を受け継ぐ歌集であることを示している。『古事記』は、神代《じんだい》から推古《すいこ》天皇までの記事を記録した歴史書だが、その末尾の「仁賢《にんけん》記」から「推古記」までの十代は、ほぼ系譜関係の記事しか見られない。実質的な記事を欠きながらも、『古事記』があえて「推古記」までを記そうとしたのは、推古天皇の次代が舒明《じょめい》天皇だったからである。舒明天皇は、天智《てんち(じ)》・天武《てんむ》両天皇の父にあたる。天武皇統が引き継がれていた奈良時代の人びとにとって、舒明天皇はいわば近代の祖として意識されていた。『古事記』は、その近代の皇統が開始される以前の歴史を描いた歴史書、さらにいえば宮廷史であったといえる。一方、『万葉集』巻一、二をよく見ると、舒明天皇以降の歌を集めることを基本としていることがわかる。もちろん、舒明天皇以前の歌も見られるが、それらは伝誦《でんしょう》的な性格が著しく、実際の制作年代も定かではない。しかも、巻一巻頭の雄略《ゆうりやく》天皇の歌がそうであるように、それらは近代に対置すべき古代の歌として意味づけられている。巻一、二はこの意味において、舒明天皇を近代の始祖とする歴史意識によって作られた宮廷歌集であったことになる。ならば、『万葉集』の原型は、『古事記』を受け継ぐ意図をもって構想されたことになる。『万葉集』の原型は、歌による宮廷史であったことが、そこから確かめられる。天皇代ごとに歌を区分する編年式配列が用いられた理由はそこにある。

宮廷史としての『古事記』、宮廷歌集としての『万葉集』が編纂されることになった背後には、どうやら天武皇統の維持をはかろうとする元明《げんめい》・元正《げんしょう》二代の女帝の意志が存在したらしい。その背後には、聖武《しょうむ》天皇の即位をめぐる複雑な事情があるが、それについては「番外編一、悲劇の皇子と薬師寺」（二五六ページ）に詳述したので、ここでは省略する。

家持が『万葉集』の編纂を命じられたのも、すでに述べたように、元正太上天皇の意向を体《たい》してのことだった。家持は宮廷にまとめて保存されていた歌や、貴族社会で詠《よ》み集められていた歌を整理し、それらを巻ごとに分類したのだろう。その際、家持は、原資料に手を加えることをほとんどしなかったらしい。『万葉集』に、統一し

【飛鳥・奈良時代天皇系図】

＊天皇の称号は省略した。天皇名上の数字は代数（囲み数字は重祚）、左は在位年。

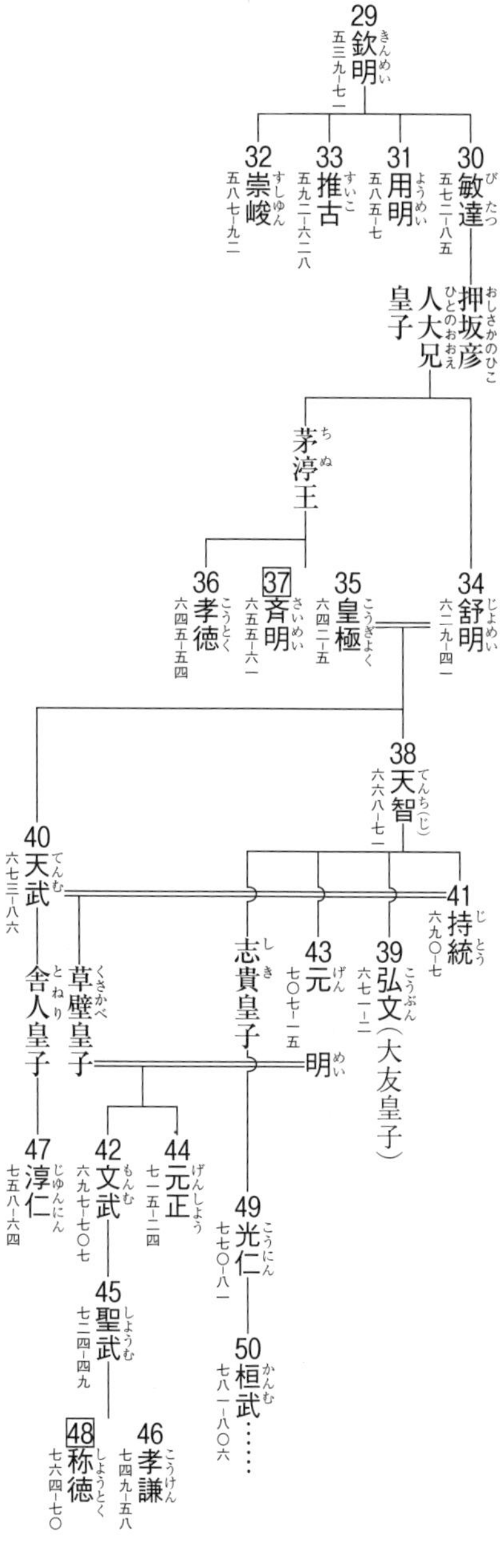

た編纂意識が見られないのはそのためである。

右に述べた事情からも、『万葉集』が宮廷歌集であったことは明らかであろう。その詠み手もまた、ことごとく宮廷社会に属する皇族や貴族たちであったことになる。

それでは、天皇から庶民までを作者とする歌集という理解はどこから生まれるのか。それは、『万葉集』が東《あずま》歌《うた》や防人歌《さきもりうた》を含むからである。なるほど、東歌や防人歌は、東国の衆庶の声を直接に伝える意味をもつ。とはいえ、『万葉集』に東歌や防人歌が収められた理由は、「宮廷歌集」の論理と密接に関係している。そこで、以下、その説明をしたいが、東歌と防人歌とでは、『万葉集』に取り込まれる理由を異にする。それゆえ、別個に述べていくことにしたい。

◉東歌と東国

東歌は、かつては東国の民謡を記録したものと考えられていた。もちろん、東国の衆庶の声を伝える歌であることは間違いない。しかし、今日では、それをそのまま衆庶の生の声と見ることには大きな疑問が持たれている。その理由は、東歌がすべて完全な短歌形式（五七五七七）で記されているからである。『万葉集』でも、もっとも早い段階の歌、いわゆる初期万葉の歌（壬申の乱〈六七二〉以前の歌）の音数律は、五音・七音に完全に固定されてはいない。記紀歌謡の基本も短句・長句の組み合わせからなるが、やはり五音・七音に固定されてはいない。五音・七音による短歌形式は、もともと王権の中心である大和地域で生み出された歌形であったらしい。

音数律は、時代や地域ごとに微妙に異なっていた。琉球弧（南西諸島）の歌謡の基本が、八音・六音であったりすることからも、そのことは容易に想像できる。ならば、東歌の歌形がすべて完全な短歌形式であるのは、むしろ不自然ともいえる。そこには、中央の側からの何らかの働きかけがあったに違いない。すべてが一字一音の音仮名《おんがな》表記であることも整理のあとをうかがわせる。

もう一つの疑問は、東歌に見られる方言的要素である。東歌の方言的要素は、防人歌ほど色濃くはない。音韻面についても、当時の東国語の実態を直接には反映していないとする見方さえある。ここでも、中央の側の意識がどこかで働いていたとすべきだろう。

東歌には、労働の場で歌われた歌、性愛をあけすけに歌った恋愛歌などが見られる。東歌を東国の民謡と解する説は、そうした歌の存在を根拠としていた。だが、述べたように、東歌を東国の民謡そのものと見る説は、現在ではほとんど否定されている。これらの歌は、民謡そのものではなく、中央の側の意識によって、何らかの手が加えられた歌、あえていえば民謡らしさを残した歌と見るのが、ほぼ通説的な理解になっている。

それでは、なぜ『万葉集』に東歌が収められたのか。そこには東国の特殊性が大きくかかわっている。東国は、当初から中央の王権にとって特別な地域とされていた。もともと大豪族が盤踞《ばんきょ》し、それを通じた間接支配を本来とした西国とは違って、東国には早くから王権の直接支配が及んでいた。東国は、中央の王権にとって、辺境《フロンテイア》とも呼びうる地域であり、時代とともに東へ東へと拡大されていった。その範囲は、東歌の採録された地域、さらには防人が徴発された地域とも重なる。東山道《とうせ(さ)んどう》は信濃《しなの》国以東、東海道は遠江《とおとうみ》国以東がその範囲になる。より時代が降ると、東山道は碓氷坂《うすいのさか》以東、東海道は足柄坂《あしがらのさか》以東の坂東八カ国に狭められるが、当初は信濃—遠江を結ぶ線から東の地域が東国と見なされた。

「都《みやこ》」と「鄙《ひな》」という言葉がある。「都」は「宮処《みやこ》」(宮《みや》=皇宮《こうきゅう》の置かれる場所)で、畿内《きない》(都が置かれるべき中央の五カ国=山城・大和・河内・和泉・摂津)を意味し、「鄙」は畿外《きがい》の地域を意味した。しかし、その「鄙」に東国は含まれない。『万葉集』を見ても、東国はけっして「鄙」とは呼ばれていない。東国すなわち「東《あづま》」は、「都―鄙」の秩序から除外された、いわば第三の地域として意味づけられていたのである。

だが、王権が全き王権であるためには、支配領域に第三の地域も含み込まれていなければならない。『万葉集』が王権の秩序を背景とする宮廷歌集であるなら、「都―鄙」の秩序とは別に、第三の地域である「東《あづま》」の歌がそこに収められる必要があった。東歌が特立した巻（巻十四は東歌だけを収めた巻である）として『万葉集』に存在する理由はそこにある。

◉異風を感じさせる歌

東国は、中央の側にとって、あきらかな異域として存在した。ならば、そこには異風（蛮風）が現れていなければならない。東歌に、中央の側からの手が加えられた痕《あと》が見られることはすでに述べたとおりだが、その結果、東歌が中央の歌と同一になっては困る。一方、方言的要素をそのままに残しておけば、都の人びとにはまったく意味不明になってしまう。そこで、異風を感じさせつつも、都の人びとにも何とか理解できる程度に、それを薄めることにしたのだろう。

その上で、異風（蛮風）をつよく感じさせる歌が、東歌には求められた。まずは、労働に際しての歌――労働歌である。

多麻河《たまがは》に晒《さら》す手作《てづく》りさらさらに何《なに》そこの児《こ》のここだ愛《かな》しき　（巻十四・三三七三）

訳　多摩川に晒《さら》す手織の布のように、さらにさらにどうしてこの子がこんなにいとしいのだろうか。

稲春《いねつ》けば皹《かか》る吾《あ》が手を今夜《こよひ》もか殿《との》の若子《わくご》が取りて嘆《なげ》かむ

（巻十四・三四五九）

訳 稲を舂《つ》くのであかぎれが切れる私の手を、今夜もまたお邸《やしき》の若様が手に取ってかわいそうだと嘆くだろうか。

布晒《さら》しや稲舂《つ》きの現場で歌われた労働歌だろう。一首目の「手作り」は麻の手織の布。水に晒して真っ白に仕上げた。「さらさらに」は、さらにさらにこの上なく、の意。同音で「晒す」意を響かせる。川音への意識もあるかもしれない。二首目は、つらい労働でひび割れた自分の手を「殿の若子（お邸《やしき》の若様）」が取って嘆くだろう、という想像の歌。現実にはあり得ない関係をうたっているところに眼目がある。個人の抒情歌ではなく、稲舂女《いなつきめ》たちの労働の場に哄笑《こうしよう》を呼び起こすような集団的な作業歌であろう。これらは、たしかに民謡と見られなくはないが、むしろ東国の衆庶の労働の実態を都人に伝える意味があったに違いない。それ以上に興味深いのは、性愛をあからさまに歌った歌が見られることである。次の例を見ておこう。

上野安蘇《かみつけのあそ》の真麻群《まそむら》かき抱《むだ》き寝《ぬ》れど飽《あ》かぬを何《あ》どか我《あ》がせむ

（巻十四・三四〇四）

訳 上野の安蘇（上野国は現在の群馬県にあたるが、ここは栃木県佐野市らしい）の麻束を抱きかかえるようにお前を抱いて寝てもまだ飽き足りないが、この上私はどうしたらよいのか。

高麗錦紐解《こまにしきひもと》き放《さ》けて寝《ぬ》るが上《へ》に何《あ》ど為《せ》ろとかもあやに愛《かな》しき

（巻十四・三四六五）

訳 高麗錦《こまにしき》の紐を解き放ってこうして一緒に寝ているのに、その上いったいどうしろというのか。不思議なほどにいとしいことよ。

一首目は、束にした麻を抱きかかえる様子を、恋人（妻）との共寝の情景に転換している。この歌は、麻を収穫する際の労働歌かもしれない。情意語を用いず、「寝《ぬ》」を直接的な性愛描写に使用するのが東歌の特色とされるが、性愛の歓びをここまであからさまに表現した例は、中央の歌には存在しない。二首目も、性愛の極致をうたう。「何《あ》ど為《せ》ろとかも」には、肉体の交歓を経てもなお押さえぬいとおしさへの感動が現れている。なお、「高麗錦の紐」だが、「高麗錦」は、舶来の高級な織物だから、それで製した紐を農民階層の衆庶が実際に着していたとは思われない。これは、恋を理想化した表現と見ておくのがよい。

東歌には「人妻」への思いを歌った次のような歌が見られることも注意される。

崩岸《あず》の上《うへ》に駒《こま》を繫《つな》ぎて危《あや》ほかど人妻児《ひとづまこ》ろを息《いき》に我《わ》がする　（巻十四・三五三九）

訳　崩れそうな崖の上に馬を繫いで、はらはらするように危ないのだが、人妻であるあの子を我が命と思うことだ。

悩《なや》ましけ人妻《ひとづま》かもよ漕《こ》ぐ船の忘れはせなないや思《も》ひ増すに　（巻十四・三五五七）

訳　ああ何と私を悩ませる人妻であることか。沖を漕ぐ船に似て、手の届かぬまま忘れ難くますます思いがつのることだ。

「人妻」とは、男にとって刺激的な、禁忌の侵犯へと誘う挑発的な言葉である。東歌に独自の言葉とはいえないが、この二首のように、痛切な思いを直接に表現した例は東歌にしか見えない。一首目の「息に我がする」は、その人妻を我が命として、の意。「息」は、魂《たま》（生命力）の具体的な活動として意識されていたので、このような表現が現れることになる。崩れそうな崖に馬を繋ぐ危険をたくみな比喩にしている。二首目は「悩ましけ」の語がいかにも効果的である。遠く漕ぎゆく船に似て、手の届かぬまま、ますます思いが増さるあの人妻よ、と歌っている。

これらの歌を見ると、東国の異風（蛮風、この場合は性風俗）を一種のエキゾチシズムとして都人に伝えようとする意図があったことが想像できる。言葉を変えれば、中央の側から見た東国理解の一つのありかたがそこに現れているともいえる。植民地時代の西洋のオリエンタリズムに通ずるような意識と評することもできるだろう。その意味で、東国とは、中央の王権にとっての植民地でもあった。東歌はそのような地域の歌として定位されている。それが、『万葉集』に東歌が存在することの理由になる。

◉防人歌が収集された理由

それでは防人歌《さきもりうた》はどうか。防人歌とは、対馬《つしま》・壱岐《いき》など九州辺境防備のため東国諸国から徴発された防人やその妻たちの歌を指す。防人は一般農民だけでなく、その上層部には国 造《くにのみやつこ》一族など地方豪族層もいた。防人歌は東歌中にも数首見られるが、一般には巻二十所収の八十四首を指す。天平勝宝七年（七五五）、諸国の部領使《ことりづかい》（防人引率の国庁の役人）が進上した歌を、当時兵部少輔《ひょうぶのしょうふ》（兵部省の次席次官）であった大伴家持が取捨して採録したものである。家持は、防人交替《こうたい》業務の責任者だった。

防人歌も東歌と同様、一首の長歌を除き、そのすべてが完全な短歌形式であり、一字一音の仮名書きによる統一した書式をもつ。家持に進上されるまでの段階で、幾人かの役人の手が加わった可能性が相当に高い。

もとより、防人歌もまた東国の衆庶の声を伝える歌であることは間違いない。東歌に残された数首の例からも、防人たちが、出立に際して、あるいは旅の途中で歌を詠むような慣行があったらしいこともうかがえる。とはいえ、家持によって、防人歌がまとめて採録されたのには、特別な事情があったことを見ておかなければならない。

その事情とは、防人制度の動揺をいう。そもそも東国から防人を徴発して、遠く離れた西辺の防備にあてることには相当の無理がある。防人制度は、天智天皇三年（六六四）、百済《くだら》救援のための派兵が失敗し、西国の防備を固める必要が生じたところに生まれたが、そこに東国の兵士をあてることは、当初からの原則とされた。百済派兵の主力が西国出身の兵士であったため、西国に対してさらなる負担を強いることができなかったという事情があったからである。

ところが、この時期、そうした無理の積み重ねもあってか、天平二年（七三〇）以降、防人制度に動揺が生じてくる。東国からの防人徴発を停止したり、それを復活したりという動きが繰り返される。とりわけ、家持が防人歌を採録した天平勝宝七年（七五五）は、そうした動揺のただ中に位置する重要な時期だった。

兵部少輔として防人交替業務を担当する家持にとって、防人制度の今後を考えることは、いわば差し迫った課題でもあった。そこで、家持は、その課題に応えるための資料として、防人歌の組織的な進上を、防人を派遣するすべての国の部領使《ことりづかい》に求めたのだろう。家持がいかにすぐれた歌人であっても、個人的な関心からこれだけ多数の防人歌を集めることはできなかったはずである。防人歌は、防人たちの赤裸々な心情を伝える貴重な記録として、防人制度検討のための資料とされたに違いない。当時、兵部省の長官は橘奈良麻呂《たちばなのならまろ》（七二一～七五七）であり、奈良麻呂の父は左大臣諸兄《もろえ》だから、諸兄から奈良麻呂を通じて、家持に防人歌収集の命が下った可能性もある。

ならば、防人歌も、東歌とは違った理由からではあるものの、王権のありかたを補完する役割をもつ歌であったことになる。このような防人歌のありかたは、「宮廷歌集」の論理とも矛盾しない。

先にも述べたことだが、防人歌の場合も、進上に際しては、役人たちの手が加わっていた可能性が相当に高い。さらに、家持もまた取捨選択をしていたことが知られる。国ごとにまとめられた歌の末尾に、次のような注記が見られるからである。遠江国《とおとうみ》（現在の静岡県西部）の例を示す。

二月六日に、防人部領使《さきもりのことりづかひ》、遠江国《とほたふみのくに》の史生坂本朝臣人上《ししやうさかもとのあそみひとかみ》の進《たてまつ》れる歌の数は十八首。但し、拙劣《つたな》き歌十一首あるは、取り載《の》せず。（巻二十・四三二七左注）

訳 天平勝宝七年（七五五）二月六日に、防人部領使、遠江国の史生（国庁の下級事務官）坂本朝臣人上が進上した歌の数は十八首。ただし、拙劣な歌が十一首あり、それは採録しなかった。

二月六日は、進上の日付。遠江国から十八首の歌が進上されたが、家持は拙劣な歌十一首を除き、残りの七首を採録したというのである。拙劣な歌とはどのような姿の歌だったのか、むしろそちらに興味がわく。進上した歌が数多く採用されるところに何らかの意味があったとすれば、役人たちが前もって手を加えた蓋然性はかなり高い。

◉防人歌のいろいろ

以下、防人歌についても、例を挙げて見ていこう。防人歌の多くは、故郷を離れ異郷へと向かう防人たちが、家人への思いを歌うことで、そこに生ずる不安を克服しようとする内容をもつ。

畏《かしこ》きや命《みこと》被《かが》ふり明日《あす》ゆりや草《かえ》が共寝《むた》む妹《いむ》なしにして
（巻二十・四三二一）

訳 畏《おそ》れ多いご命令を頂いて、明日からは草と共寝をするのだろうか。妻もいないままに。

大君《おほきみ》の命《みこと》畏《かしこ》み磯《いそ》に触《ふ》り海原《うのはら》渡る父母《ちちはは》を置きて
（巻二十・四三二八）

訳 大君のご命令が畏れ多いので、磯に触れる危険を冒しつつ海原を渡って行く。父母を後に残して。

拒絶できない王命によって家族から引き離され、異郷への旅を余儀なくされる防人たちの不安が、率直な表現によって歌われている。しかし、家人への思いを歌うことは、一方では行旅の無事を祈る家人の呪力を喚《よ》び起こすことにもつながるから、これらの歌には旅の不安を鎮める意味もあった。これらの歌の多くは、出立に際して、あるいは旅中の宴《うたげ》の場で披露されたものらしい。防人は難波津《なにわのつ》（難波の港）までは国ごとに部領使《ことりづかい》に引率され、そこで集結後、船で九州に向かった。二首目のように難波津で作られたらしい歌もある。難波津までは、食料などすべて自弁とされた。

防人歌の中には、妻たちの歌もある。

草《くさ》枕《まくら》旅の丸寝《まるね》の紐《ひも》絶《た》えば我《あ》が手と付けろこれの針《はる》持《も》し
（巻二十・四四二〇）

訳 草を枕の旅の丸寝の紐の糸が切れたら、我が手と思って付けなさい。この針を持って。

防人《さきもり》に行《ゆ》くは誰《た》が背《せ》と問ふ人を見るが羨《とも》しさ物思《ものも》ひもせず

（巻二十・四四二五）

訳「防人に出て行くのは誰の夫かね」と尋ねている人を見るのがうらやましい。何の物思いもしないで。

前者は、紐の呪術を背景にした歌。男女は別れに際し、互いの下着の紐を結びあい、それぞれの魂《たま》を封じ込めた。無事な再会を祈るための呪術である。その大切な紐が万一取れてしまったら、この針を私の手と思って縫いつけて下さい、というのが一首の意。「丸寝」は、旅先などで衣服を寛《くつろ》げずに寝ること。後者は、旅立つ防人を村人たちが総出で見送る際の歌だろう。傍観者の無責任な一言が、当事者である妻の心をいたく傷つける。別れの場面をリアルに描いた一首である。

次のような歌も、防人歌の一面を示すものとして掲げておくべきだろう。

今日《けふ》よりは顧《かへり》みなくて大君《おほきみ》の醜《しこ》の御楯《みたて》と出《い》で立つ我《われ》は

（巻二十・四三七三）

訳 今日からは、後を顧みることもなく、大君のつたない御楯の端《はし》として出発する、この私は。

ふたほがみ悪《あ》しけ人なりあた病我《ゆまひわ》がする時に防人《さきもり》に指《さ》す

（巻二十・四三八二）

訳 ふたほがみ（未詳）は悪い人だ。急な病に私が罹《かか》っている時に、防人に指名するとは。

一首目は、従来、大君の先兵として異域に出陣する覚悟を歌った勇壮な歌と解されてきた。「醜の御楯」の「醜」は卑下の表現。作者は下野《しもつけ》国の今奉部与曽布《いままつりべのよそふ》。作者の身分が火長《かちょう》（防人は「火《か》」という十人単位の軍団に組織された。「火長」は、その統率者）なので、そこに下士官根性の現れを見ようとする意見もあるが、「今日よりは」という語調には、もう少し複雑な翳《かげ》りがありそうである。二首目は、「ふたほがみ」「あた病」の語義に不明な点を残すが、病気の自分を防人に指名したことへのつよい不満をぶつけている。多くの防人歌が防人に任じられたことを運命的なものとして受け入れている中で、この歌のように直接的な抵抗の意識を示した歌はめずらしい。

以上見て来たように、東歌と防人歌とでは、採録事情を大きく異にするものの、中央の王権の支配論理の必要に応じて、『万葉集』に収められることになったと見なければならない。なるほど、どちらも東国の衆庶の声を伝える歌であることは間違いない。しかし、だからといって、『万葉集』を、天皇から庶民までを作者とする「国民歌集」とするのは、あきらかに誤っている。『万葉集』は、国民統合の象徴などではなく、あくまでも「宮廷歌集」として把握されるのでなければならない。

万葉樵話……三

◉『万葉集』は素朴か

◉『万葉集』は「ますらをぶり」か

前章でも述べたように、『万葉集』はまずは「宮廷歌集」として把握されなければならない。ならば、『万葉集』は、「みやび」の精髄を集めた歌集になる。「みやび」は「風流」などの文字があてられたりもするが、そもそも「みやび」の「みや」は「宮」であり、全体として宮廷風の美意識を示す言葉である。宮廷は、世俗の日常とは切り離された世界である。それを構成するのは、天皇を中心とする貴族たちだが、もともと貴族はこの地上世界の神として存在した。それゆえ、貴族の役割は、神のありかたを模倣するところにあった。世俗の日常は穢《けが》れた世界とされたから、宮廷社会はそこから隔絶されなければならなかった。もとより、現実がそうだというのではなく、あくまでも理念の問題としてである。

神のふるまいは「遊び」と呼ばれた。地上世界の神である貴族も、その役割は「遊び」にあった。「遊び」とは、遊芸つまり歌舞・音曲の類を意味するが、宴席（酒宴）も「遊び」の場であり、そこで遊芸を披露する遊女もまた「遊び」と呼ばれた。狩りも「遊び」だが、これももともとは神のふるまいとされた。天皇の役割も「遊び」にあった。それをよく示した歌が『万葉集』にある。長歌なので前半部分だけを掲げる。

食《を》す国の　遠《とほ》の朝廷《みかど》に　汝《いまし》らが　かく退《まか》りなば　平《たひら》けく　我《われ》は遊ばむ　手抱《たむだ》きて　我《われ》はいまさむ……

（巻六・九七三）

訳　私が支配する国の、遠くの朝廷ともいうべき各地方の政庁に、お前たちがこうして下って行ったなら、平穏に安心して私は遊んでいよう。腕組みしたまま手を出すことなく、私はおいでになろう……。

聖武《しょうむ》天皇（七〇一〜七五六）の歌である（元正《げんしょう》太上天皇の作とする異伝もある）。一部、自敬語が用いられている。節度使《せつどし》（西辺の軍備を固めるため、諸道に派遣された監察官）を派遣する際の酒宴の場で歌われた歌である。ここで天皇は、お前たちが政務をきちんと遂行《すいこう》するのだから、自分は何もせずに遊んでいようと歌っている。天皇は、神の中の神だから、「遊び」こそがその役割だったことになる。ここには、「手抱《たむだ》きて（腕組みしたままで）」ともあるが、反対からいえば、天皇自身が直接手出しをするのは、この世界が危機に瀕していることの現れになる。大昔のテレビCMに「大統領のように働き、王様のように遊ぶ」（大正製薬・サモン・一九八八年）というのがあって、大統領（人）と王様（神）の違いがよく現れていて、いたく感心した覚えがある。

「遊び」は、宮廷儀礼の場の基本理念でもあるから、それを体現する美意識が「みやび」になる。「みやび」の精髄を集めた歌集である『万葉集』の美の中心もまた「遊び」に置かれていたことになる。

古典の教科書に記された『万葉集』についての解説を見ると、右に記したところとはまったく正反対の説明がなされていて、ここでも「おやおや」と思ってしまう。それは、『万葉集』を、「素朴」な歌集とする理解についてである。「素朴な心情」「実感に即した感動を率直に表現」「上代人の素朴で純粋な生活感情が歌いあげられている」等々の文言がそこに見える。「現実生活の感動を素直に表現」と述べているものもある。「ますらをぶり（男性的歌風）」を掲げている教科書があるのも、驚きである。「ますらをぶり」は「たをやめぶり（女性的歌風）」とともに、賀茂真淵《かものまぶち》の評言（『新学《にひまなび》』）からの引用だが、これをそのまま肯定する研究者は、いまはさすがにいないだろう。「ますらをぶり」「たをやめぶり」の理念は、近世国学の批評意識の問題であって、古代の文学とは直接結びつかない。「上代人の素朴で純粋な生活感情」という理解など、万葉人は単純な感情しか持ちあわせておらず、そこから徐々に複雑な精神が生まれるようになったとする、まことに粗雑な進歩史観の現れにすぎない。

◉宮廷歌のありよう

一つ例を挙げて考えてみよう。初期万葉（壬申の乱以前の歌、『万葉集』第一期に相当）の代表的歌人額田王《ぬかたのおおきみ》（生没年未詳）の歌である。

君待つと我《あ》が恋ひ居《を》れば我《わ》が屋戸《やど》の簾《すだれ》動かし秋の風吹く

（巻四・四八八）

訳 君のお出でを待つとて私が恋しく思っていると、わが家の簾《すだれ》を動かして秋の風が吹くことだ。

教科書にも採録されたことのある歌だが、現在のものには見えない。題詞には、「額田王が天智《てんち(じ)》天皇（六二六〜六七二）を思って作った歌」とある。風による簾《すだれ》の微《かす》かな動きを恋人の来訪と見紛《みまが》えたことが歌われているが、このような発想が生まれる背後には、中国六朝《りくちょう》の閨怨詩《けいえんし》（夫と離れている妻が、独り寝の寂しさを怨んで詠《よ》んだ詩。妻の立場を仮構して詠むことが多い）の影響があるとする指摘がある。「簾《すだれ》動けば君が来《きた》るかと憶《おも》ひ」（費昶《ひちょう》「有所《ゆうしょ》思《し》」『玉台新詠《ぎょくだいしんえい》』）などの例を見ると、影響のあとは確かにうかがえる。

この歌に、鏡王女《かがみのおおきみ》（?〜六八三）が、次のような歌で応じている。

風をだに恋ふるは羨《とも》し風をだに来《こ》むとし待たば何か嘆《なげ》かむ

（巻四・四八九）

訳 風をだけでも恋しく思うのは羨《うらや》ましい。せめて風をだけでも来るものとして待つのなら、何を嘆くことがあろうか。

額田王と鏡王女とは、姉妹説もあったりするが、その関係はよくわからない。額田王が、人を待って来ない寂寥感《せきりょうかん》を歌っているの対して、鏡王女は、「風」ほどにも頼りにならぬ人の心の無情を示すことで、待つことすらなしえぬ心の空虚さを表現している。巧みな切り返しといえる。注意したいのは、額田王の歌が、天智天皇に向けられているにもかかわらず、これに応じたのが鏡王女であることで、そこからこの二首が、一種の文芸的な興味によって作られた唱和であることが理解される。この二首は、「秋風に寄せる恋」といった題の題詠的競作（あらかじめ用意された題《テーマ》に即して詠むのが「題詠」）であり、そこにはさらに中国六朝の閨怨詩が踏まえられているから、きわめて高度な文芸意識がここに現れている。大陸文化が大きく花開いた近江朝《おうみちょう》（琵琶湖のほとりの大《おお》津宮《つのみや》を宮都とした天智天皇の時代）の文運の精華の一端を、ここに見るべきなのかもしれない。ならば、この唱和も知的な「遊び」であり、宮廷文化の一つのありようを示していることになる。この唱和のどこに「上代人の素朴で純粋な生活感情」が現れているだろうか。しかも、こうした歌こそが、『万葉集』のもっとも中心に置かれるべき歌なのである。

もう一例、宮廷文化のありようをうかがわせる歌をながめてみよう。

新田《にひた》部親王《べのみこ》に献《たてまつ》れる歌一首

勝間田《かつまた》の池は我《われ》知る蓮《はちす》なししか言ふ君が鬚《ひげ》なきごとし

（巻十六・三八三五）

右は、或《あ》るは人有りて聞きて曰《い》はく、「新田部親王、堵《みやこ》の裏《うち》に出遊《いでま》し、勝間田の池を御見《み》まして、御心《みこころ》の中《うち》に感緒《め》でたまひき。彼《そ》の池より還《かへ》りて、怜愛《かなしび》に忍びず。時に婦人《をみなめ》に語りて曰はく『今日《けふ》遊行《い》でて、勝田《かつた》の池を見るに、水影濤濤《たうたう》として、蓮花灼灼《れんくわしやくしやく》たり。可怜《おもしろ》きこと腸《はらわた》を断ち、得《え》て言ふべからず』といひき。すなはち婦人、この戯《たはぶ》れの歌を作りて、専輙吟詠《もはらうた》ひき」といへり。

訳 新田部親王に献上した歌一首

勝間田の池は私はよく知っているが、蓮《はす》はない。蓮があると言うあなたに鬚《ひげ》がないのと同じだ。

右は、或るいは、人が聞いて言うには、「新田部親王が、都の中にお出ましになり、勝間田《かつまた》の池をご覧になって、心の中に深く感動なさった。その池から戻っても、愛恋の思いに堪えられなかった。その時に仕える婦人に語って言うには、『今日遊びに出て、勝田の池を見ると、水の影は波に揺れ動き、蓮の花は盛りとばかりに咲いていた。そのすばらしさは腸《はらわた》を断つばかりで、とても言葉にできないほどだった』といった。そこで婦人が、この戯れの歌を作って、もっぱら口ずさんだ」という。

題詞に新田部親王《にいたべのみこ》（?～七三五）に献上した歌とある。左注には「戯れの歌」とあるが、あきらかに悪口の歌である。新田部親王は天武天皇の皇子。歌い手の「婦人《をみなめ》」は、新田部親王に近侍する女性で、親王の寵愛を受けているのだろう。愛人といってもよい。

その愛人に向かって、親王がたまたま出遊の際に見た勝間田の池の蓮のさまを讃めたのだろう。勝間田の池は所在未詳。唐招提寺、薬師寺近傍にあった池らしい。『枕草子』にも「池は、勝間田《かつまた》の池、磐余《いはれ》の池」（『枕草子』「池は」）とあるから、よく知られた池だったのだろう。

それでは、これがなぜ悪口の歌になるのか。それは古代の男たちは、一人前になったら鬚《ひげ》を蓄えているのが当たり前とされていたからである。昔の千円札などに描かれた聖徳太子にはりっぱな鬚があるし、『源氏物語絵巻』に描かれた男たちの顔にもみな鬚がある。仏教説話集の『日本霊異記《にほんりょういき》』では、出家することを、しばしば「鬢髪《ひげかみ》を剃除《そ》り」と表現している。頭をまるめるだけでなく、鬚を落とすことが、俗人ではなくなった証しとされたことがわかる。なお、「鬢髪」の「鬢」は、ほおからあごにかけての鬚をいう。

それゆえ、「鬚がない」というのは、一人前の男に対して、その身体的な欠陥をあげつらう、大変な侮辱になるはずの言葉だった。たぶん新田部親王は鬚の薄いたちだったのだろう。

しかし、この悪口の歌が、戯れですまされるのは、一つにはそれが、歌によるものだったからだと思われる。それが歌の功徳であるのかもしれない。

もう一つ、この歌には興味深い仕掛けがある。この歌の「蓮《れん》」には、同音で「恋《れん》」が掛けられている。中国の伝奇小説『遊仙窟《ゆうせんくつ》』の影響による文字遊びがここに見られる。そこで、この歌の「蓮なし《はちす》」には、「私への愛情が、最近はめっきり薄いではありませんか」という訴えが隠されていたことになる。一種の媚態《コケットリー》なので、なるほどこんなふうに言われたら、いくら悪口でも、親王は微苦笑せざるをえなかっただろうと思われる。

さらにいえば、新田部親王は、この「婦人」のほかにも愛人がおり、勝間田の池への出遊と称して、その女のもとに出向いていたのかもしれない。勝間田の池の「蓮」は、その女の比喩とも見られる。親王の「蓮」への恋着を示す「御心の中に感緒《め》でたまひき」や「怜愛《かなしび》に忍びず」は、そう考えるとなかなか意味深長である。「婦人」は、別の愛人の存在を察してやんわりと当てこすったのかもしれない。ならば、親王はなお微苦笑せざるをえなかっただろう。勝間田の池に実際に蓮がなかったのかどうかはわからない。

この歌は、悪口の歌であるには違いないが、いま述べたような表現性によって、一種の社交の具としての機能が生み出されている。これも文芸による相当高度な「遊び」の実践であり、そこに、天平期の爛熟した宮廷文化の現れを見てよいのではないかと考える。

なお、親王の言葉では、「勝間田の池」が「勝田の池」とされており、『万葉集』の古写本の中には、そこを「勝間田の池」に訂しているものもある。だが、親王の言葉を原文のまま見れば明らかなように、ここは「勝田の池」でなければならない。「今日遊行、見勝田池、水影濤濤、蓮花灼灼、可怜断腸、不可得言」とあるように、すべて四字句だからである。

●娘子が僧を揶揄した歌

「遊び」の延長上に、こんな歌もある。娘子《おとめ》たち（若い女たち）が、僧を揶揄《やゆ》した際の歌である。テーマもそうだが、性的な表現が含まれるので、教科書などには載せられない歌だろう。

或《あ》る娘子等《をとめら》の、裹《つつ》める乾鰒《ほしあはび》を贈りて、戯《たはぶ》れて通観僧《つうくわんほふし》の呪願《しゆぐわん》を請《こ》ひし時に、通観の作れる歌一首

海神《わたつみ》の沖に持ち行《ゆ》きて放《はな》つともうれむそこれがよみがへりなむ

（巻三・三二七）

訳 ある娘子たちが、乾鰒を包んで贈り、ふざけて通観法師に放生《ほうじょう》の祈願を求めた時に、通観が作った歌一首
海神のいます沖に持って行って放ったとしても、どうしてこれが生き返ろうか。

娘子たちが、干《ほ》し鮑《あわび》を通観という僧のもとに持参して、何とかこれを生かして海に放《はな》してほしいと願った際に、通観が詠んだ歌とある。捕らえてある生き物を放つ行為を放生《ほうじょう》といい、仏教的な功徳があるとされたが、その際、僧を呼び呪文を唱えて祈願してもらうのが常だった。この「呪願《しゆぐわん》」にもそうした意味がある。ところが、問題は、娘子たちが持参したのが干し鮑だったことである。干物が生き返るはずなどないのだが、それが鮑であったこと

が注意される。鮑は女陰の比喩だったからである。

航海の安全を祈願する際、海神に女陰を見せる呪術があったらしく、『土佐日記』では、それを「貽鮨《いずし》、鮨鮑《すしあはび》をぞ、心にもあらぬ脛《はぎ》に上げて見せける（貽貝《いがい》の鮨《すし》や、鮨鮑《すしあわび》を、思いもかけぬ脛《はぎ》まで高々とまくりあげて、海神に見せつけたことであった）」と描写している。ここでも貽貝や鮑は女陰の比喩になっている。なお、貽貝は一名「似《に》たり貝」と呼ばれる。古代の宮廷歌謡である催馬楽《さいばら》「我家《わいへ》」にも「御肴《みさかな》に　何よけむ　鮑・栄螺《さだを》か　石陰子《かせ》よけむ」と歌った例がある。男に向かって、我が家に婿《むこ》にお出でなさいと誘う体《てい》の歌謡である。この「石陰子《かせ》」はウニの古称とされるが、貽貝とする説もある。「鮑」は、かなり露骨ではあるが、この家の娘を象徴しているのだろう。

それゆえ、右の歌でも、女たちが干し鮑を僧のもとに持参するというのは、かなり大胆な行為といえる。女犯を禁じられた僧を挑発・揶揄《やゆ》しようとする遊び心があるのだろう。

こういう歌が『万葉集』に見えるところがおもしろい。受け取った通観の歌がまたいい。いかにも四角四面の堅物の僧らしい歌いぶりである。「うれむそ」は、きわめてめずらしい言葉。何ゾ、ドウシテの意で、反語を導く副詞のようだが、僧独特の言い回しかもしれない。ならばその生真面目さがかえって諧謔《かいぎゃく》を生むことになる。『源氏物語』少女巻で、光源氏の方針で大学寮に入学することになった夕霧に字《あざな》（大学寮に入る際、中国風に二字の名をつける）をつける儀式が二条東院で行われた際の宴の場で、招かれた博士たちが場の騒々しさをとがめ立てする言葉が、学者らしく一風変わっていて、みなが笑ったとある。身分・職業に応じた独特な言い回しを、役割語と呼ぶが、この「うれむそ」もそう見てよいのかもしれない（役割語については、大阪大学の金水敏《きんすいさとし》氏の研究が詳しい）。

それはともあれ、この娘子たちは、説明の中では若い女たちとしたが、おそらく宮廷の女官たちであろう。平安時代でいえば女房になる。その女官たちが、性的なふるまいによって僧を挑発・揶揄する。これも、実は、宮廷文化の一つのありようを示している。右に例示した催馬楽からも、隠喩であるにせよ、時としてこうした露骨な性の表現が、当時の宮廷文化の中にありえたことを確かめることができる。それもまた「遊び」の実態に違いない。冒頭に述べたように、日常の秩序からの離脱、反俗の行為の徹底こそが、宮廷文化の本質だった。この娘子たちのふるまいも同様に見てよい。ならば、こうしたやりとりを含む『万葉集』の歌の世界は、とても「素朴」などとは評しえないことがわかる。

万葉樵話……四

宮廷社会の特異なありかた

◉鏡王女と天智天皇の贈答歌

不倫に対してきわめて厳しい世の中になった。芸能人の不倫に向けた昨今の激しいバッシングがどこに由来するのかわからないが、一昔前はもっと寛容だった。

なぜこのようなことから述べはじめるのかというと、宮廷社会はまさしくそうした不倫が許容されるような場だったからである。古代の宮廷社会の場合には、さらに驚くべき乱倫の関係が見られる。それもまた、宮廷社会の特別なありかたと結びついている。現代の私たちの倫理意識とは大きく乖離《かいり》することにはなるが、しかし、それを認めなければ古代の文学をきちんと読むことはできない。事情は『万葉集』についても同様である。

以下、その一端を、鏡王女《かがみのおおきみ》に焦点をあわせることで考えてみたい。

鏡王女については、前章で天智《てんち(じ)》天皇をめぐる額田王《ぬかたのおおきみ》との唱和を取り上げた。その続きから始めたい。二人の唱和は、中国の閨怨詩《けいえんし》にならった高度に文芸的な営みであることをそこで述べた。その鏡王女だが、後に藤原《ふじわらの》鎌足《かまたり》（六一四〜六六九）の正妻となる。ところが、鎌足と結ばれる以前、天智天皇（中大兄皇子《なかのおおえのみこ》）の広義の妻の一人であったらしい。

次の、天智天皇との贈答歌を見ていこう。

天皇《すめらみこと》の鏡王女《かがみのおほきみ》に賜《たま》へる御歌《みうた》一首

妹《いも》が家《いへ》も継《つ》ぎて見ましを大和《やまと》なる大嶋《おほしま》の嶺《ね》に家もあらましを〔一《ある》は云《い》はく、妹があたり継ぎても見むに、一は云はく、家居《を》らましを〕　（巻二・九一）

訳 天智天皇が鏡王女にお与えになった御歌
あなたの家だけでもずっと見つづけていたいのに、大和の大嶋の山の頂《いただき》にせめて私の家でもあればよいものを〔一本に言う、あなたの家のあたりをずっと見つづけもしたいのに、一本に言う、家居《いえい》ができればよいものを〕。

鏡王女の和《こた》へ奉《まつ》れる御歌一首

秋山の樹《こ》の下隠《がく》り逝《ゆ》く水の我《われ》こそ益《ま》さめ思ほすよりは
（巻二・九二）

訳 鏡王女がお答え申し上げた御歌一首
秋山の木の下隠れに流れる水のように、表面には見えずとも、私の思いは深くまさっている。あなたが思って下さるよりは。

この二首は、巻二の相聞歌《そうもんか》の始発に位置づけられる贈答歌である。相聞歌の冒頭に位置する磐姫《いわのひめ》皇后（仁徳天皇の皇后）歌群（巻二・八五～九〇）は伝誦《でんしょう》的性格が著しく、実質的な意味での相聞歌はこの二首から始まる。

一見してわかるのは、この歌は恋の贈答歌でありつつも、天智天皇と鏡王女の間の距離が、実際にも心理的にも離れていることである。完全な別離の後とまではいえないにしても、互いの直接的な関係はもはや薄いように感じられる。

それはともあれ、こうした贈答歌を交わすことのできる二人の関係は、そもそもどのようなものだったのだろうか。一般には両者が通常の男女関係にあったと認める説が多い。その場合には、鏡王女は天智天皇の妻の一人であったことになる。ただし、『日本書紀』の天智の后妃関係記事に鏡王女の名は見えない。その点は、額田王の場合も同様だから、男女関係を否定する材料にはならないだろう。

天智天皇との関係を認めるとするなら、その時期はそもそもいつのことになるのか。天智の歌に、「大和なる大嶋の嶺に」とあることから判断すると、天智は大和国の外部からこの歌を歌ったことになる。大和国の内部にいるなら、「大和なる」と歌うのは不自然だからである。そこからこれを、天智の皇太子時代、難波宮《なにわのみや》（大阪市中央区法円坂付近《ほうえんざか》）で歌われた歌とする推測が出てくる。「大嶋の嶺」は信貴山《しぎさん》（奈良県生駒郡平群町《いこまへぐり》）の西の高安山《たかやすやま》（生駒山地南方の山で、大阪府と奈良県の境に位置する）とする説が有力であり、難波あたりで歌われたと見るのがたしかにふさわしい。ところが、題詞には「天皇」とあり、皇太子時代の呼称である「中大兄」とは記されていない。そこからこの歌は近江宮（近江大津宮、滋賀県大津市錦織《にしこおり》に所在）で詠まれたのではないかと見る説も出てくる。もっとも、近江の地から「大嶋の嶺」を歌うのは自然とは言いがたいから、その時期の判断はなかなか難しい。

贈答歌を詳しくながめてみたい。まず天智天皇の歌から見ていく。歌意は現代語訳に示したとおり。鏡王女の家は、はっきりとはしないが、平群郡《へぐり》のあたり（現在の奈良県生駒郡平群町《いこまへぐり》、三郷町《さんごう》のあたり）であろうと想像されている。「大嶋の嶺」が高安山であれば、その頂《いただき》からはちょうど眼下に見ることができる。そこで、天智は、その頂にせめてわが家でもあったなら、あなたの家をずっと見ていられるのに、と歌ったのだろう。

鏡王女は、これにどう応じているのか。先の現代語訳をさらに嚙み砕くと、「いくら山の上から見下ろせたところで、秋山の木々に覆われた深い水の流れなど、決して見えるはずがない（私の深い思いなど、決してわかるはずがない）」という意になる。天智の歌の巧みな切り返しになっている。男の歌に反撥・揶揄《やゆ》・切り返しで応ずる歌を女歌《おんなうた》と呼ぶが、まさに女歌の詠みぶりになる。女歌については、「六、僧の恋」（七九ページ）でも述べる。

◉藤原鎌足と鏡王女

この二人のやりとりだが、すでに述べたように、天智天皇と鏡王女の間の距離が、実際にも心理的にも離れているように感じられる。そこに藤原鎌足との関係が影を落としているようにも思われる。そこで、以下、鎌足との関係について考えてみたい。

鏡王女が鎌足の正妻であったことは、『興福寺縁起』に、「至二於天命開明天皇《ママ》（天智）即位二年（天智天皇八年〈六六九〉）歳次己巳冬十月一、内大臣（鎌足）枕席不レ安。嫡室鏡女王請曰、敬造二伽藍一、安二置尊像一。大臣不レ許。再三請。仍許」とあり、そこに「嫡室」（正妻）と見えるところからもあきらかである。鎌足の臨終に際して、鏡王女が病平癒を願って鎌足に寺院の建立を懇願し、それが許されたとする記事である。それが興福寺の起源になる。鎌足の薨去《こうきょ》については、『日本書紀』天智天皇八年十月十六日条に「藤原内大臣（鎌足）薨《みう》せぬ」とあるが、ここに鏡王女の名は見えない。しかし、天武天皇十二年（六八三）七月四日条に「天皇、鏡姫王《かがみのひめみこ》の家に幸《いでま》して、病を訊《と》ひたまふ」とあり、翌七月五日条に「鏡姫王薨《みう》せぬ」とあって、鏡王女薨去のことが見える。いかに皇族とはいえ、天皇が鏡王女の病を直接見舞ったというのはきわめて異例である。彼女が鎌足の嫡室であったからに違いあるまい。

それでは、鎌足との結びつきはいつごろのことだったのだろうか。『万葉集』には、鎌足と鏡王女の贈答歌が見える。この贈答歌は、天智朝に位置づけられて配列されているから、この贈答があったのは、天智天皇即位後のことになる。もしそうなら、鎌足が五十五、六歳頃、死の一、二年前のことになり、不自然さは拭えない。少なくとも天智称制時代（天智天皇は、斉明天皇の崩後、なぜか即位をしないまま政務を執った。これを「称制」という）、あるいは皇太子時代に遡るものと見なければならない。

そこで、その贈答歌である。

内大臣《うちのおほまへつきみ》藤原卿《ふぢはらのまへつきみ》（鎌足）の鏡王女《かがみのおほきみ》を娉《よば》ひし時に、鏡王女の内大臣に贈れる歌一首

玉櫛笥《たまくしげ》覆《おほ》ふを安み明けて行《い》なば君が名はあれど我《わ》が名し惜しも　（巻二・九三）

訳　内大臣藤原鎌足《かまたり》卿が鏡王女に妻問いした時に、鏡王女が内大臣に贈った歌一首

美しい櫛箱《くしばこ》の蓋《ふた》が覆うようにまだ関係が外に露見していないのをよいことに、すっかり夜が明けてから帰るなら、あなたの名はともかく私の浮き名の立つのが口惜しいことだ。

内大臣藤原卿の鏡王女に報《こた》へ贈れる歌一首

玉櫛笥みもろの山のさなかづらさ寝《ね》ずはつひに有りかつましじ　（巻二・九四）

訳　内大臣藤原鎌足卿が鏡王女に答え贈った歌一首

美しい櫛箱の蓋《ふた》を開けて見る、みもろの山のさね葛《かずら》ではないが、さ寝《ね》—共寝をしないでは、とても生きていられないほど耐え難くなるだろう。

一首ずつ見ていこう。題詞に「娉《よば》ひし時に」とある。「娉」は、妻問いする意。求婚が正式なものであったことを示す。

一首目は、鏡王女の歌になる。女の歌が先にあるのは異例だが、この前に鎌足の歌があったのだろう。「玉櫛

笥」は枕詞。蓋《ふた》のある美しく立派な櫛箱のことで、「玉」は、讃詞。「櫛」は、クシ（奇シ）で、本来神霊の依り代だから、その入れ物である「櫛笥」も、神霊の宿る容器と考えられた。ここは、蓋を覆う意で、「覆ふ」に接続させた。恋が人目に曝《さら》されるのを憚《はばか》るのは恋歌の常道だが、この歌の場合、人目に立つことによって困難な問題が実際に生ずるわけではないだろう。むしろ、このように詠むところに積極的な意味があった。先にも述べた、男への反撥・切り返しを歌う、女歌《おんなうた》の典型的な詠みぶりになる。そのことは、下句を見ることでより一層明瞭になる。

「君が名はあれど我が名し惜しも」は、あなたの名はともかく、私の浮名が立っては困る、という意。一見、自分勝手な主張に見えるが、これこそが女歌の詠みぶりになる。

もっとも、これを不審とする見方もあったらしく、『古今和歌六帖《こきんわかろくじょう》』は、この歌を、

＝玉くしげおほふをやすみあけゆかば我が名はありとも君が名をしも　（五下「名をしむ」）

のように、改めている。これは、女歌の常套を無視した改悪だろう。あるいは、女にはこう歌ってほしいという男の願望の現れだろうか。

この歌で、もう一つ指摘しておきたい点がある。それは、この歌が、三輪山伝説を踏まえていることである。『日本書紀』「崇神紀《すじんき》」に見える箸墓《はしばか》型と呼ばれる伝説である。

三輪山の神大物主《おおものぬし》は、正体を明かさぬまま、夜ごとにヤマトトトビモモソビメのもとに通ってくる。まだ暗いうちに帰ってしまうので、ある夜、モモソビメはその姿をはっきりみたいと懇願する。そこで、大物主は「櫛《くし》

笥《げ》」の中に入っているから、翌朝、それを見るよう伝える。モモソビメが「櫛笥」の中を見ると「美麗《うるは》しき小《こ》蛇《をろち》」が入っていたので、驚いて叫び声を上げると、大物主は自分に恥をかかせたと怒り、お前にも恥をかかせようと告げて、空を飛んで三輪山に帰ってしまう。狼狽したモモソビメが跪《ひざまず》いた途端、箸がホト（女陰）を突いて死んだという話である。モモソビメを葬った墓は、後人によって箸墓と呼ばれるようになったという。

不吉な話ではあるが、鏡王女はあきらかに我が身をモモソビメに重ねている。鏡王女の歌に見える「玉櫛笥」は、この伝説の「櫛笥」を暗示させている。ならば、鏡王女は、ここで、関係が露見することで、私にモモソビメのような恥辱を与えないで下さい、と訴え掛けていることになる。むろん、そこには演技があり誇張がある。それ以上に、反撥の体《てい》を装いつつも、こうして我が身をモモソビメに擬《なぞら》えていることを、相手が理解しているかどうかを試すところに、この歌の意味はあったと見るべきだろう。そこで二首目の鎌足の歌だが、この歌は二句目の訓《よ》みに諸説ある。原文「将見円山乃」で、旧訓はミムマドヤマノと訓む。が、先に示したように、ミモロノヤマノと訓むのがよい。ここには三輪山が意識されているからである。

鎌足は、鏡王女の歌が三輪山伝説を踏まえていることを承知した上で、関係の破綻を恐れる鏡王女の危惧を打ち消し、共寝をせずにはおかない意志を表明している。そこに鎌足の強引さを見ることもできるが、こうしたやりとりこそが当時の男女の贈答歌の詠みぶりだった。

◉天皇の妻を譲られる鎌足

それでは、天智天皇とも関係があったはずの鏡王女が、いかにして鎌足の妻になったのか、その問題を考えてみたい。

鏡王女が鎌足の嫡室であったのなら、鎌足の妻になったのは天智天皇との関係が終わってからと見るのが自然かもしれない。天智から許されて、鎌足は鏡王女を妻にしたと見るのが、ひとまず常識的な理解になるのだろう。天智天皇に限らず、鎌足には天皇の妻（愛人）を譲り受けた話が他にも見える。中でよく知られているのは、大化改新（乙巳《いつし》の変、六四五年）に関連する『日本書紀』「皇極紀」の記事に見える例である。これは、即位前の孝徳天皇（当時は軽皇子《かるのみこ》）が、鎌足にその妃《きさき》の一人を自由にさせたとする記事である。

時に、軽皇子《かるのみこ》（孝徳天皇）、患《みあしのやまひ》脚して朝《まゐりつか》へず。中臣鎌子連《なかとみのかまこのむらじ》（鎌足）、曽《いむさき》より軽皇子に善《うるは》し。故《かれそ》彼の宮に詣でて、侍宿《とのゐにはべ》らむとす。軽皇子、深く中臣鎌子連の意気《こころばへ》の高く逸《すぐ》れて容止《かたちな》犯れ難きことを識《し》りて、乃《すなは》ち寵妃《ちようひ》阿倍氏を使ひたまひて、別殿を浄《きよ》め掃《はら》へて、新《にひ》しき蓐《しとね》を高く鋪《し》きて、具《つぶさ》に給《つ》がずといふこと靡《な》からしめたまふ（ありとあらゆるサービスをおさせになった）。

（『日本書紀』「皇極紀」皇極天皇三年（六四四）正月一日条）

鎌足と孝徳天皇との親密な関係は『藤氏家伝《とうしかでん》』にも記されているが、それにしても妃《きさき》に夜伽《よとぎ》をさせたとも読めるこの記事の書きぶりは相当に異例である。ちなみに、「寵妃《ちようひ》阿倍氏」とあるのは阿倍小足媛《おたらしひめ》のことで、有間皇子《ありまのみこ》（六四〇～六五八）の生母にあたる。

風説に近いともいえるが、藤原不比等皇胤説《ふひとこういんせつ》を説く『大鏡』の記事も、鎌足が天智天皇から妃の一人を譲り受けたことを、以下のように伝えている。

この鎌足のおとどを、この天智天皇いとかしこく時めかしおぼして、我が女御《にようご》一人をこのおとどに譲らしめたまひつ。その女御ただにもあらず、孕《はら》みたまひにければ、……かのおとどに仰せられけるやう「男ならば、大臣の子とせよ。女ならば、朕《わ》が子にせむ」と契らしめたまへりけるに、この御子《みこ》、男にてむまれたまへりければ内大臣の御子としたまふ。……天智天皇の皇子の孕まれたまへりし、右大臣までなりたまひて、藤原不比等のおとどとておはしけり。

（『大鏡』藤原氏の物語）

ここに記された不比等皇胤説は、歴史家からはまったく根拠のない説として退けられるのが常だが、『帝王編年記』斉明天皇条の記事を参照すると興味深い事実が出てくる。それによると、鎌足に譲られたのは車持公《くるまもちのきみ》（国《くに》子君《このきみ》）の女《むすめ》与志《よし》古娘《このいらつめ》であったという。ところが、『尊卑分脈』によれば、与志古娘から生まれた鎌足の長子は定恵《じょうえ》（貞慧）であり、不比等はその二男であったとされる。定恵は鎌足の長子であるにもかかわらず出家、学問僧として入唐、「性聡明好学」の才を百済人《くだらびと》に妬《ねた》まれて毒を盛られ、帰国後二十三歳で大原第《おおはらのたい》に没したことが『藤氏家伝』に見えている。帰国後の死というから、緩慢に作用する毒だったのだろう。定恵が優れた資質をもちながら藤原氏の業を継がずに出家したことは、あるいは定恵こそが真の皇胤であった可能性を示唆しているともいえる。『尊卑分脈』が定恵の俗名を「真人」としていることも注意を引く。「真人」とは、皇胤に与えられる姓だからである。とすると、『大鏡』の記事をまったくの荒唐無稽として退けることもできなくなる。鎌足が天智から妃の一人を譲り受けた可能性は相当に高いといえる。

さらに『万葉集』には、次のような歌も見える。

＝　内大臣《うちのおほまへつきみ》藤原卿《ふぢはらのまへつきみ》の采女《うねめ》安見《やすみ》児《こ》を娶《めと》りし時に作れる歌一首

我《われ》はもや安見児《やすみこ》得たり皆人《みなひと》の得《え》かてにすといふ安見児得たり（巻二・九五）

訳 内大臣藤原鎌足卿が采女安見児を妻とした時に作った歌一首
私はまあ安見児を得たことだ。ここにいる誰もがみな手に入れることのできない安見児を得たことだ。

鎌足が采女《うねめ》安見児《やすみこ》を手に入れた際の歓びの歌である。采女は広義の天皇の妻とされ、臣下との私通は厳重に禁じられていた。さらにここには「娶《めと》りし時に」とある。「娶る」は、正式に妻にすることだから、鎌足はとくに天智の許しを得て、安見児を与えられたことになる。この歌は、満座の宴の中でそれが披露された際の鎌足の答礼の歌だろう。「皆人」には、宴の座の人びとすべてが意識されている。

この歌の背景として、次のような理解もある。天智は、当時大友皇子《おおとものみこ》を後継者にしたいとする願いをもっていたが、大友皇子の生母は采女の出身で、身分的に大きな問題があった。そこで天智は鎌足に安見児を与え、この歓びの歌を歌わせることで、采女の卑賤感を除こうとしたというのである。背景としてそのようなことがあったことは考えられてよいが、事実としては、これもまた鎌足が天皇の妻を与えられたことの例の一つに数えてもよいだろう。

このように見てくると、鎌足はここでも鏡王女を天智天皇から譲られたのではあるまいか。いずれにしても、天智の許しのもとに、鎌足は鏡王女と結婚したと見るのがよいように思う。

●妻を共有する天皇と臣下

だが、一方、別の可能性も考えられなくはない。これが、冒頭に述べた宮廷社会の特別なありかたに関係する。

そのことを以下、述べてみたい。

そこで、再度、『大鏡』の記事に立ち戻る。この記事には、実は大きな問題がある。それは、懐妊した「女御」を鎌足に与える際に、なぜ天智天皇は鎌足に対して、「男ならば、大臣の子とせよ。女ならば、朕《わ》が子にせむ」と限定をつけているのかということである。生まれた子が男であるなら、なぜ臣下（鎌足）の子としなければならないのか。その意味がなかなかわかりにくい。生まれた子が男なら、その子がその家の後継者にならないとも限らない。もしそうなら、この場合、鎌足の血筋は伝わらず、天智の血筋が藤原氏に受け継がれることになる。『大鏡』の記事は、その理解に立った上で、そこに生まれた不比等が天智の皇胤であったことを主張する。

だが、ここに『帝王編年記』『尊卑分脈』の記事を重ねると、事態はまったく違ってくる。真の皇胤は、鎌足の長子とされる定恵であったことになるからである。もしそうなら、「性聡明好学」である定恵が出家し、鎌足の後継者が次子の不比等とされた理由が明確になる。

こうしたことに気づかされたのは、岩佐美代子氏の『宮廷女流文学読解考　総論・中古編』（笠間書院）を読んでからである。岩佐氏は、戦前ずっと昭和天皇の第一皇女照宮成子内親王のご学友として宮中に出仕し、いわば宮仕えの経験をもつ。岩佐氏は、先の著書の中で、『讃岐典侍日記《さぬきのすけにっき》』の作者（藤原長子《ながこ》）の父藤原顕綱《あきつな》が、後三条院の皇子有佐《ありすけ》を養子としていることについて、『二十一代集才子伝』を引用し、顕綱が後三条帝の寵を得ていた侍従内侍《じじゅうのないし》を身重のまま与えられ、生まれたのが有佐であったことを指摘する。さらに、それが当時の懐妊した宮女の処置法であったとして、右の天智が鎌足に「女御」を与えた例、さらに白河院が平忠盛に胎児もろともに寵人を与えた例（『平家物語』祇園女御）を挙げ、その際の白河院の「女子ならば朕《わ》が子にせん、男子ならば臣《しん》が子にせよ」という言葉を紹介している。後者は清盛皇胤説につながるが、この白河院の言葉は、天智天皇の言葉とまったく等しい。

岩佐氏は、その上でさらに大胆な仮説を提示する。すなわち、天皇や院が自分の寵人を与える対象は、平生その寵人ともっとも親しく、さらに財政的援助をも行っていた人物、つまり天皇や院と彼女を共有していたその寵人の夫であったとする。もともと寵人は有夫だったのであり、たまたま天皇や院の寵幸の機会を得て、その寝所に侍すようになったのだという。きわめて重要な指摘であり、そのように考えることによってしか、「男ならば、大臣の子とせよ。女ならば、朕が子にせむ」という言葉の意味を説明することができない。

皇位継承は父系男子による血の継受を唯一の根拠とする。もし岩佐氏の説くように、天皇や院の寵人が、臣下の夫とも同時に日常的な性関係を保っていたとすれば、生まれた子が天皇の子でない可能性も生ずることになる。そこで、血の聖性が侵犯される危険を避けるため、右のような条件が付加されることになったのだろう。「女ならば、朕が子にせむ」とあるのは、女子が皇位継承とは無関係と考えられたためである。このことからも岩佐氏の仮説の正しさを裏づけることができる。

右のような理解に立つと、『大鏡』の「女御」だけでなく、鏡王女もまた、以前から鎌足の妻であった可能性も出てくる。

こうした宮廷社会の特異なありかたについて、岩佐氏はさらに次のような説明を加えている。宮廷社会においては、廷臣がその妻を天皇と共有する場合があるが、廷臣はそれによって君側に親昵《しんじつ》の機をつかみ、内廷の機微に通じることで、禁中に隠然たる勢力を築く、という処世法がそこにあった。妻もまたそれをよく心得て、夫の財政的援助を背景に、誠意をつくして君寵にこたえ、里第《りてい》（私邸）に下《さが》っては夫に満足を与えるという二重生活を、職掌上の当然としておこなっていた、というのである。

これらの妻は公的女房、すなわち後宮の女官となって天皇に奉仕する場合が多い。内侍司《ないしのつかさ》の尚侍《ないしのかみ》・典侍《ないしのすけ》・掌侍《ないしのじょう》などの女官である。たしかに有夫の尚侍が天皇の寵愛を受けた例は少なくない。岩佐氏も指摘するように、百済王《くだらのこにきし》明信《めいしん》に対する桓武《かんむ》天皇と藤原継縄《つぐただ》（明信の夫）、藤原薬子《くすこ》に対する平城《へいぜい》天皇と藤原縄主《ただぬし》（薬子の夫）の例などがただちに思い浮かぶ。明信の夫継縄は、交野《かたの》の行幸に際して、明信とともに別業《べつぎょう》（別邸）に桓武を迎えて恩賞に与《あずか》り、さらに皇太子傅《こうたいしふ》（皇太子の輔導役）として安殿《あて》親王（後の平城《へいぜい》天皇）の元服の加冠役をつとめ、ついには右大臣の地位にまで昇っているから、たしかに妻への寵愛を利用して、おのれの地位を高めていたことがたしかめられる。作り物語の世界でも、『宇津保物語』の俊蔭女《としかげのむすめ》は、藤原兼雅《かねまさ》との間に仲忠《なかただ》という子を持ちながら、朱雀帝の求めに応じて尚侍となって出仕し、ために夫の評判も上がったとある（「初秋」）。鏡王女が女官であったとは思われないが、類似した事実があったことは充分に想像される。

もっとも、夫は妻の共有を必ずしも快く思ったわけではないだろう。人間である以上、嫉妬の感情が存在するからである。

先に作り物語の例として掲げた『宇津保物語』の俊蔭女の場合も、夫の兼雅には嫉妬に似た感情が現れている。『源氏物語』でも、冷泉帝の恋情によって尚侍に任じられた玉鬘《たまかずら》の出仕を、夫の髭黒《ひげくろ》はなかなか許そうとはしなかったとある。むろんつよい嫉妬の思いからである。

このように、有夫の尚侍の場合には、妻の共有を夫が必ずしも平然と認めていたわけではないことがわかる。とはいえ、岩佐氏の説くように、宮廷社会では、こうした関係はけっして異例なものではなかった。岩佐氏は、宮中では、尚侍・典侍・掌侍の「侍寝」は、明治時代までは純然たる「公務」であったことを、大正二年（一九一三）三月の「奥表ノ区分幷御側御用奉仕ノ要綱」という記録によって示している。その「（七）侍寝」の項には、たしかに「高等女官奉仕ス」とある。ここでの「高等女官」とは、尚侍・典侍・掌侍・命婦を意味するという。これらの中には、あるいは有夫の女官もいたかもしれない。

これらが、岩佐氏の本によって学んだこと、考えたことだが、最後に一つだけ付け加えておきたい。それは、宮廷生活の論理には、現代の私たちの日常生活の論理とは大きくかけ離れたところがある、ということである。古典文学を読む際にそれを見のがすと、大きな陥穽《かんせい》にはまり込むことになる。

近年、『源氏物語』が大きなブームになっている。それはそれで結構なことではあるが、その解説書の中には、登場人物たちの心理を私たちの生活感情に引きつけて説明したものが少なくない。『源氏物語』は、当時の最高の貴族たちを主人公とする宮廷社会の物語である。そこに安易に現代庶民の下世話な感情を持ち込むのは、まさしく言語道断というほかはない。そうした読みが必ずしも不可能でないことは認めるが、『源氏物語』の本質から大きく逸脱していることは間違いない。『源氏物語』など、現代の基準からすれば、まさしく不倫・乱倫の物語に違いない。しかし、宮廷社会とはそうした不倫・乱倫を当然のこととして許容するような社会だった。ヨーロッパの宮廷社会でも類似のことはあったらしいから、宮廷社会の特異なありかたは世界的な普遍性をもっていたのかもしれない。

万葉樵話……五

恋とは何か

◉恋と魂《たま》のはたらき

文学の起源説の一つとして、かつて異性吸引説が唱えられたことがあった。男女が互いの関心を引くために交わし合う何らかの言語行為が文学の起源の一つになったとする説である。文学の起源は、それのみで考えられるほど単純ではないが、それでも男女関係の仲立ちを果たすことが文学の役割の一つであったことは否定できない。『万葉集』の歌を見ても、恋歌が相当な数を占めている。もともと歌が対象に働きかける力をもつ呪的な言語であることからも、そうなるべき理由が想像しうるであろう。歌にそなわる対他性・対人性、すなわち対象に作用する力は、恋歌の場合にこそ際立つことになるからである。

以下、『万葉集』の恋歌に見える特徴的な表現について考えたいと思うが、その前に恋とはどのようなものとして捉えられてきたかについて述べておく。

古代の恋とは、何らかの事情があって、恋人と離れて逢うことがかなわない状況の中で生ずる感情をいう。これが一応の定義になるが、感情と述べたところは、さらなる説明が必要になる。その理由は、恋が魂《たま》のはたらきに深くかかわっているからである。

魂は、一人一人の個体に宿り、その個体の存在を支える生命力の根元として意識されるものを指す。魂は、容器としての身体に宿る。生命力の根元が魂だから、それが身体から遊離して戻って来なければ、その身体は死ぬことになる。もっとも、魂は分割できるらしく、何かのはずみでその一部が身体から遊離することもある。沖縄では、魂をマブイと呼ぶ。階段から落ちたりした際などに、マブイが驚いて、身体から抜け出ることもある。そうした場合には、マブイを急いで戻してやらなければならない。それをマブイ付けと呼んでいる。魂が戻らないと、大事に至るからである。

◉魂逢いと夢

そこで恋である。恋の情動は魂のはたらきによって生ずるものとされた。魂は、個体の意志とはかかわることなく発動する。恋人と離れて逢えない場合、魂は相手の魂との出逢いを求めて遊離する。その出逢いが魂逢《たまあ》いになる。魂逢いが実現されると相手の夢を見る。この場合、相手もまた同じ夢を見ていることになる。

スマートフォンが普及し、相手がたとえ地球の裏側にいても、画像によるやりとりが一瞬にしてできるようになった現在とは違って、相手の動静をただちに知る手立てなど、『万葉集』の時代にはまったく存在しなかった。だからこそ、離れて逢えない相手との交流は、夢によるほかなかったのである。

魂逢いを歌った歌に、次のような例がある。東歌《あずまうた》である。

筑波嶺《つくはね》の彼面此面《をてもこのも》に守部《もりへ》据《す》ゑ母い守《も》れども魂《たま》そ逢《あ》ひにける　（巻十四・三三九三）

訳　筑波の嶺のあちらこちらに番人を据え置くようにして、母は私を監視しているが、あの人の魂と魂逢いしてしまったことだ。

女の歌である。ひそかに思う男がいるものの、母の監視が厳しく、なかなか男が通って来られない状態だったのだろう。そうした中で、魂逢いが成就したことを歌っている。夢に相手の男を見たのだろう。母には娘の性を管理する役割があった。「悪い虫がつかないように」ということだろう。当時は、一般に通い婚だったから（通い婚の後に、同居することも少なくない）、子どもの養育の責任は、基本的に母が受け持った。男の子の場合は、それほどうるさく干渉しなかったが、娘に対しては厳しく管理した。そこで、このような歌が歌われることになった。

次の歌も魂逢いを歌うが、魂逢いが成就すると身体までもが相寄ると信じられていたらしい。

魂合《たま》はば相寝《あひね》むものを小山田《をやまだ》の鹿猪田《ししだ》守《も》るごと母し守《も》らすも

（巻十二・三〇〇〇）

訳 互いの魂が合ったなら共寝できようものを、それなのに山田の鹿や猪が荒らす田を守るように、母が番をなさることよ。

この歌も、母の監視が厳しく、なかなか男が通って来られない状況にあったことが歌われている。「鹿猪田《ししだ》」の「鹿猪《しし》」だが、シシとは食肉獣（肉食獣ではない）を意味した。その代表が鹿と猪だった。区別する際には、カノシシ（鹿）、ヰノシシ（猪）と呼んだ。いまは言葉としては後者しか残らない。その獣害を避けるため、番人などを置いて守ることもあった。それを母が娘を守るさまに重ねたのである。

もっとも、『万葉集』の歌には、魂逢いによる魂の働きを、心の働きとして歌った例もある。魂と心の区別が次第に薄れてきたところに、そうした歌の現れる理由があるだろう。

真野《まの》の浦の淀《よど》の継橋情《つぎはしこころ》ゆも思へか妹《いも》が夢《いめ》にし見ゆる

（巻四・四九〇）

訳 真野の浦の淀にかかる継橋のように、絶え間なく心の底から思うからなのか、あなたが夢に現れることだ。

確かなる使《つか》ひを無《な》みと情《こころ》をそ使ひに遣《や》りし夢《いめ》に見えきや

（巻十二・二八七四）

訳　信頼できる使いがいないので、わが心を使いとして送った。あなたの夢に現れたことだろうか。

前者は、心の作用によって思いが生じ、その結果相手（妹）が夢に見えたことを歌っている。後者は、そうした心の働きをさらに進めて、心が相手に届くものであるとし、それによって夢に自分が現れたかどうかを相手に問いかけている。当時、夢《ゆめ》はイメといった。寝目《いめ》の意らしい。この二首では、魂と心はほとんど重なりあっている。なお、前者は、吹芡刀自《ふふきのとじ》という女の作で、男の立場で歌っている。「継橋《つぎはし》」は、杭《くい》を打ち、板を継ぎ渡した橋。「真野」は、現在の兵庫県神戸市長田区真野町付近とされる。

『古今和歌集』にも、

君をのみ思ひ寝《ね》に寝し夢《ゆめ》なればわが心から見つるなりけり　（『古今集』恋二・六〇八）

訳　あなたのことばかりを思い寝に寝て見た夢なので、私の心の働きによってあなたが見えたことだった。

という歌があり、相手を思うその心の働きによって相手が夢に現れたことが歌われている。

◉魂とウラブレ

魂逢いをもとめて遊離する魂のはたらきが恋であるとすると、魂の所有者の身体にも影響が現れる。生命力の根元が魂だから、その一部でも遊離すれば、どこかぼんやりした状態になるに違いないからである。それをウラブレと呼んだ。

君に恋ひしなえうらぶれ我《あ》が居《を》れば秋風吹きて月傾《かたぶ》きぬ

（巻十・二二九八）

訳 あなたを恋うあまり悄々《しおしお》と魂も抜けた状態で私がいると、秋風が吹いて月が傾いてしまった。

「月に寄せたる」と題された歌の中の一首。女の歌である。ウラブレのウラは、裏表の裏で、表からは隠れて見えないものをそう呼んだ。魂（心）も表からは見えないから、ウラと呼ばれた。ウラブレは、ウラアブレの約（短く縮めた言い方）とされる。アブレは遊離を意味する。アブレ（ル）には、落ちぶれてさすらったり、外にはみ出てしまったりするような意味がある。現代語の「仕事にあぶれて」も、このような意味が含まれていよう。近世の例だが、近松門左衛門の『心中天網島《しんじゆうてんのあみじま》』で、紙屋治兵衛《かみやじへえ》が小春《こはる》を思うあまり、「魂《たましひ》抜けて、とぼとぼうかうか、身を焦がす」ありさまになったとあるのも、ウラブレの状態を示している。

後の「十一、暦について」（一六九ページ）でも詳しく述べるが、男の通いは、月が出ている夜でなければならなかった。その場合も、夜が更けてからの通いは禁忌とされた。ここも「月傾きぬ」とあるから、もはや男の通いは期待できない。そこで、女は悄然《しょうぜん》とうちしおれることになる。ウラブレの状態が極まれば、恋の病＝恋煩《わずら》いに結びついていく。もっとも、恋煩いという言葉は、古代にはない。

魂が相手のもとに向かったことで、魂の不在が実感されたとする歌もある。『古今集』の歌である。

女ともだちと物語して、別れてのちにつかはしける

あかざりし袖の中にや入《い》りにけむわが魂《たましひ》のなき心地する

（『古今集』雑下・九九二）

訳　女ともだち同士であれこれ世間話をして、別れた後で贈った歌まだ飽き足りない思いのままで別れたあなたの袖の中に入ってしまったのだろうか。私の魂が抜け失せてしまったような心地がすることだ。

女同士のやりとりではあるが、男女間に交わされる歌と質の上で違いはない。相手の袖の中にわが魂が入り込んでしまったのだろうか、と歌っている。飽き足りない思いゆえとあるから、別れたあとの恋情のなせるわざと見てよい。袖は魂の宿る聖なる場所だった。

◉恋の受動性

右に見たように、恋の情動は魂のはたらきによるが、その情動は恋の当事者には制御することができない。言い換えれば、恋の思いとは、おのれの意志によって生ずるのではなく、どうにも押しとどめることができない情動として現れる。それゆえ、恋の情動は、主体にとって能動的ではなく受動的なはたらきとして現れた。

そのことをよく示しているのが、恋歌に特徴的な表現である「心に乗る」である。相手のことで心が一杯に満たされてしまった状態の形容である。

ノル（乗る・載る）とは、もともと他者（神的・霊的存在）に憑依された状態を意味する。しかも、そうした状態のままどこかに運ばれていくこと、主体が受動的な状態に身を委ねることをノルといった。「心に乗る」のノルもその意味にほかならない。

駅路《はゆまぢ》に引舟《ひきふね》渡し直乗《ただの》りに妹《いも》は心に乗りにけるかも　（巻十一・二七四九）

訳 駅路に引舟を渡して、まっすぐに川を舟で乗り渡るように、ただ一途《いちず》にあの子は私の心に乗りかかってしまったことだ。

恋とは、すでに述べたように、おのれの魂が恋人の魂との逢会を求めて身体から遊離した状態をいうが、それを反対から見れば、相手の魂がこちらに依り憑いて、おのれの統御を超えた状態が生み出されたことでもある。それを「心に乗る」と表現した。なお、「駅路《はゆまぢ》」だが、水駅《すいえき》をいう。河川・湖沼の渡し場や、水行の便のあるところに水駅を設け、駅馬《えきば》に代えて舟を配置した。「引舟渡し」とあるように、舟に綱をつけて、対岸から引き寄せた。

恋の状態を「道（路）に乗る」と表現した例もある。海路の例である。

海原《うなはら》の路《みち》に乗りてや我《あ》が恋ひ居《を》らむ　大船《おほぶね》のゆたにあるらむ人の児《こ》ゆゑに　（巻十一・二三六七）

訳 海原の海路に乗って行方を託すように、私は恋い続けるのだろうか。大船のようにゆったりと構えているだろう人の子のために。

旋頭歌《せどうか》である。旋頭歌については、後の章（一二一ページ）で詳しく述べる。

海上には船を自然と目的地に運ぶような道があると考えられていた。潮流を意識したのだろう。『古事記』「神代記」の海幸《うみさち》・山幸《やまさち》の物語で、兄の釣り針を無くしてしまった山幸が海辺で泣いていると、そこに現れた塩椎神《しおつちのかみ》が、海神《わたつみのかみ》の宮に行くよう勧める場面がある。山幸を船に乗せて海に押し出してやるのだが、そこに、塩椎神の次のような言葉が見える。

我《あれ》、その船を押し流さば、やや暫《しま》し往《い》でませ。味御路《うましみち》有らむ。乃《すなは》ち、その道に乗りて往でましなば、魚鱗《いろこ》なす造れる宮室《みや》、それ綿津見神《わたつみのかみ》の宮ぞ（それが海神の宮だ）。

（『古事記』上巻・神代記）

「味御路《うましみち》」は、好都合な潮の道（潮流）という意味だろう。それに乗って行くと、海神の宮におのずとたどり着くであろうというのである。そこで、「乗りて」だが、動く歩道ではないが、その潮の道に運ばれて、おのずと目的地にたどり着くということだろう。主体が受動的な状態に身を任せることを、ここでも「乗る」と表現したのである。

先の旋頭歌が、恋の状態を「海原《うなはら》の路《みち》に乗りてや我《あ》が恋ひ居《を》らむ」と表現しているのも同様である。恋もまた、自ら行方を定められぬ受動的な状態だからである。

次のような例もある。

吾妹子《わぎもこ》が夜戸出《よとで》の姿見てしより心空《そら》なり土《つち》は踏めども

（巻十二・二九五〇）

訳 いとしいあの子が夜、戸を開けて外に出る姿を見てからというもの、私の心は上の空だ。土は踏んではいるが。

男の歌。「夜戸出の姿」は、自分の誘いに応じて、戸を開けて外に出る女の姿のこと。それを見て、心がすっかりうわの空になってしまったと歌っている。「空《そら》」は天地間の空漠とした広がりを意味するが、わが心もそうした「空」に霧散して行方知らずになってしまったことを、このように表現している。この「心」も「魂」と重なっている。正気でない状態になったということだから、感覚としてはやはり受動的である。

◉穂積親王の歌

恋が受動的な状態であることを戯画化して歌った例もある。

穂積親王《ほづみのみこ》の御歌《みうた》一首

家《いへ》にありし櫃《ひつ》に鏁《かぎ》刺し蔵《をさ》めてし恋の奴《やつこ》の掴《つか》みかかりて　（巻十六・三八一六）

右の歌一首は、穂積親王の、宴飲《うたげ》の日に酒酣《たけなは》なる時に、好みてこの歌を誦《よ》みて、以《も》ちて恒《つね》の賞《め》でと為《な》しき。

訳　穂積親王の御歌一首

家にあった櫃に鍵を掛け、しっかり閉じこめておいた恋の奴めが、掴《つか》みかかって来て。

右の歌一首は、穂積親王が、宴会の日に酒興が酣《たけなわ》になった時に、好んでこの歌を誦詠《しょうえい》して、いつもの楽しみとしていた。

穂積親王（?～七一五）が宴席で好んで歌ったという戯笑歌である。「奴《やつこ》」は「家《や》つ子」で、賤民身分の男の使用人。ここは自分を苦しめる「恋」を擬人化して、罵《ののし》りの対象としている。「掴《つか》みかかりて」というところに、恋が外部から不意に襲いかかる作用であることが示されている。

穂積親王は天武天皇の皇子で、『万葉集』には、異母妹である但馬皇女《たじまのひめみこ》（?～七〇八）との悲恋の物語が伝えられている。心の奥底に封じ込めていたはずの、その苦い思い出がよみがえったことがここに歌われているとする説もあるが、これは何ともいえないだろう。

「恋の奴」という言葉は、当時かなり流行したらしく、いくつかの歌にそれが見える。興味深いのは、穂積親王の孫にあたる広河女王《ひろかわのおおきみ》が、右の歌を踏まえた戯歌を詠んでいることである。

広河女王《ひろかはのおほきみ》の歌二首　穂積皇子の孫女《むまご》、上道王《かみつみちのおほきみ》の女《むすめ》なり

恋草《こひくさ》を力車《ちからぐるま》に七車《ななくるま》積みて恋ふらく我《わ》が心から　（巻四・六九四）

恋は今はあらじと我《あれ》は念《おも》ひしを何処《いづく》の恋そ摑《つか》みかかれる　（巻四・六九五）

訳　広河女王の歌二首〔穂積皇子の孫娘、上道王の娘である〕

恋という草を荷車に七台も積むように恋をするというのも、ほかならぬ私の心ゆえだ。

恋にとらわれることなど今はあるまいと私は思っていたのに、どこに隠れていた恋が摑《つか》みかかって来るのか。

穂積親王の歌を直接に踏まえているのは二首目だが、一首目も恋を戯画化して捉えている。「恋草」は、いくら刈り取ってもますます繁茂する草に恋を喩《たと》えたもの。それを「七車」に積むというのだから、相当な誇張がある。二首目の「何処《いづく》の恋そ摑《つか》みかかれる」は、穂積親王の歌の「恋の奴《やつこ》の摑《つか》みかかりて」を意識する。「櫃」ではないどこかに隠れていた恋が襲いかかったという意になる。

恋を歌った歌ではないが、穂積親王の子の境部王《さかいべのおおきみ》にも、次のような歌がある。

虎に跨《の》り古屋《ふるや》を越えて青淵《あをふち》に蛟龍《みづち》取り来《こ》む剣大刀《つるぎたち》もが

（巻十六・三八三三）

訳 虎に乗って古屋を飛び越えて、青淵に棲む蛟龍《みづち》を捕らえて来るような剣大刀がほしいものよ。

物名歌《もののなのうた》（一首の中に数種の事物を詠み込む歌）で、恐ろしげな印象を与える数種の物が詠み込まれている。「虎」「古屋」「青淵」「蛟龍」「剣大刀」がそれにあたろう。「古屋」は、人が住まなくなって、霊鬼などが棲みつくようになった廃屋のこと。昔話の「古屋《ふるや》の漏《も》り」は、古屋の雨漏りの恐怖をいうが、そこには「虎狼」も登場し、本歌との何らかのつながりを感じさせる。「青淵」は、水を深々と湛えた淵で、『枕草子』にも「名おそろしきもの、青淵」（「名おそろしきもの」）とある。「蛟龍」は、水の霊で龍の姿を想像したもの。「蛟」は、蛇に似て四足あるという。これも戯歌と見てよいから、どうやら穂積皇子の家系には、こうした歌を詠《よ》む血脈が受け継がれていたらしい。歌の血筋というべきか。

恋を名状しがたい状態と捉えた歌もある。

恋ふといふはえも名づけたり言ふすべのたづきも無きは我《あ》が身なりけり

（巻十八・四〇七八）

訳 「恋う」とはよくも名づけた言葉だ。「恋う」と言うよりほかに、どう言い表すべきか、そのすべもわからないのが、このわが身であったことだ。

越中守《えっちゅうのかみ》大伴家持《おおとものやかもち》が、隣国の越前掾《えちぜんのじょう》大伴池主《いけぬし》に贈った歌で、男同士のやりとりになる。池主は前任が越中掾で、家持の部下だった。同族であり、また無二の詩友として、きわめて親密な関係を築いた。池主が隣国に転任後も、その文雅の交わりは継続された。そこで、この歌だが、その表現性は、先の『古今集』の女同士の歌と同様、男女間で交わされる歌のそれと変わらない。『万葉集』にはこうした例はめずらしくなく、これをホモソーシャルな関係（男同士が、友愛を目的とした閉鎖的な連帯空間を、女性や同性愛者を排除した上で構成すること）の現れと捉える向きもある（呉哲男『古代日本文学の制度論的研究』おうふう）。ここに「言ふすべのたづきも無きは」とあるように、恋が名状しがたい状態と把握されるのは、恋が当事者の統御を超えたありようを示すからにほかならない。

◉恋歌と死

恋にとらわれて魂《たま》が遊離すると、しばしば腑抜《ふぬ》けたような状態になると、先に述べた。それが恋煩いだが、さらに極まれば死を招くことにもなる。恋い死にである。『万葉集』の恋歌には、恋い死にを歌ったものが少なくない。ただし、実際の死を歌うのではなく、恋い死にはむしろ恋の苦しさを表現する手立てとしてあった。歌の世界では、実際の死を直接に歌うのは禁忌とされていた。その証拠に、挽歌では「死」という言葉を用いた例は、原則として見られない。死に触れる際は、あからさまな言い方を避けるのが約束とされた。「過ぐ」「散る」「隠《かく》る」といった言葉が、「死」の代わりに用いられた。

一方、恋歌では「死」という言葉が頻出する。それは繰り返すように、死が恋の苦しさを表現する比喩であり、現実の死を意味しないからである。

〓恋ひ死なむ後《のち》は何せむ生《い》ける日のためこそ妹《いも》を見まく欲《ほ》りすれ　（巻四・五六〇）

訳 恋い死にしてしまった後ではどうしようもない。生きている日のためにこそ私はあなたに逢いたく思うのだ。

「大宰大監大伴宿禰百代《だざいのだいげんおほとものすくねももよ》の恋の歌四首」と題する歌の中の一首。「大監」は、大宰府の上席の三等官。題詠に近い詠みぶりだから、ここでの恋い死にも観念的に把握されており、切迫感からはほど遠い。とはいえ、恋の苦しさの果てに恋い死にがあることは、この歌からも伝わってくる。

恋い死にを戯画的に捉えた次のような歌もある。

思ふにし死《し》にするものにあらませば千遍《ちたび》そ我《われ》は死に返らまし

（巻四・六〇三）

訳 恋に物思うことで死んでしまうものなら、千度も私は死を繰り返すことだろう。

笠女郎《かさのいらつめ》が大伴家持に贈った二十四首の中の一首。恋の思いに死ぬのなら、私は千度も死を繰り返すだろうと歌っている。「死に返る」は、生↓死で、死↓生の「生き返る」とは反対の言い方になる。生に価値を置くなら「生き返る」だが、ここは恋い死にすることに意味を認めるので、「死に返る」とした。通常の言い方ではなく、これ自体が極端な誇張の表現になる。この歌は、次の「柿本人麻呂《かきのもとのひとまろ》歌集《かしゆう》」の歌を原拠としたらしい。

恋するに死にするものにあらませば我《あ》が身は千遍《ちたび》死に返らまし

（巻十一・二三九〇）

訳 恋をするとその苦しさに死ぬものであるのなら、わが身は千度も死を繰り返すことだろう。

笠女郎が家持に贈った二十四首は、恋の始まりから終焉《しゅうえん》までが歌われていて、意図的な配列を感じさせる。後の勅撰集の恋部の配列のミニ版といってよいかもしれない。ここには、右のほかにも、恋い死にを歌った次のような歌もある。

恋にもそ人は死にする水無瀬川《みなせがは》下《した》ゆ我痩《あれや》す月に日に異《け》に　（巻四・五九八）

朝霧《あさぎり》のおほに相見《あひみ》し人ゆゑに命《いのち》死ぬべく恋ひわたるかも　（巻四・五九九）

訳 恋にもこそ人は死ぬのだ。水無瀬川の流れが表には見えないように、私も人知れぬ思いに痩せていく。月日の経つにつれます。

朝霧のようにぼんやりとしか逢っていないあの人のために、命も絶えそうなほど恋い続けることだ。

しかし、笠女郎の真骨頂は誇張を徹底させた歌にある。

八百日行《やほかゆ》く浜の真砂《まなご》も我《あ》が恋にあにまさらじか沖つ島守《しまもり》　（巻四・五九六）

訳 八百日もかかって過ぎて行くような浜の砂粒の数だって、どうして我が恋心に増すことがあろうか。どうだろう、沖の島守よ。

あなたへの恋の思いは、八百日もかかって過ぎ行くほど長い浜の砂粒の数だってそれに増すことはないと歌っている。これほどまでに誇張の際だった歌を送られたら、受け取った家持も大いに辟易《へきえき》したに違いない。ここに見える「沖つ島守」は、沖合の島の防備にあたった兵士。それを恋の審判者に見立てている。『土佐日記』の、

「わが髪の雪と磯辺の白波といづれまされり沖つ島守」は、この影響作らしい。

相思《あひおも》はぬ人を思ふは大寺《おほでら》の餓鬼《がき》の後方《しりへ》に額《ぬか》づくがごと　（巻四・六〇八）

訳　思ってもくれない人を思うのは、大寺の餓鬼像の後ろから額《ぬか》ずいて拝むようなものだ。

「餓鬼」は、貪欲《どんよく》の報いで餓鬼道に落ちた亡者をいう。その彫像が寺院に置かれていた。思ってもくれないあなた（家持）を思うのは、仏像ならばともかく、役立たずの餓鬼像を、しかも後ろから拝むようなものだというのである。ここには、誇張というより、恋の終焉を意識した自嘲がある。それが、おのれを戯画化した表現を生むのだろう。

笠女郎は、このように独自な個性をもつ歌を数多く残しているが、それらはすべて家持に贈られた歌である。

●恋の反社会性

恋は二人だけの世界を志向する。それゆえ、それをとりまく周囲は、恋する二人にとっては敵になる。次の東《あずま》歌《うた》は、そのことをよく示している。

小山田《をやまだ》の池の堤《つつみ》に刺す柳成りも成らずも汝《な》と二人《ふたり》はも　（巻十四・三四九二）

訳　小山田の池の堤に挿し木にする柳のように、うまく行っても行かなくても、結局はお前と二人なのだ。

「小山田の池」は所在未詳。「成りも成らずも」には、親の反対や世間の目が障害として意識されている。二人だけの純粋な世界を求めることは、恋がしばしば反社会性を刻印されることにつながる。不倫の関係、身分を超えた恋など、実際にも社会の秩序を逸脱してしまうような場合はなおさらである。ついでながら、二人の関係が、社会の秩序の中に回収されるのが結婚になる。社会の承認を得た関係といってもよい。この意味で、恋と結婚には大きな相違がある。この問題については、次章でも触れるところがある。

万葉樵話……六

僧の恋

◉三方沙《みかたのさ》(しゃ)弥《み》と園臣生羽《そののおみいくは》の女《むすめ》の贈答歌

ここで取り上げるのは、僧の恋ともいうべき歌のやりとりである。僧はいうまでもなく出家者だから、女性関係は原則として御法度《ごはっと》とされた。戒律の違反になるからである。

明治に入り、太政官布告によって、僧の妻帯・肉食が公許されるところとなったが、それまでは原則として僧の女犯《にょぼん》は禁じられていた。なお、この太政官布告は、いわゆる廃仏毀釈《はいぶつきしゃく》の流れの中で、僧の権威を貶《おとし》める意味をもつ神道側の意向が、その裏側に働いていたとされる。

『万葉集』の時代には、当然ながら、僧の妻帯は許されなかった。それゆえ、僧の恋もまたありうべきはずのものではなかった。ところが、『万葉集』の伝える歌物語の中には、僧の恋というテーマもあったらしく、そうした物語がいくつか見える。恋の世界とは無縁であるはずの僧が恋をするという、その面白さが意識されていたのかもしれない。

まずは次の例を見ていこう。三方沙《みかたのさ》(しゃ)弥《み》と園臣生羽《そののおみいくは》の娘との間に交わされた贈答歌である。

　三方沙弥《みかたのさみ》の園臣生羽《そののおみいくは》の女《むすめ》を娶《めと》りて、未《いま》だ幾時《いくだ》も経ずして病に臥《ふ》して作れる歌三首

たけばぬれたかねば長き妹《いも》が髪この頃《ころ》見ぬに掻《か》き入れつらむか　　三方沙弥（巻二・一二三）

人皆《ひとみな》は今は長しとたけと言へど君が見し髪乱れたりとも　　娘子《をとめ》（巻二・一二四）

橘《たちばな》の蔭《かげ》踏む道の八衢《やちまた》に物をそ思ふ妹《いも》に逢はずして　　三方沙弥（巻二・一二五）

訳　三方沙弥が園臣生羽の娘と結婚してまだいくらも経っていないのに、病に臥して作った歌三首

束ねると解《ほど》けてしまい、束ねないままだと長すぎる妻の髪は、しばらく見ないうちに誰かが梳《くしけず》って結《ゆ》い上げてしまっただろうか。　三方沙弥
人は皆「今は長すぎる、束ねよ」と言うけれど、あなたが見た髪はどんなに乱れようともそのままに。　娘子
橘の木蔭《こかげ》を踏む衢《ちまた》で道が四方八方に分かれるように、あれこれと物思いをすることだ。妻に逢わずにいて。　三方沙弥

歌の下に小字で歌い手を記すのは、それらの歌が伝誦《でんしょう》的な語り物としてあったことを示している。三方沙弥も、園臣生羽の娘も、経歴等一切知られていない。三方沙弥の名からすると、三方氏出身の僧だったのかもしれない。題詞に「娶《めと》りて」とあるから、三方沙弥は、娘と正式に結婚していたとも解せる。しかし、歌の内容を見ると、周囲の承認による結婚を疑わせるようなところもある。娘のもとに通い始めてまだ間がないうちに、三方沙弥は病に臥せってしまったのだろう。

一方、三方沙弥が「沙弥《さ(しゃ)み》」であったことも注意される。沙弥とは、僧には違いないが、剃髪して十戒を受けたのみの修行僧を意味する。正式な戒律（具足戒）を受けた僧を比丘《びく》と呼ぶが、沙弥の場合は僧形であるとはいえ、俗人に近い生活も許されたらしい。『日本霊異記』などでは、勝手に僧を名のるいわゆる私度僧（公許を得ず、私に〈勝手に〉僧となったもの）を私度僧と呼ぶ。非合法の存在で、律令政府の弾圧の対象となった）を沙弥と呼んでいる。その中には妻帯し、俗人と変わらぬ生活を営んでいる者もあったから、三方沙弥の場合も、娘との関係は場合によっては許容されていたのかもしれない。

一首ずつ見ていく。まずは三方沙弥の歌。

＝たけばぬれたかねば長き妹《いも》が髪この頃《ころ》見ぬに掻《か》き入れつらむか

「たけばぬれ」の「たく」は、髪を梳《す》き上げて束ねることをいう。タは手で、タクは、手を操《あやつ》る意。「ぬる」は、解《ほど》ける意の動詞。この娘が豊かで長い髪の持ち主であったことがわかる。

この髪の描写は、一方で、娘が結婚適齢期直前の状態であったことを示す。下句に「掻き入れつらむか」とあるが、これは髪を櫛で梳《す》き上げて結い上げること、いわゆる結髪の状態にすることを意味する。少女は成長すると切り下げ髪にし、さらに結婚した成女になると束ねてそれを結い上げた。そこで、三方沙弥は自分が通って行けなくなった間に、娘は誰か別の男と結婚して、髪を結い上げたのではないかと危惧したのである。ここからわかるのは、三方沙弥が結婚適齢期直前の娘のもとに通っていたこと、またこの二人の関係が娘の親から正式な承認を受けてはいなかったらしいという事実である。娘の親は、娘に別の男と結婚するよう迫っていたらしいことも、次の歌からうかがえる。ならば「娶《めと》りて」とはあるが、この二人はまだ恋の段階にあったのだろう。恋と結婚とはまったく意味を異にするからである。

「恋は思案の外《ほか》」といわれるように、恋は理性や分別を超えたところで成り立つ。社会的な秩序とかかわらないのが恋である。身分違いの恋、不倫などを考えれば、恋はむしろ反秩序的な行為、罪の匂いをどこかに宿すような行為であるともいえる。だから、外部に露見することを恐れるのである。恋が露見すると、場合によっては仲を引き裂かれるような事態も起こりかねない。一方、結婚は、二人の関係が社会的に公認されることを意味した。社会的な秩序の中に二人を位置づけるのが、結婚になる。それを、古代では「所露《ところあらは》し」と呼んだ。女の親が、婿を迎えたことを社会的に披露することである。いまは少なくなったようだが、結婚式の「披露宴」は、その名残であろう。

そこで二首目である。娘の歌になる。

＝人皆《ひとみな》は今は長しとたけと言へど君が見し髪乱れたりとも

周囲の人はみな髪上げせよといって迫ったとある。むろん結婚せよという意味である。この「人皆」には、娘の親も含まれていよう。だが、娘は、あなたの手が触れた髪は、どんなに乱れようとそのままにしておこうと歌っている。なかなかいじらしい歌いぶりである。

そこで、病の床《とこ》に臥《ふ》せっている三方沙弥は、次のように歌う。

＝橘《たちばな》の蔭《かげ》踏む道の八衢《やちまた》に物をそ思ふ妹《いも》に逢はずして

一首の意は「橘の木蔭を踏む衢《ちまた》で道が四方八方に分かれるように、あれこれと物思いをすることだ。妻に逢わずにいて」と訳したとおり。上二句は序で、道があちこちに分かれるように、あれこれ物思いをするさまを示す。「衢《ちまた》」は「道股《ちまた》」で、道の交差するところ。そこには、木陰で涼をとるため樹木（とくに実のなる樹木）が植えられていた。ここは橘が植えられていたのだろう。衢には市が開かれることが多いが、餌香市《えがのいち》に橘が植えられていたという記録（『日本書紀』「雄略紀」十三年三月条）もある。餌香市は大阪府藤井寺市国府《こう》のあたりという。

この歌は、娘に向けられたというよりは、独詠（自分自身の感慨を吐露した歌）と見た方がよい。沙弥と娘の唱和は、この沙弥の独詠で締めくくられていたことになる。

この二人の関係がその後どうなったのかは、何も記されていないのでわからない。とはいえ、これらの歌が歌物語として伝誦《でんしょう》されていたのはたしかだから、この恋の顚末《てんまつ》も宮廷内部で語られていた可能性が高い。

◉井は誓いの場

もう一つここで考えておきたいのは、このやりとりが、『伊勢物語』の「筒井筒《つついづつ》」の段の発端と類似していることである。隣り同士の幼なじみであった男女が、将来の愛を井に誓っていたが、女が結婚適齢期になり、周囲から結婚を迫られたものの、その約束を忘れず、ついに夫婦になったとある話である。

男は、この女をこそ得《え》めと思ふ、女は、この男をと思ひつつ、親のあはすれども（女の親がほかの男と結婚させようとするが）聞かでなむありける。さて、この隣の男のもとより、かくなむ。

筒井《つつゐ》つの井筒《ゐづつ》にかけしまろがたけ過ぎにけらしな妹《いも》見ざるまに

女、返し、

くらべこし振分髪《ふりわけがみ》も肩すぎぬ君ならずしてたれかあぐべき

など言ひ言ひて、つひに本意《ほい》のごとくあひにけり。

（『伊勢物語』第二十三段）

男の歌の「井筒《ゐづつ》にかけし」の「かけし」は、従来、背丈を井筒に比べ計る意に解釈されて来た。教科書などにも、そう説明されているかもしれない。だが、それは誤っている。すでに折口信夫氏が指摘しているが（折口信夫「伊勢物語」『折口信夫全集』ノート編一三）、「かけし」は、口に出して誓う意に解されなければならない。なぜなら、井は、古来、誓約の場とされてきたからである。「私の背丈がこのくらいになったらあなたと結婚しようと井筒に誓ったその背丈が、もうすっかりそれを越すほど成長したようです。あなたに逢わないうちに」というのが歌意になる。

井が誓約の場であることは、天《あめ》の真名井《まない》を舞台に、天照大御神《あまてらすおおみかみ》と須佐之男命《すさのおのみこと》とがウケヒ（誓約）をおこなったという『古事記』「神代記」の記事を見ればあきらかである。井の言挙《ことあ》げを歌った『万葉集』の次の歌も、誓約の場としての井のありかたを伝えている。

この小川《をがは》霧そ結べる激《たぎ》ちたる走井《はしりゐ》の上《うへ》に言挙《ことあ》げせねども　（巻七・一一一三）

訳　この小川に白く霧が立ちこめている。水が湧いては溢《あふ》れる走井《はしりい》のほとりで言挙げしたわけではないのに。

恋の不成就を歌ったものらしく、否定的な取り上げ方ではあるが、井が言挙《ことあ》げの場であったことがここからうかがえる。「言挙げ」は、誓約の言葉を口に出して言い立てることをいう。ここは、恋の不成就が嘆きの息になって現れたことを歌っているのだろう。ただし、井を誓いの場と見ていることは間違いない（多田一臣「井の誓いの歌と物語」『古代文学表現史論』東京大学出版会）。なお「走井」は、水が激しく湧《わ》き溢《あふ》れる井をいう。そこから流れた水が小川をなしているのだろう。逢坂《おうさか》の関（山城国と近江国との境に所在した関。滋賀県大津市南方の逢坂山に所在）にも「走井」があり、その名物に「走井餅」というのがある。

井筒の誓いから脇道にそれた。続く女の歌だが、「どちらが長いかとあなたと比べた振り分け髪——肩まで切り下げ、左右に振り分けた髪も、肩を過ぎるほど長くなった。あなた以外の誰のために髪上げをしましょうか」というほどの意。ここでも、髪を結い上げることが結婚することのしるしとして歌われている。三方沙弥と園臣生羽の娘のやりとりと、この『伊勢物語』の「筒井筒」の段との間には、発想の類似がたしかにうかがえる。

◉沙弥の妻帯

沙弥の妻帯を歌った次のような歌もある。

沙弥《さみ》の霍公鳥《ほととぎす》の歌一首

あしひきの山ほととぎす汝《な》が鳴けば家なる妹《いも》し常に偲《しの》はゆ

（巻八・一四六九）

訳 沙弥の霍公鳥の歌一首

あしひきの（「山」にかかる枕詞）山ほととぎすよ、おまえが鳴くと、故郷の家に残した妻のことがいつも思われてならない。

この沙弥が誰であるのかはわからない。「家なる妹」は、故郷に残した妻だろう。この沙弥がなぜ旅の空にあるのかも不明。これを、大宰府にあった筑紫観世音寺の別当、沙弥満誓《まんせい》の歌ではないかと推測する向きもあるが、明確な根拠を欠く。いずれにしても、沙弥が妻帯していた例になる。これも恋歌だから、僧の恋の範疇に入れてよい歌かもしれない。ホトトギスの鳴く音《ね》は恋心を刺激するものだったらしい。

沙弥満誓の歌に、

しらぬひ筑紫《つくし》の綿《わた》は身につけていまだは着《き》ねど暖《あたた》けく見ゆ　（巻三・三三六）

訳　しらぬひ（「筑紫」にかかる枕詞）の筑紫特産の真綿は身につけてまだ着てはいないが、いかにも暖かそうに見える。

という一首があり、「筑紫の綿」に女の寓意を見る説もある。「綿」の題詠らしいから、これは考えすぎだろう。なお、当時の「綿」は真綿《まわた》（絹綿）で、九州の特産とされた。木綿《もめん》が一般化するのは近世以降になる。

◉久米禅師と石川郎女の贈答歌

僧の恋の中で、もっともよく知られているのは、久米禅師《くめのぜんじ》が石川郎女《いしかわのいらつめ》に求婚した際のやりとりの歌だろう。久米禅師は、久米氏の出身らしいが、どのような人物であったかはわからない。「禅師」は僧の尊称だから、正式に得度した僧だったのだろう。一方の石川郎女は謎の女性とされる。その名は、『万葉集』中に複数回見えるが、同一人物と見てよいかどうか、諸説が対立している。大伴氏と関係が深いらしく、しばしば歌物語の女主人公にもされている。久米禅師とのこのやりとりも歌物語が背後にあるらしい。「郎女」は、「女郎」と同じく、良家の子女の敬称とされる。

二人のやりとりは五首からなるが、久米禅師の一首目に応じた石川郎女の二首目に難訓箇所（訓《よ》みが施せない箇所）があり、そこのみ原文のままにしておく。

久米禅師《くめのぜんじ》の石川郎女《いしかはのいらつめ》を娉《よば》ひし時の歌五首

み薦《こも》刈る信濃《しなの》の真弓《まゆみ》吾が引かば貴人《うまひと》さびていなと言はむかも　禅師　（巻二・九六）

み薦刈る信濃の真弓引かずして強作留行事《わざ》を知ると言はなくに　郎女（巻二・九七）

梓弓《あづさゆみ》引かばまにまに依《よ》らめども後《のち》の心を知りかてぬかも　郎女（巻二・九八）

梓弓弦緒《つらを》取りはけ引く人は後《のち》の心を知る人そ引く　禅師（巻二・九九）

東人《あづまひと》の荷前《のさき》の箱の荷《に》の緒《を》にも妹《いも》は心に乗りにけるかも　禅師（巻二・一〇〇）

訳　久米禅師が石川郎女に妻問いした時の歌五首

み薦を刈る信濃の真弓を引くように私があなたの心を引いたら、あなたは貴人らしくいやだというだろうかなあ。　禅師

み薦を刈る信濃の真弓を引きもしないで、強作留行事《わざ》を知っているなどと誰がいえましょう。　郎女

梓弓を引くように私の心を引いたならあなたの誘いのままに従おうと思うが、後々のあなたの心がわかりかねることだ。　郎女

梓弓に弓弦《ゆづる》を取り掛けて引くように、あなたの心を引く人は後々までのたしかな心を知る人が引くのだ。　禅師

東国の人の奉る荷前《のさき》の箱をしばる綱のように、あなたは私の心にしっかりと乗りかかってしまったことだ。　禅師

一首目は、久米禅師の歌。

＝み薦《こも》刈る信濃《しなの》の真弓《まゆみ》吾《わ》が引かば貴人《うまひと》さびていなと言はむかも

遠回しに相手に誘いかける体《てい》の歌である。先の三方沙弥《みかたのさ（しゃ）み》と園臣生羽《そののおみいくは》の娘のやりとりと同じく、歌い手の名が歌の下に記されるのは、これらの歌が伝誦《でんしょう》的な語り物としてあったことを示す。

上句「み薦《こも》刈る信濃《しなの》の真弓《まゆみ》」は序詞で、弓を引く意で「わが引かば（あなたの気を引いたら）」を導く。求婚の

思いをやんわりと伝えている。「貴人《うまひと》」は、高貴な身分の人。「貴人さぶ」のサブは、そのもの（ここは「貴人」）のもつ本来の状態や性質を示す言葉で、「〜らしく」と訳されることが多い。この表現の裏側には、戯れの意識がある。

「み薦《こも》刈る」は「信濃」の枕詞だが、かつてはこれを「みすずかる」と訓《よ》んでいた。いまは採用されない訓みだが、これについての興味深い話がある。長野県上田市の飯島商店が販売する「みすゞ飴」というゼリー状の菓子がある。杏・桃・三宝柑・林檎・葡萄等の果汁を豊富に用いた、信州を代表する銘菓の一つとされる。その「みすゞ飴」の名称は、かつての訓みである「みすずかる」に由来する。その栞《しおり》には、

万葉の昔から「みすゞ」とは信濃の国を表す枕詞として親しまれてきました。その「みすゞ」とは、スズダケのこと。さわやかな大気と清冽な川の流れ、ゆたかな自然に抱かれた信濃の国を表わしています。

とあり、また「古風でありながら美しい響きの名前」（同商店ホームページ）ともある。飯島商店が「みすゞ飴」の販売を開始したのは明治の末年とされるから、なるほど「みすずかる」の訓みが定着していた時期にあたる。以上は、兼岡理恵『「菓子栞」集』（私家版小冊子）の解説によったが、兼岡氏も述べるように、もし「みすゞ飴」が「みこも飴」だったら、印象が大きく変わり、とても全国的に愛される銘菓にはなりえなかっただろう。

脇道にそれた。以下、弓を素材に、石川郎女との間に、丁々発止のやりとりが続く。

二首目は石川郎女の歌。

═ み薦刈る信濃の真弓引かずして強作留行事《わざ》を知ると言はなくに

先にも述べたように、四句目の「強作留」が難訓箇所。上句は禅師の歌そのままの繰り返しだが、このように相手の言葉をオウム返しに繰り返すのは、男女の贈答歌の常套《じょうとう》でもある。その上で、相手の歌を切り返している。私の心を引くと言いながら、熱心な言い寄りになっていないのを咎《とが》め立《だ》てしている。

三首目も郎女の歌。

═ 梓弓《あづさゆみ》引かばまにまに依《よ》らめども後《のち》の心を知りかてぬかも

二首目をさらに展開して、あなたの心は少しもあてにならないと歌っている。「梓弓」は「信濃の真弓」の言い換え。また、「射る」「引く」「弦《つる》」などにかかる枕詞。信濃国は、梓弓を毎年貢上した(『延喜式』「臨時祭式」)。これも、男の歌への反撥・切り返しの歌であり、こうした歌を女歌《おんなうた》と呼ぶ。男女のやりとりでは、女は男の歌に素直に返歌したりせず、必ず反撥・揶揄《やゆ》・切り返しで応じた。それが当時の約束であり、こうした歌を女《おんな》歌《うた》と呼んだ。フェミニズム意識のつよい批評家は、女歌の呼称が気に入らないらしく、「男歌」という呼び方を発明したりもしているが、「男歌」のような言葉は存在しないし、それを定義づけるのも難しい。

四首目、五首目は、また禅師の歌に戻る。

═ 梓弓弦緒《つらを》取りはけ引く人は後《のち》の心を知る人そ引く

一　東人《あづまひと》の荷前《のさき》の箱の荷《に》の緒《を》にも妹《いも》は心に乗りにけるかも

四首目は弓問答の続き。あなたの心を引く私は、後々《のちのち》までたしかな心を持っているのだと切り返す。「弦緒取りはけ」の「はけ（く）」は、弓弦を掛ける意。

五首目は、全体のまとめの位置にある歌。上句は序詞だが、ここは説明が必要だろう。「荷前《のさき》」は、毎年十二月神宮（伊勢神宮）や諸陵墓に奉献するため諸国から貢進される調物のことで、それを「荷前の箱」に収めた。東国からは陸路を馬で運搬したが、「荷の緒」でそれを馬の背に縛《しば》った。その「荷の緒」ではないが、あなたは私の心にしっかりと乗りかかってしまったというのである。

「心に乗る」だが、「乗る」とは、こちらの意志によらず、おのずと心が「妹」に依り憑《つ》かれてしまった状態を示す。恋の状態とは、すべてそのようなものとしてある。「妹」のことで、心がすっかり満たされてしまったことを、このように表現した。

この五首の歌は、反撥・揶揄・切り返しを基本とする男女の贈答歌の典型を伝えている。もともと、久米禅師と石川郎女を主人公とする歌物語があり、その中で伝誦《でんしょう》されたのが、これらの歌だったのだろう。久米氏は大伴氏と同様の軍事氏族であり、石川郎女も大伴氏と関係が深いから、大伴氏がこの伝誦を管理していた可能性もある。

しかし、恋の一方の主人公がなぜ禅師なのかは謎である。現実の恋ではなく、僧の恋物語の類型があったと見ておくのがよいのかもしれない。

◉寺という空間

寺もまた、本来は、俗世間とは隔てられた空間だから、俗事とは無縁の場所であったはずである。ところが、『万葉集』には、寺を逢い引きの場所として歌った歌がある。しかも、その左注（歌についての注記。歌の左に付けたので左注と呼ぶ）で、それについてのややこしい議論が展開されている。僧の恋に直接結びつく歌ではないが、なかなか興味深い例なので取り上げておく。

古歌《こか》に曰《い》はく

橘《たちばな》の寺の長屋に我《わ》が率《ゐ》寝《ね》し童女放髪《うなゐはなり》は髪上《かみあ》げつらむか　（巻十六・三八二二）

右の歌は、椎野連長年《しひのむらじながとし》脈《み》て曰《い》はく、「それ寺家《じけ》の屋《や》は、俗人《ぞくじん》の寝《ぬ》る処《ところ》にあらず。また若冠《じやくくわん》の女《をみな》を称《い》ひて『放髪丱《うなゐはなり》』と曰ふ。然《しか》らば則《すなは》ち腹句《ふくく》已《すで》に『放髪丱《うなゐはなり》』と云《い》へれば、尾句《びく》に重ねて着冠《ちやくくわん》の辞《こと》を云ふべからざるか」といへり。

決《さだ》めて曰はく

橘《たちばな》の照れる長屋に我《わ》が率《ゐ》寝《ね》し放髪丱《うなゐはなり》に髪上《かみあ》げつらむか　（巻十六・三八二三）

訳 古歌に云う

橘寺の長屋に私が連れ込んで寝た童女放髪《うないはなり》の少女は、髪上げをしてしまっただろうか。

右の歌は、椎野連長年《しいのむらじながとし》が診察して言うには「そもそも寺の長屋は、俗人が寝るところではない。また成人したばかりの女を『放髪丱《うないはなり》』という。ならば、第四句にすでに『放髪丱』と云っているのだから（椎野連長年は「童女放髪《うなゐはなり》」を「放髪丱」の意に解している)、結句で成人したことを言葉に重ねて言うべきではない」といった。

診断して云う

橘の実が照り輝く長屋に私が連れ込んで寝た少女は、放髪丱《うないはなり》に髪上げをしてしまっただろうか。

左注が問題とするのは、古歌の内容とその表現についてである。椎野連長年《しいののむらじながとし》という人物が、不審点を具体的に指摘している。この古歌だが、おそらくは伝誦歌《でんしょうか》だろう。椎野連長年は、百済《くだら》系渡来人の後裔《こうえい》で、医師であったらしい。神亀元年(七二四)五月、四比《しい》忠勇に椎野連《しいののむらじ》を賜姓する記事があり、その近親者であろうと推定されている。

長年が指摘する不審点は、次の二点である。一つは、寺の長屋は俗人が女を誘い込んで逢い引きするような場所ではないということ。いま一つは、「童女放髪《うなゐはなり》」の髪型への疑問である。その上で、長年は歌の修正案まで提示している。

長年が医師であることを強調するためか、「椎野連長年脈《しひののむらじながとしみ》て曰《い》はく」「決《さだ》めて曰はく」のように、長年が不審箇所と判断したところには、医学用語が用いられている。「脈て曰はく」の「脈」は、医師が脈を取って診察することを言い、それにもとづいて診断することを「脈決」と言った。そこで、現代語訳は「診察して言うには」「診断して云う」とした。

長年の指摘する不審点を、さらに検討してみよう。最初の不審点は、寺の長屋での逢い引きだが、常識的に考えると確かに普通ではない。「橘《たちばな》の寺の長屋に」とある「橘の寺」は、橘寺のことだろう。奈良県高市郡《たかいちぐん》明日《あす》香村《かむら》橘に所在する寺で、聖徳太子の誕生地と伝えられる。その長屋だが、どうやら長い棟をもち、壁でいくつかの個室に仕切った建物をいうらしい。そこを僧坊（僧の居室）などに用いたのだろう。そこに女を連れ込むことがありえたのかどうか、そこに長年は不審を覚えた。一応もっともな疑問であろう。
さらに問題は、誰が女を連れ込んだのかである。僧ならば破戒行為につながるが、寺に居住する俗人の男の可能性もなかったとはいえない。こうした大寺院であっても、案外と規制が緩やかであったらしいことが想像しうるからである。次の歌を見るとそのことがわかる。

故郷《ふるさと》の豊浦寺《とゆらでら》の尼《あま》の私房《しばう》にして宴《うたげ》せる歌三首

明日香川《あすかがは》行《ゆ》き廻《み》る岡の秋萩《あきはぎ》は今日降る雨に散りか過ぎなむ　（巻八・一五五七）

右の一首は、丹比真人国人《たぢひのまひとくにひと》

鶉《うづら》鳴く古《ふ》りにし里の秋萩を思ふ人どち相《あひ》見つるかも　（巻八・一五五八）

秋萩は盛り過ぐるをいたづらに挿頭《かざし》に挿《さ》さず帰りなむとや　（巻八・一五五九）

右の二首は、沙弥尼《さみに》等《ども》

訳 古京の明日香の豊浦寺の尼の私室で宴した歌三首

明日香川（飛鳥川）が流れめぐる岡の秋萩は、今日降る雨に散ってしまうだろうか。

右の一首は、丹比真人国人

鶉の鳴く古びてしまったこの里の秋萩を、気心の知れあった者同士で、ともにながめたことだ。

秋萩は盛りを過ぎるというのに、空しくも挿頭《かざし》にすることもなく帰ってしまおうというのか。

右の二首は、沙弥尼《しゃみに》たち。

題詞の「故郷《ふるさと》」は、明日香（飛鳥）古京をいう。平城京から見ての呼称になる。二首目の「鶉《うづら》鳴く古《ふ》りにし里」は、平城京の殷賑《いんしん》（にぎわい）とは打って変わった、いまや閑寂の地となった古京の実景でもあっただろう。豊浦寺《とゆらでら》は、奈良県高市郡明日香村豊浦にあった寺で、わが国最初の尼寺とされる。甘樫丘《あまかしのおか》の北東麓、飛鳥川を挟んで雷丘《いかずちのおか》に対する位置にあった。その尼寺の私房（寺内にある尼の居住用の私室）で宴《うたげ》を催した時の歌とある。

歌意は現代語訳に記したとおりだが、三首目の「挿頭《かざし》」についてだけ補っておく。カザシとは、季節の霊威《れいい》を宿す植物の花や枝を髪に挿して飾りとしたものをいう。「髪挿《かみさ》し」が転じてカザシになった。宴《うたげ》の場などで、非日常的な状態に転位するための装いである。ここは、折角《せっかく》の秋萩を挿頭にする前に帰ってしまうのかという意で、宴の場で、主人《あるじ》の側から客に向けた引き留め歌になる。宴のありかたについては「十四、酒の歌」（二一三ページ）で詳しく述べる。

しかし、ここでの問題は、尼たちの宴に俗人、しかも男が客として加わっていることである。僧尼の生活全般を律する規定は「僧尼令」だが、当然ながら僧尼の房に異性を宿泊させることは明確に禁じられており（停婦女条）、僧と尼の場合、互いの寺に入ることも原則として禁じられていた（不得輙入尼寺条）。どこまで守られていたかは疑問だが、酒を飲むことも御法度《ごはっと》だった（飲酒条）。ならば、男の俗人を混じえての尼寺の宴《うたげ》（当然飲酒を伴う）など、あってはならないことだったはずである。

では、なぜこの宴が可能だったのか。尼は「沙弥尼等《さみにども》」とあるから、沙弥尼ゆえに許容されていたのかもしれない。先に三方沙弥《みかたのさ(しゃ)み》について述べたと同様、沙弥尼（正式な尼である「比丘尼《びくに》」に対して、仏門に入ってまだ具足戒を受けない修行中の尼）なら、あるいは私房での俗人との宴も許されたのかもしれない。明日香古京の古寺は、僧尼の管理もさほど厳重ではなかった可能性もある。なお、丹比真人国人《たぢひのまひとくにひと》は、従四位下にまで昇った歴とした官僚貴族である。宴の主客だったのだろう。この国人は、後に橘奈良麻呂《たちばなのならまろ》の変に連座して伊豆に配流されることになる。想像を逞しくすれば、明日香古京の尼寺での宴は、陰謀の計画に関係していたのかもしれないが、これは考えすぎだろう。

そこで椎野長年が問題とした最前の「橘の寺の長屋」に戻る。橘寺も明日香古京の寺だから、豊浦寺と同様、規制が緩やかであったのかもしれない。ましてや女を連れ込んだのが俗人であるなら、さほど咎《とが》め立てされずにすんだのかもしれない。ここは、これ以上わからない。

椎野長年がこだわったもう一つの不審箇所も見ておこう。「童女放髪《うなゐはなり》は髪上《かみあ》げつらむか」の句について、長年は、

> また若冠《じやくくわん》の女《をみな》を称《い》ひて『放髪丱《うなゐはなり》』と曰《い》ふ。然《しか》らば則《すなは》ち腹句《ふくく》已《すで》に『放髪丱《うなゐはなり》』と云へれば、尾句《びく》に重ねて着冠《ちやくくわん》の辞《こと》を云ふべからざるか。

と述べていた。ここがややこしいし、そもそも長年に誤解がある。「童女放髪《うなゐはなり》」のウナヰは「うなゐ髪」の少女をいう。少女は、最初肩で髪を切り下げ、初潮前後から髪を長く伸ばして垂髪にしたが、それを「うなゐ髪」「放髪《はなり》」と呼んだ。「髪上げつらむか」の「髪上げ」は、すでに三方沙弥の歌のところでも述べたが、結婚した成女は、髪を梳《す》き上げて束ね、結い上げた。「髪上げ」が結婚の前提になるから、古歌の歌い手は、女がもう誰かと結婚したのではないかと疑ったことになる。

ところが、長年は、ここで不思議な理屈を述べ立てる。まず、この女を「若冠《じゃくくわん》」とする。さらにその髪型が「放髪丱《うなゐはなり》」なのはおかしいという。「若冠」は「弱冠（成人となった二十歳の男子が、そのしるしに冠を着したことによる）」を女に転用した言い方らしい。つまり、長年はこの女を成女と見ている。一方、長年は、「放髪丱《うなゐはなり》」を成女の髪型だとする。だが、「丱」の文字は、いわゆる総角《あげまき》を意味し、両耳の上に髪を結う少年の髪型をいう。当然ながら、髪を長く伸ばした状態の「放髪《うなゐ》」とは異なるのだが、長年は「放髪丱」で髪を結い上げた状態、すなわち成女の髪型と理解したらしい。そこで、長年は「腹句（第四句）」に「放髪丱」とあるのに（繰り返すように、長年は「童女放髪《うなゐはなり》」を「放髪丱」の意に解している）、結句でさらに「髪上げ」のことを歌っているのは、重複になっておかしいといいちゃもんを付けた。「童女放髪」を「放髪丱」に置き換えたことが、そもそも誤っており、いわば誤解に誤解を塗り重ねているのだが、ご丁寧にも長年は、修正案まで提示している。

二　橘《たちばな》の照れる長屋に我《わ》が率寝《ゐね》し放髪丱《うなゐはなり》に髪上《かみあ》げつらむか

「橘の寺の長屋」を「橘の照れる長屋」にして、その表現から「寺」を消したのはともかく、下二句はいよいよおかしい。長年は、あくまでもウナヰハナリを成女の髪型と誤解しているからである。これではまったく意味をなさない。

ここは、おそらく長年を揶揄する意図があって、長年の滑稽な主張とともに、この歌を載せたのだろう。医学用語が用いられているところにも、揶揄の意識が感じられる。

◉揶揄される僧

揶揄ということでいえば、僧もしばしば揶揄の対象にされている。僧は、俗人とは隔てられた存在だから、場合によっては、揶揄される存在でもありえたのだろう。僧への揶揄は、すでに「三、『万葉集』は素朴か」で、通観という名の僧を娘子《おとめ》たちが揶揄した例を取り上げたが（四二ページ）、ここではさらに別の例を紹介してみたい。僧の恋からは離れるが、その内容がなかなか興味深い。

戯《たはぶ》れに僧《ほふし》を嗤《わら》へる歌一首
法師《ほふし》らが鬚《ひげ》の剃《そ》り杭《くひ》馬繋《つな》ぎいたくな引きそ僧《ほふし》は泣かむ　（巻十六・三八四六）
法師《ほふし》の報《こた》へたる歌一首
檀越《だんをち》や然《しか》もな言ひそ里長《さとをさ》が課役徴《えつきはた》らば汝《いまし》も泣かむ　（巻十六・三八四七）

訳　戯れに法師を嗤笑《ししょう》した歌一首
法師たちの鬚《ひげ》の剃り残しの杭に馬を繋いでひどく引っ張るな。法師は泣くだろう。
法師が応酬した歌一首
寺のお施主《せしゅ》よ、そうは言うな。里長《さとおさ》が課役《かえき》を取り立てたらお前も泣くだろう。

いわゆる嗤笑歌《ししょうか》である。嗤笑は、あざけり笑うことをいう。僧（法師）と「檀越（寺の経済的支援者、檀家）」の応酬らしいから、嗤笑・揶揄というよりは、親しい間柄ゆえの言いたい放題に近いところがあるのかもしれない。

ならば、このやりとりの根底には遊び心に近いものがあるようにも思えるが、その表現はなかなか辛辣である。まずは僧への揶揄の歌だが、剃り残しの鬚《ひげ》をあざけっている。鬚は、頬ひげのことだが、ここはヒゲ一般と解してよい。当時は一人前の男子ならば、必ずヒゲを蓄えていなければならなかった。現在のイスラム世界と同様である。一方、僧は俗人と区別するため、ヒゲや髪を剃った。この僧は、剃り残しのヒゲがずいぶんと見苦しかったのだろう。それを馬を繋ぐ棒杭に見立ててからかっている。

揶揄された僧も負けてはいない。相手の「檀越」の弱みをしっかりと突いている。令制下の最小行政単位が「里」で、五十戸で一里を形成した。その長が「里長《さとをさ》」で、課役の徴収の督励にあたった(「戸令」に規定がある)。「課役徴《えつきはた》らば」のハタルは、無理に取り立てることで、その実態は山上憶良《やまのうえのおくら》の「貧窮問答歌《びんぐうもんどうか》」にも、次のように描かれている。

……いとのきて　短き物を　端《はし》切ると　言へるがごとく　楚取《しもとと》る　里長《さとをさ》が声は　寝屋戸《ねやど》まで　来立《きた》ち呼《よ》ばひぬ
……　(巻五・八九二)

訳 ……「格別に短い木の端をさらに切る」という諺《ことわざ》のように、笞《むち》を手にした里長《さとおさ》の声は、寝床までやって来ては、呼び立てている。……

誇張はあろうが、里長は寝床まで踏み込んで、税の徴収を督促するとある。なるほど、それならば「汝《いまし》も泣かむ」とあるのも領《うなず》ける。

この応酬はどちらが勝ったのか、その判断はなかなか難しいが、こうしたやりとりが『万葉集』に記録されているところがおもしろい。遊び心がどこかにあるにしても、当時のリアルな生活実態を伝えてくれているところが実に貴重である。

万葉樵話……七

和歌の表現の本質

◉神の言葉としての和歌

高等学校の教科書を時折ながめることがあるのだが、その教科書から和歌の占める割合が少しずつ減らされているように感じる。その理由はいくつかあるが、国語という教科の目的が社会性の重視におかれ、社会の成員相互の明確なコミュニケーション（意思伝達）をはかることを主眼とするようになったことが、その大きな要因ではないかと考えている。

和歌もまた、互いのコミュニケーションをはかる役割をもつが、その表現は口頭による会話や散文による文章表現とは違って、意味の伝達性をもっぱらとはしていない。和歌は韻律に支えられ、枕詞《まくらことば》や序詞《じょことば》などの修辞技法が用いられるが、これらは意味の伝達には直接かかわらない。古典の授業の場では、和歌を口語訳（現代語訳）することが最終目的のようにされることが多いが、和歌の表現には口語訳からこぼれ落ちるところが必ず残る。しかも厄介なのは、そうしてこぼれ落ちるものの中に、和歌の表現の本質が存在していることである。ならば、古典の授業においては、その本質をどのように説明するかが、もっとも重視されなければならないはずである。ところが、古典担当の先生方にお話をうかがうと、和歌の表現について、きちんと学んだ経験がないと仰る方がずいぶんとおられる。これでは、なかなか、和歌の魅力を授業の場で伝えるのは難しい。

古典の授業の場に限らず、次のような問題もある。現在も短歌を詠《よ》む方の数は少なくないが、近代短歌と古典和歌とでは、大きく違うところがある。近代短歌は、まずは歌人の自己表出の場としてある。自己表出である以上、短歌の価値を決める指標は表現の独自性ないし固有性に置かれる。近代短歌は歌人の個性を離れては存在しえない。

古典和歌の場合も、歌人の個性が和歌の価値と結びつくことが少なくないから、近代短歌と重なるところは無論ある。ところが、『万葉集』を見ると、類型的な表現をもつ歌がずいぶんと目につく。固有性に価値を置くなら、そうした歌はむしろ否定的に捉えられることになる。作者未詳の歌が多いことも、歌人の個性を重視することとは、どこかで抵触するに違いない。枕詞や序詞などの修辞技法も多くの歌に共通して用いられるから、これもまた歌人の固有性とは背馳《はいち》することになる。ならば、古典和歌――とくに時代を遡る『万葉集』に収められたような歌を、近代短歌と同じように理解しようとすると、どこかで足を掬《すく》われることになるのではないか。そこで、以下、古代の和歌の表現の本質がどこにあったのかについて、ごく簡単にではあるが述べてみたいと思う。

もっとも重要なことは、古代の和歌が、日常の言葉とは異なる表現としてあったということである。和歌は音数律のような韻律をもち、枕詞や序詞のような修辞技法（ここまで繰り返しこの言葉を使ったが、その言い方が不適切であることを後に述べる）が用いられる。長歌になると、対句表現がしばしば現れる。ただし、和歌の対句は、漢詩とは違って、繰り返し表現（和歌の場合、言い回しを変えて同一内容を繰り返すのが通例）であることが少なくない。和歌にしか使われない言葉（歌言葉《うたことば》、歌語《かご》）があったりもする。こうした表現は、日常の言葉にはまず見られない。七五調を駆使しての会話など、日常の場ではおよそ想像もできないことだろう。ならば、反対に、和歌はこうした特別な表現をもつことで、日常の言葉ではないことを表示させているともいえる。

それでは、なぜ和歌は日常の言葉とは異なる表現をもつのか。それは、もともと和歌が人の言葉ではなかったからである。和歌の起源は、祭式の場の神の言葉にあった。神の言葉は、人の言葉と同じであってはならない。神の言葉としての徴表《しるし》、それが韻律あるいは枕詞や序詞などだった。

もともと言葉には不思議な力が宿るとする信仰があった。それはしばしば言霊《ことだま》とも呼ばれる。言霊は、一般にはコト（言）とコト（事）との同一性の現れとして理解されている。口に出して言い立てた言葉は、そのまま事実として立ち現れるとする言葉の不思議な働きが、言霊として意識された。言葉は外界の事象を対象化し、それを抽象化することができる。コト（言）とコト（事）との同一性は、言葉のそうした機能にもとづいている。

しかし、言霊は、すべての言葉の中に働くわけではない。日常会話にまでその作用が及んだら、私たちの生活はたちまち混乱を生じてしまう。そこで、言霊が宿るのは、非日常の言葉、神に起源をもつ言葉に限られることになる。託宣や神への祈願の詞章などがそうした特別な言葉になる。

もっとも、言霊という言葉が現れたのは、それほど古いことではない。次の歌などがその早い例になる。

磯城島《しきしま》の大和《やまと》の国は言霊《ことだま》の助くる国ぞま幸《さき》くありこそ　（巻十三・三二五四）

訳　磯城島の（「大和」にかかる枕詞）大和の国は、言霊が助けとなる国だ。どうか無事であってほしい。

「柿本人麻呂歌集《かきのもとのひとまろかしゅう》」の歌である。作者は人麻呂らしい。長歌もあるが、ここでは反歌のみを掲げた。大宝元年（七〇一）正月に任命された第七次遣唐使の餞宴《せんえん》（送別の宴）での作とされる。この例に顕著だが、言霊は、対外関係の緊張に伴う国家意識の高まりと結びついて自覚化された観念らしく、自国の優位性への意識がその根底にあるとされる（西郷信綱『増補　詩の発生』未来社）。言霊の例は三例あるが、他の一例も遣唐使の派遣にかかわる歌だから、右の理解は肯《うべな》われてよいだろう。

このように言霊という言葉そのものはさほど古いとはいえないが、そこに内在される観念そのものは相当に早い段階から存在していたと見てよい。それを前提に、ここでもこの言葉を用いる。

再び和歌に戻る。和歌もまた神の言葉に起源をもつから、そこにも言霊が宿る。和歌には和歌独自の不思議な力があると信じられたのは、そのためである。和歌――ここでは一般化して歌と呼ぶが、歌には対象に働きかける力があるとされた。「訴《うつた》へ」を「歌《うた》」の語源とする説がかつてはあった。ウツ（ッ）タへの古形がウルタへであるところから、現在では旗色の悪い説とされるが（ウルタへはウタには転じにくい）、語源として成り立たなくても、「訴へ」説は対象に働きかける力が歌にあることをよく示しているように思われる。

冒頭で述べたことの繰り返しになるが、現代の私たちは、和歌（短歌）を、自己の思いを外部に向けて表出する自己表現の手段の一つと考えている。だが、和歌はもともと歌い掛ける対象（相手）をもち、その対象に作用を及ぼすような表現としてあった。古代の和歌には、純粋な独詠歌《どくえいか》（自分一人の心やりのために詠まれる歌）は存在しない。対他性（人が対象であれば対人性）こそが歌の本質であった。土地讃めの歌は地霊《ちれい》（それぞれの土地に宿る霊、国魂《くにだま》ともいう）への直接的な讃美だし、死者に向けて歌われる挽歌《ばんか》が死者の霊を鎮める役割をもっていたことからも、そのことは明らかだろう。

そこで、和歌の韻律あるいは枕詞や序詞などが、神の言葉としての徴表《しるし》であったとするところに話を戻す。以下、枕詞と序詞に焦点を合わせて説明することにしたい。

なお、和歌の表現を考える場合、その前段階の表現である歌謡（そこにも短歌謡と長歌謡の別がある）、また和歌の場合も、短歌、長歌、旋頭歌《せどうか》等の歌形の違いについて触れる必要があるのだが、ここでは短歌を中心に考えていく。短歌は五七五七七の歌形、長歌は五七・五七・……五七七の歌形、旋頭歌は五七七・五七七の歌形であることは、改めて述べるまでもないことだろう。なお、旋頭歌については次章（一二一ページ）で詳しく述べる。

◉枕詞をどう見るか

枕詞や序詞だが、たとえば高校の教科書などでは、どのように説明されているのか。枕詞については、「ある一定の語を導くため直前に置かれる語で、通常五音からなる」、また序詞については、「枕詞同様、ある語を導き出すために用いられる語句であるが、かかる語は一定せず、通常七音以上である」とあり、その表現効果については、和歌のイメージを広げたり、複雑な効果を与えるための修辞だとする説明が加えられている。誤りではないが、これらが和歌の本質につながる意味をもつ表現であることがまったく述べられていない。さらに、問題なのは、枕詞について「通常口語訳しない」とあることで、実際にも「これは枕詞だから、これを除いて訳しなさい」と指導されたという声を、大学の教え子の口から、しばしば耳にしている。枕詞の説明は、ほとんどなされていないのだろう。口語訳から枕詞を除くのは、和歌に枕詞がある理由を無視するのに等しい。説明が困難であるのは確かだが、口語訳から除いて済ませるのでは、和歌の本質には届かない。

枕詞や序詞を修辞技法と見るのも誤りである。枕詞や序詞は技法ではなく、和歌を和歌たらしめている重要な要素にほかならないからである。

そこで枕詞である。ひょっとすると、枕詞という用語そのものが、先の「ある一定の語を導くため直前に置かれる語」とするような理解を生んでいるのかもしれない。いまも「話の枕に」といった言い回しもあり、「枕」には本題に入るための序のような意味があるから、用語そのものが誤解を招く原因になっているのかもしれない。枕詞をこの意味で捉えてしまうと、被枕（枕詞を被《かぶ》されている言葉、枕詞によって導かれる語）こそが中心で、枕詞はまったくの添え物になってしまう。しかし、事実はまったく逆であり、枕詞と被枕の結びつきの中にこそ和歌の表現を支える本質的な意味があることを見ておかなければならない。そこで、その結びつきを能動的に捉え、連合表現の名でそれを呼ぶ研究者もいる。ただし、その呼称は一般的ではないので、ここでも枕詞という用語をそのまま使う。ただし、それは被枕への単なる修飾ないし添え物としての意味でないことは断っておきたい。

◉地名に接続する枕詞

枕詞は、おそらくは長い伝承世界の時間の中で、ある言葉を讃美するため、徐々に形成されていった表現であった。始原的には、より長い讃詞《さんし》があり、それが徐々に五音に固定されていったと思《おぼ》しい。その背後には、それを支える何らかの伝承（神話）が存在した。

その典型は、地名に接続する枕詞であろう。それでは、地名になぜ枕詞が必要とされたのか。それぞれの土地には地霊《ちれい》（国魂《くにだま》）が宿っており、その地に足を踏み入れる者は、地霊の鎮めをはかる必要があった。もともと、それぞれの土地には、その土地がそう名づけられるようになった来歴が存在する。それを正しく知ることが、地霊への鎮めにつながった。その来歴について語る伝承的な詞章（神話）を圧縮したものが、地名に接続する枕詞になった。

地名を生み出す主体は、まずはその土地にやって来た神であっただろう。時代が下ると、新たな土地の支配者がその役割を担うこともあった。

「常陸《ひたち》」に接続する「衣手《ころもで》」という枕詞がある。『万葉集』から例を挙げる。筑波《つくば》山《さん》を題材にした高橋虫麻呂《たかはしのむしまろ》の長歌の冒頭部分である。

衣手《ころもで》　常陸国《ひたちのくに》に　二並《ふたなら》ぶ　筑波《つくは》の山を……

（巻九・一七五三）

訳　衣の袖を漬《ひた》す常陸《ひたち》の国に、二つの峰が並ぶ筑波《つくば》の山を……

「衣手」とは衣の袖をいう。この「衣手」については、『常陸国風土記《ひたちのくにふどき》』に「筑波岳《つくはね》に黒雲挂《かか》り、衣袖漬《ころもでひたち》の国」という「風俗諺《くにぶりのことわざ》（その土地の言い伝え）」が見え、倭武天皇《やまとたけるのすめらみこと》（東国には、ヤマトタケルが天皇となって巡行したとする伝承があった）が、泉で手を洗おうとした際、衣の袖が垂れて濡れたので「衣袖漬《ころもでひたち》の国」の名が生まれたとする起源譚《きげんたん》がそこに付載されている。この「風俗諺」は、地名の起こりを語る伝承的な詞章の一部と見てよいだろう。もっとも、「衣手―常陸」の結びつきが、右のような起源譚からすぐに生まれたかどうかはわからない。なぜなら、この「風俗諺」をよく見ると「筑波岳《つくはね》に黒雲挂《かか》り」とあり、雨によって袖が濡れたとも解せるからである。

いずれにしても、「衣手―常陸」の表現の背後に、何らかの伝承的な詞章（神話）があったことは確かである。その場合、ヤマトタケルの存在もどこかで意識されていただろう。

もう一つ、地名にかかわる枕詞を見ておこう。「出雲《いづも》」を導く枕詞「八雲立《やくも》つ」である。『古事記』の歌謡に、次のような例がある。

八雲《やくも》立つ　出雲八重垣《いづもやへがき》　妻籠《つまご》みに　八重垣作る　その八重垣を

（記一）

訳　雲が幾重《いくえ》にも立ちのぼる出雲、その出雲の幾重にも囲んだ垣《かき》。そこに新妻を籠《こ》もらせるために、八重《やえ》の垣を作る、その八重垣よ。

短歌体の歌謡である。物語の中では、スサノヲがその妻クシナダヒメを、垣を幾重《いくえ》にもめぐらせた婚舎《こんしゃ》（新婚夫婦のための寝屋《ねや》）に籠《こ》もらせる際に詠じた歌とある。現代語訳に「雲が幾重《いくえ》にも立ちのぼる出雲」としたが、盛んにわき起こる雲は、地霊の活発な活動の象徴でもある。そこで、「八雲立つ」は「出雲」への土地讃めの意味を示すことになる。その場合、「八雲立つ」は、「出雲《いづも》（雲が出る、雲が立ちのぼる）」を喚《よ》び起こす像そのものでもあるから、「八雲立つ」＝《イコール》「出雲」という関係がここに成立しているともいえる。ここにも、その起源となりうる伝承的な詞章（神話）が存在していただろう。その詞章は、あるいはこのスサノヲの伝承ともどこかでつながっているのかもしれない。

「八雲立つ」＝《イコール》「出雲」という関係は、先の「衣手―常陸」の場合にも同様に見られる。ここでも、「常陸」という地名（国名）は、その音を媒介にヒタチ＝《イコール》ヒタス（漬《ひた》す）という像を喚び起こし、そこからさらに「衣手（袖）」との結びつきを生み出しているからである。それを保証するのが先の「風俗諺」のような詞章であり、ここでも「衣手」＝《イコール》「常陸」という関係が成立していると見ることができる。

◉枕詞の像の多様さ

右に地名を導く枕詞について述べたが、そこで指摘したことは、枕詞一般にも及ぼしうる。

枕詞は古層のものであればあるほど、その起源がわかりにくくなり、そこに多様な解釈が付加される。とはいえ、その解釈もまたそれぞれに、枕詞と被枕との関係を支える何らかの伝承を背後にもっていたと見てよいように思う。

「山」を導く枕詞に「あしひきの」がある。「あしひきの―山」という結びつきだが、この「あしひきの」も、『万葉集』の段階では、すでに本来の意義がつかめなくなっていたらしい。興味深いのは、その結びつきが、多様な像を生み出していることである。文字表記を見ることで、それがわかる。

次のような例がある。「あしひきの」の箇所のみ原文のまま掲げる。

足引乃《あしひきの》山にし居《を》れば風流《みやび》なみ我《わ》がする業《わざ》をとがめたまふな　（巻四・七二一）

訳　あしひきの山に住んでいるゆえ、都の風雅さもないので、私がする振る舞いをどうかおとがめ下さいますな。

足曳之《あしひきの》山かも高き巻向《まきむく》の岸の小松にみ雪降り来《く》る　（巻十・二三一三）

訳　あしひきの山が高いからなのか、巻向（奈良県桜井市、三輪山の北）の断崖の小松に雪が降って来る。

この文字表記から浮かび上がるのは、山裾を長く引いた山の像であろう。そのような理解があっても不思議ではない。ところが、次のような文字表記の例もある。

月読《つくよみ》の光に来《き》ませ足疾乃《あしひきの》山き隔《へな》りて遠からなくに　（巻四・六七〇）

訳　月の光が照らしている間にお出で下さい。あしひきの山が隔てになって遠いというわけではないのだから。

足病之《あしひきの》山椿《やまつばき》咲く八峰《やつを》越え鹿《しし》待つ君が斎《いは》ひ妻《づま》かも　（巻七・一二六二）

〓訳　あしひきの山の椿の咲く峰々を越えて鹿を迎え待つあなたが大切にする妻よ、ああ。

この文字表記からは、山の悪路で足を痛めたらしい意がつよく感じ取れる。ひょっとすると、山にやって来た神が足を痛めたとするような伝承が背後にあったのかもしれない。伊吹山《いぶきやま》の神に誤った言挙《ことあ》げ（あることがらを特殊な方法で言い立て、言葉の呪力を働かせる呪術。多くは神に向けられた断定的な誓言《せいごん》）を行ったため、その祟《たた》りを受け、蹌踉《よろ》めく足を引きずりつつ、故郷に向かって何とか歩を進めようとするヤマトタケルの姿が、『古事記』に次のように描かれているからである。

〓「しかるに、今は吾《あ》が足得《え》歩まず（いまや私の足は歩むこともできない）、たぎたぎしく成りぬ（足が腫れてひん曲がり、歩行困難になってしまった）」とのりたまひき。故《かれ》、其地《そこ》を号《なづ》けて当芸《たぎ》と謂《い》ふ。（『古事記』中巻・景行記）

「当芸《たぎ》」（岐阜県養老郡養老町）の地名起源譚である。足が「たぎたぎしく（ひん曲がって、歩行困難に）」なったので、そこを「当芸」と名づけたとある。ヤマトタケルは神ではないが、それに準じてよい存在だから、なるほど山で神が足を痛めたとする伝承があってもおかしくない。先に、山裾を長く引く意ではないかとした「足引乃」「足曳之」も、もしかすると、神が足を引きずる意に解されていたのかもしれない。

地名「出雲」を導く枕詞にも、同様なことが指摘できる。「八雲立つ」だけでなく、次のような例が、『古事記』の歌謡に見えるからである。ヤマトタケルが、中身のない刀とすり替えて、出雲建《いずもたける》を騙《だま》し討ちにした場面に現れる歌謡である。

やつめさす　出雲建《いづもたける》が　佩《は》ける刀《たち》　黒葛《つづら》さは巻き　さ身《み》なしにあはれ　（記二三）

訳　やつめさす出雲建が身に帯びている太刀、蔓草《つるくさ》をたくさんに巻いてはいるが、中身がなくて気の毒なことよ。

この「やつめさす」も「出雲《いづも》」に接続する枕詞だが、どうやら地名イヅモを「出《い》づ藻《も》」と解し、その讃め言葉として「弥《や》つ芽《め》さす（藻がいよいよ生長・繁茂する）」を選んだものらしい。サスとは、ある力が直線的に発現することを意味する言葉で、ここは藻の生長・繁茂をいう。出雲大神《いずものおおかみ》が小児に憑依《ひょうい》した際の託宣の詞章に「玉萎鎮《たまもしづ》石《し》　出雲《いづも》人《ひと》の祭る　真種《またね》の甘美鏡《うましかがみ》（玉藻の中に沈む宝の石、そのように出雲人が大切に祭る、美質の具《そな》わる素晴らしい鏡）」という文言がある（『日本書紀』「崇神紀」崇神天皇六十年七月条）。この「玉萎《たまも》」は「玉藻」に違いないから、「出雲＝イヅモ」が「出づ藻」の意で捉えられていたことの傍証になる。

そこで、地名イヅモは、その音を通じて「出づる雲」とも「出づ藻」とも捉えられていたことが明らかになる。その違いに応じて「八雲立つ」あるいは「やつめさす」との連接が生み出されたのだろう。藻の生長・繁茂も祝福性をもつから、湧《わ》き出る雲と同様、どちらも土地讃めの意味を含む。

ここで重要なのは、地名に含み込まれる、または地名によって呼び起こされる像が、枕詞との接続の中から浮かび上がることだろう。そう考えるなら、その背後にある伝承的な詞章（神話）も、いま見られるものは二次的、ないし三次的、もっといえば始原の段階からすでに多様にありえたのかもしれない。

◉動詞に接続する枕詞、音を媒介とする枕詞

枕詞は名詞を導くのが通例だが、動詞に接続するものもある。先の地名「出雲」に接続する二つの枕詞「八雲立つ」「やつめさす」も、イヅモを「出づる雲」「出づ藻」の意に解したとするなら、動詞に接続する枕詞であるとも見られる。そのような例もあるのだが、ここではさらに明瞭に動詞に接続している例を、一例だけ示しておく。

このころは恋ひつつもあらむ玉櫛笥《たまくしげ》明けてをちよりすべなかるべし
（巻十五・三七二六）

訳 今のところは恋い焦がれながらも何とか堪《こら》えていられよう。美しい櫛箱の蓋《ふた》を開けるように夜が明けてからの明日以後は、どうにもやるせないに違いない。

中臣宅守《なかとみのやかもり》が狭野弟上娘子《さののおとがみのおとめ》と通じたことが罪となり、宅守が越前に配流された事件（七四〇？）があった。もっとも、なぜこれが配流の罪とされたのか、政治的背景を考える説もあるが、真相はいまだ不明のままである。その宅守と弟上娘子が交わした六十三首の歌が、『万葉集』の巻十五に一括して収められている。右は、配流が決まった直後に詠まれた弟上娘子の歌。夜が明けると、宅守は越前に下ることになる。「をちより」の「をち」は、「をちこち」の「をち」（彼方）で、時間的な将来を意味する。

三句目の「玉櫛笥《たまくしげ》」が、「明け（て）」に接続する枕詞になる。「玉櫛笥」は櫛箱で、「玉」は美称。当時は、立派な蓋《ふた》つきの箱に櫛を収めた。櫛には女の魂《たま》が宿るから大切にされた。その櫛箱の蓋を開《あ》けるところから、動詞「明け（て）」に接続させた。これなどは意味がわかりやすい。この例のように、動詞を導く枕詞には接続の理由を説明しやすいものが多い。

音を媒介に像を導き出す枕詞もある。『出雲国風土記』「意宇《おう》郡条」の「国引きの詞章」は、原初の出雲国を大きくするため、巨人神が周囲の国々から土地を切り取り、それを綱で引き寄せて縫い付けたとする語《かた》り言《ごと》の記録だが、そこに土地を引き寄せる際の特徴的な詞章が四度にわたって繰り返し現れる。その一部分だけを示すと、

……（切り取った土地に）三身《みつみ》の綱《つな》うち挂《か》けて、霜黒葛《しもつづら》繰《く》るや繰《く》るやに、河船《かはぶね》のもそろもそろに、国来《くにこ》国来《くにこ》と引き来縫《きぬ》へる国は、去豆《こづ》の折絶《をりたえ》より、八穂爾支豆支《やほにきづき》の御埼《みさき》なり。……　（『出雲国風土記』意宇郡）

訳（切り取った土地に）三本縒《よ》りの丈夫な綱をしっかりと掛け、霜にあたった葛《かづら》の実《み》の黒ではないが、来るか来るかと手繰《たぐ》り寄せ、陸から河船を引っ張るように、そろりそろりと、国よ来い、国よ来いと引き寄せて縫い付けた国は、去豆《こづ》（現在の島根県出雲市小津《こづ》町）の断崖から、たくさんの土を杵《きね》で突き固める杵築《きずき》の岬（出雲市大社町日御碕《ひのみさき》）までである。

短い引用箇所だが、ここには枕詞が三つ見える。「河船の」だが、これは「もそろもそろに（そろりそろりと）」に接続する。「もそろもそろに」は副詞だが、「もそろ」を状態を示す名詞と見ることもできる。近世までは水運が物資輸送の中心手段だったが、動力がないため、河を遡る際には両岸から引き綱をつけて人力などで引っ張った。ここは、それを切り取った土地を引っ張り寄せるさまに重ねている。「八穂爾《やほに》」も地名「支豆支《きづき》（杵築）」に接続する枕詞だが、現代語訳にも示したように、たくさんの「土《に》」を杵《きね》で突き固めるところから「支豆支《きづき》（杵築）」に接続させている。ならば、地名に接続する枕詞ではあるが、動詞に接続する例としても解しうる。

問題は「霜黒葛《しもつづら》」である。霜に遭ったカヅラ（葛）の実で、その色が黒いので、動詞「繰《く》る」の枕詞とした。「霜黒葛」の黒さを音で捉え直し、そこから同音の「繰る」を導き出している。このように音を媒介とする枕詞

も見られるが、この場合も接続の理由はわかりやすい。

◉序詞のありかた

序詞のありかたも、その本質は枕詞と変わらない。ただし、序詞は長いだけに、序詞によって導き出される表現との関係はより複雑になる。序詞の描き出す像は、枕詞よりもさらに具体的かつ明瞭なものとして現れる。その原型もまた、枕詞と同様、より長い伝承的な詞章であった可能性が高い。先に枕詞の説明の際に引用した『常陸国風土記』の「筑波岳《つくはね》に黒雲挂《かか》り、衣袖漬《ころもでひたち》の国」という「風俗 諺《くにぶりのことわざ》（その土地の言い伝え）」の「筑波岳《つくはね》に黒雲挂《かか》り、衣袖《ころもで》」までは、見方を変えると、「漬《ひたち》の国（常陸国）」を喚び起こす序詞の原型と見ることもできる。

しかし、序詞は次第に歌い手の心情を比喩的に象《かたど》る像としての意味をつよめていく。とりわけ短歌においては、そのありかたが顕著になっていく。

大伴 坂 上郎女《おおとものさかのうえのいらつめ》は大伴家持《やかもち》の叔母だが、『万葉集』にもっとも多くの歌を残した女性歌人でもある。その坂上郎女に、次のような歌がある。

夏の野の繁《しげ》みに咲ける姫百合《ひめゆり》の知らえぬ恋は苦しきものそ　（巻八・一五〇〇）

訳　夏の野の繁みの中にひっそりと咲いている姫百合のように、人に知られぬ恋は苦しいものだ。

恋歌だが、対象が誰かはわからない。上三句が「知らえぬ」を導く序詞になっている。「姫百合」は、ユリの一種で、山野に自生する。朱を帯びた赤色の花をつける。小さく可憐な花で、夏の野の繁みの中に、人知れずひっそりと咲いているところを、人知れず恋い慕う思いの比喩に転じた。この序詞は、「知らえぬ恋」の像そのものでもあるから、「夏の野の繁みに咲ける姫百合《ひめゆり》」＝《イコール》「知らえぬ恋」の等価関係が成立していると見ることもできる。

掛詞を利用した序詞もある。平群氏《へぐりのうじ》の女郎《いらつめ》が大伴家持に贈った恋歌十二首中の一首である。

君により我《わ》が名はすでに龍田山《たつたやま》絶えたる恋の繁《しげ》き頃かも　（巻十七・三九三一）

訳　あなたのせいでわが浮き名はすでに龍田山のように立ってしまった。その「断つ」ではないが、絶えてしまっていた恋心が頻りに萌《きざ》すこの頃であるよ。

平群氏は古来の名族だが、この頃には没落していたらしい。「女郎《いらつめ》」は「郎女《いらつめ》」と同じで、名家のお嬢様といったニュアンスがある。ただし、この女郎がどのような女性であったかはわからない。家持がつきあった女性であることは間違いないが、家持の越中赴任で、関係が途絶えたらしい。

そこで、この歌だが、掛詞を利用したなかなか複雑な序詞になっている。「龍田山」までの上三句を序詞と見てよいが、そこに「我が名」が「立つ」意を掛け、さらに「龍田山」のタツに「断つ」意を掛けて、「絶えたる恋」を導いている。後期万葉の歌らしく、相当に技巧が凝らされている。なお、龍田山は奈良県生駒郡《いこまぐん》に所在する山。

音を利用した序詞もある。

多麻河《たまがは》に晒《さら》す手作《てづく》りさらさらに何《なに》そこの児《こ》のここだ愛《かな》しき

（巻十四・三三七三）

訳 多摩川に晒《さら》す手織の布のように、さらにさらにどうしてこの子がこんなにいとしいのだろうか。

「二、『万葉集』は「国民歌集」か」（二六ページ）でも取り上げた東歌《あずまうた》である。繰り返しの説明になるが、布晒《さら》しの場で歌われた労働歌らしい。「手作り」は麻の手織の布で、水に晒《さら》して真っ白に仕上げた。その「晒す」と同音で「さらさらに」を接続させた。掛詞にも似るが、むしろ音によるつながりが意識されている。ひょっとすると、「さらさらに」には、多摩川で布を晒すその川音への意識もあるかもしれない。古代に川音を「さらさら」と表現した例は見られないが、こうした捉え方があってもおかしくない。音も聴き手に何らかの像を浮かび上がらせるから、その音を比喩に用いた例があっても不思議ではないからである。近藤信義氏は、音を比喩とするこうした例を「音喩《おんゆ》」と呼んでいる（近藤信義『音喩論』おうふう）。

序詞の最後に、少し変わった例を紹介しておこう。作者未詳歌である。

吾妹子《わぎもこ》が赤裳《あかも》ひづちて植《う》ゑし田を刈りて収《をさ》めむ倉無《くらなし》の浜

（巻九・一七一〇）

訳 いとしい子が赤裳を濡らして植えた田を刈り取って収める倉、その倉無《くらなし》の浜よ。

この歌では、「吾妹子が……収めむ」の四句が、結句「倉無《くらなし》の浜」を導く長大な序詞になっている。序詞によって導かれるのは、「倉無の浜」たった一句でしかない。もし、序詞が修辞技法であり、本旨を導くためだけのいわば贅物《ぜいぶつ》だとすれば、こうした歌の存在は説明できないことになる。

この長大な序詞を見ると、まずは田植えのハレの場の光景を示し、秋になって刈り取った稲を「倉」に収めるまでを、一貫した像として描き出すところにねらいがあることがわかる。その「倉」を媒介に、地名「倉無の浜」が導き出される。その結果、「倉無の浜」への土地讃めが果たされることになる。

ならば、この歌の構造は、先に示した『常陸国風土記』の「筑波岳《つくはね》に黒雲挂《かか》り、衣袖漬《ころもでひたち》の国」という「風俗《くにぶりの》諺《ことわざ》」のありかたとも重なる。この歌の場合、事実としては、「倉無の浜」という地名への興味から、序詞の像が喚び起こされたのだろうが、反対から見れば、その像は新たに作り出された地名起源の伝承（神話）であるともいえる。ここにも序詞の本質が現れている。なお、「倉無の浜」は所在未詳で、一説に大分県中津市角木《つのぎ》の闇《くら》無浜《なしはま》のことかという。

◉韻律について

最後に韻律についても少しだけ取り上げておこう。枕詞のところで取り上げた『出雲国風土記』「意宇《おう》郡条」の「国引きの詞章」をもとに考えてみよう。再度引用する。

……（切り取った土地に）三身《みつみ》の綱《つな》うち挂《か》けて、霜黒葛《しもつづらく》繰るや繰《く》るやに、河船《かはぶね》のもそろもそろに、国来《くにこ》国来《くにこ》と引き来縫《きぬ》へる国は、去豆《こづ》の折絶《をりたえ》より、八穂爾支豆支《やほにきづき》の御埼《みさき》なり。……

（『出雲国風土記』意宇郡）

この部分を、別の形に書き直してみたい。

三身《みつみ》の綱《つな》　うち挂《か》けて
霜黒葛《しもつづら》　繰《く》るや繰《く》るやに
河船《かはぶね》の　もそろもそろに
国来《くにこ》国来《くにこ》と　引き来《き》縫《ぬ》へる国は
去《こ》豆《づ》の折絶《をりたえ》より　八《や》穂《ほ》爾《に》支《き》豆《づ》支《き》の御埼《みさき》なり

傍線部を付した二行は、先にも述べたように、枕詞が使用されている箇所だが、よく見るとどちらも巨人神が切り取った土地に綱を掛けて引っ張る描写になっている。この二行は対句と見ることもできるが、冒頭の「神の言葉としての和歌」でも述べたように、言い回しを変えて同一内容を繰り返すような表現——繰り返し表現になっている。その音数を見ると、「枕詞の五音＋土地を引っ張る描写の七音」になっている。

この「国引きの詞章」は歌謡ではないが、それと同様の韻律を具えていることが確かめられる。この五音＋七音を重ねていくありかたが、歌謡から長歌の基本的な韻律になっていく。もっとも、その音数は最初から五音・七音に固定されていたわけではなく、より古い時代には、三音・四音・六音・八音などもあった。しかし、五音＋七音のように、短句＋長句というありかたを基本としていたことは動かない。その場合、五音の句は七音の句に対して、一種の比喩的な関係を構成していることが多い。枕詞が下接する言葉を呼び起こす像を作り出していることは、すでに説明した。

そこで短歌に戻るが、これも当初は、五音＋七音を繰り返し、結句の七音で全体を結ぶような形式であったと考えられる。一例を挙げる。持統天皇の御製歌である。

春過ぎて夏来《きた》るらし白栲《しろたへ》の衣《ころもほ》乾したり天《あめ》の香具山《かぐやま》　（巻一・二八）

訳 春が過ぎて夏がやって来たらしい。真っ白な衣を乾している、天の香具山よ。

「百人一首」にも採録された歌だが、現代語訳にも示したように、五七・五七七の二句切れになっている。この二句切れがより古い形と思われるが、しかし短歌の場合は、五七五・七七の三句切れも早い段階から現れている。むしろ二句切れは徐々に少なくなり、三句切れが優勢になっていく。五七調から七五調への転換である。そこが五七を繰り返す長歌との違いかもしれない。

だが、五七調にせよ七五調にせよ、そこには人を非日常の世界に運ぶ不思議な力が宿っていた。時代は下るが、七五調の歌舞伎の名台詞《めいぜりふ》、たとえば「月も朧《おぼろ》に白魚《しらうお》の、篝《かがり》も霞む春の空、冷《つめ》てえ風も微酔《ほろよい》に、心持ちよくうかうかと」（河竹黙阿弥《かわたけもくあみ》『三人吉三廓初買《さんにんきちさくるわのはつがい》』）などといった台詞を口真似すると、素人ながら思わず心地よい陶酔に誘われる。それこそが韻律の働きにほかならない。ここでまた和歌を歌と言い換えるなら、神の言葉に起源をもつ歌の本質は、まずはこの韻律にあったように思われる。

万葉樵話……八

◉旋頭歌はおもしろい

◉片歌問答から旋頭歌へ

『万葉集』の特徴的な歌に旋頭歌《せどうか》がある。なじみが薄いかもしれないが、短歌・長歌に次ぐ歌数をもつ。五七七音の三句体を二つあわせた歌形で、短歌の祖型的な位置にあると見なされている。『万葉集』には、全部で六十二首存在する。その大半は作者不明歌であり、過半の三十五首が「柿本人麻呂歌集《かきのもとのひとまろかしゅう》」所収の歌とされる。「人麻呂歌集」は、人麻呂の作だけでなく、多くの作者不明歌を含んでおり、そこに収められた旋頭歌も作者不明歌と考えられている。それらは概《おおむ》ね前期万葉に属する歌と見て間違いない。

旋頭歌の名称には諸説あるが、定まったものはない。前の三句（前句）と後の三句（後句）を同じ旋律に乗せて、あたかも頭《こうべ》を旋《めぐ》らすように繰り返すところからの命名とする説もあるが、音楽上のことは実証の方法がなく、不明とするほかない。

旋頭歌の起源は片歌《かたうた》問答にあったらしい。片歌は五七七音からなる三句体の歌謡で、その名は『古事記』に見える。「片」は、歌としての不完全さを意味するらしい。多くの場合、片歌は、片歌同士の問答の形で現れる。それを片歌問答と呼ぶ。一つだけ例を挙げる。

（ヤマトタケルは）即《すなは》ち、その国（相模国《さがみ》）より越えて甲斐《かひ》に出でまして、酒折宮《さかをりのみや》に坐《いま》しし時に、歌曰《うた》ひたまひしく、

新治《にひばり》　筑波《つくは》を過ぎて　幾夜《いくよ》か寝《ね》つる　（記二五）

訳　新治、筑波の地を過ぎて、幾夜寝たことだろうか。

しかして、その御火焼《みひたき》の老人《おきな》、御歌《みうた》に続《つ》ぎて、歌《うた》曰ひしく、

日々並《かがな》べて　夜《よ》には九夜《ここのよ》　日には十日《とをか》を　（記二六）

訳　日数を重ねて、夜なら九夜、日なら十日になることよ。

是《ここ》を以《も》ちて、その老人を誉《ほ》めて、即《すなは》ち東国造《あづまのくにのみやつこ》を給ひき。

（『古事記』中巻・景行記）

東征の帰途、甲斐《かい》国（現在の山梨県）の酒折宮《さかおりのみや》（甲府市酒折）で、ヤマトタケルが「御火焼《みひたき》の老人《おきな》」と片歌で問答を交わしたことを伝える記事である。この問答は後に連歌《れんが》（短連歌《たんれんが》）の起源とされることになる。

重要なのは、これが問答であることである。場に支えられた唱和性がその本質としてあり、問いに込められた謎を、どのように解き明かす（説明する）のかが興味の中心になっている。老人はヤマトタケルの問いを理解し、東征の日数を正しく把握して答えたから、その褒賞《ほうしょう》として「東国造《あづまのくにのみやつこ》」の地位が与えられることになる。

このように、場に支えられた唱和性が片歌問答の本質になるが、片歌問答を起源とする旋頭歌もまた、これと同様の表現性をもつことになる。もっとも、片歌問答は複数の歌い手による唱和だが、旋頭歌の歌い手は基本的に単数（個人）である。とはいえ、片歌問答が保持していた唱和性、場に支えられた集団性は、旋頭歌にもつよく残されている。そこに旋頭歌の表現の特異性が現れている。

旋頭歌の前句と後句は、相互に独立的である。前句は、片歌問答の問いにあたるが、旋頭歌の場合は、特定の状況を大きく提示するような内容であることが多い。それに対して、後句は、その状況への説明なり解釈なりを付け加える。片歌問答の答えと同じと見てよい。以下、いくつかの具体例を通して、旋頭歌のありようとそのおもしろさを見ていこう。

◉旋頭歌のおもしろさ（一）

高麗錦紐《こまにしきひも》の片方《かたへ》ぞ床《とこ》に落ちにける　明日《あす》の夜《よ》し来《こ》むと言ひせば取り置き待たむ

（巻十一・二三五六）

訳　高麗錦の紐の片方が寝床に落ちていたことだ。「明日の夜も来《こ》よう」と言ってくれるなら、取って置いて待っていよう。

女から男への呼びかけの歌である。現行の注釈書では後句の「来《こ》むと言ひせば（将来得云者）」を「来《き》なむと言はば」と訓《よ》むものが多い。だが、男が女に再訪を約束する言葉は、

今来《いまこ》むと言ひしばかりに九月《ながつき》の有明の月を待ち出でつるかな

（『古今集』恋四・六九一）

訳　今行くからとあなたが言ったばかりに、その言葉をあてにして、とうとう九月の夜長の有明の月が出るまで、あなたのお出でを待ちつくしてしまったことだ。

（町小路女《まちのこうじのおんな》の零落後も、作者〈藤原道綱母《ふじわらのみちつなのはは》〉のもとへの兼家《かねいえ》の通いはそれほど多くない）ここには例のほどにぞ通ふめれば（いつもの程度にしか通って来ないようなので）、ともすれば心づきなうのみ思ふほどに（ややもすると不愉快にばかり思っていると）、ここなる人（道綱）、片言《かたこと》などするほどになりてぞある。（兼家は）出づとては、かならず「いま来《こ》むよ（今行くよ）」といふも、聞きもたりて、まねびありく（道綱は、その言葉を耳にとどめて、しょっちゅう口まねする）。

（『蜻蛉日記』上巻）

のように「今来《いまこ》む」「いま来《こ》むよ」である。平安朝の例ではあるが、これらを参考にすれば「来《こ》むと言ひせば」の訓みがよいことになる。

この歌の歌意は現代語訳に示したとおりで、一見したところ何の不思議もないわかりやすそうな歌に見えるのだが、ここにも実は謎が隠されている。前句が示す状況は、「高麗錦の紐」が寝床に落ちていたというだけである。通って来た男が女の寝床に落としていったというのだろう。だが、問題は「高麗錦の紐」である。そこにどうやら謎がある。

『万葉集』では、紐が男女の結びつきを保証した。下紐《したひも》（下着の紐）、上衣《うわぎ》の紐とさまざまだが、別れに際して、男女は紐を結び合い、互いの魂《たま》をそこに封じ込めて、再会を約束しあった。その紐の片方が寝床に落ちていたというのは、あり得ないことではない。だが、それが「高麗錦の紐」であったというのは、尋常《じんじょう》ではない。高麗錦は、舶来のきわめて高級な織物だったからである。高麗錦は、もっぱら貴人や金持ちの若君が身につけた。『万葉集』の「竹取翁歌《たけとりのおきなのうた》」（巻十六・三七九一〜三）は、後の『竹取物語』にもつながる古伝誦《こでんしょう》を題材とした長大な歌語《うたがた》りだが、主人公の竹取翁《たけとりのおきな》は、幼少時、身分ある若君として大切に育てられ、「高麗錦の紐」を縫い付けた美しい着物を着せられていたとある。竹取翁は、大金持ちの若君だったのである。すると、この旋頭歌の前句は、女のもとに通って来たのが、きわめて高貴な身分の男であったことを暗示していたことになる。

その場合、前句をまったくの女の空想と見たらどうなるだろう。「高麗錦の紐」が、現実にはありえない男女の関係の暗示だとするなら、歌の意味は大きく違って来る。絶対に通って来るはずのない、高貴な身分の男の通いが前提とされていたことになるからである。

ここで参考になるのが、「二、『万葉集』は「国民歌集」か」でも引用した、次の東歌《あずまうた》（二七ページ）である。

稲春《いねつ》けば皹《かか》る吾《あ》が手を今夜《こよひ》もか殿《との》の若子《わくご》が取りて嘆《なげ》かむ　（巻十四・三四五九）

訳　稲を春くのであかぎれが切れる私の手を、今夜もまたお邸《やしき》の若様が手に取ってかわいそうだと嘆くだろうか。

そこでも述べたように、この東歌は、現実にはあり得ない状況を想像で歌っている。この時代、在地の有力富豪層は、稲の脱穀・精米に稲春女《いなつきめ》・籾女《もみめ》などと呼ばれる女を雇用した。稲春《いねつ》きはかなりの重労働だが、この歌は、そうした稲春女たちの労働歌であった可能性が高い。「殿の若子（お邸《やしき》の若様）」は、稲春女たちの憧れの対象であったに違いない。

この旋頭歌の場合も、事情は同様だったのではあるまいか。「高麗錦の紐」に、男女の身分の懸隔がほのめかされており、それを後句でどう意味づけるかに、この歌の眼目があったように思われる。

旋頭歌は、ある状況をいわば謎として前句の中に呈示し、それに対する説明や解釈を後句で付加していくという、一種付《つ》け合《あ》いに似た妙味を楽しむことを本質とする。この歌の場合も、現実にはありえない貴人の通いを暗示する前句を、後句でどのように受けるのか――それへの興味が、この一首を成り立たせていたに違いない。中西進氏はこの歌を「女集団の民謡」と解している（講談社文庫『万葉集』脚注）。民謡そのものと見てよいかどうかはなお問題とすべきだが、基本的にそうした性格の歌であるのはたしかであろう。「明日《あす》の夜《よ》し来《こ》むと言ひせば取り置き待たむ」という後句が付加された時、これを耳にした聴き手の哄笑《こうしよう》も生まれたかもしれない。

前句と後句が互いに独立的であり、しかも後句が前句に呈示された状況に対する説明や解釈になっているというのは、この一首に限られたことではなく、旋頭歌すべてに共通するありかたである。意想外の状況に対して後句をどのように付加するのかという点に旋頭歌の興味の中心があるのだとすれば、こうした旋頭歌を個人の純粋な創作歌と見ることはできないことになる。一人の歌い手が作ったものであるにしても、旋頭歌の場合、その前提には集団的な契機（場）があったとしなければならない。そうしたことをこの一首はよく示しているように思われる。

次のような歌もある。

夏蔭《なつかげ》の妻屋《つまや》の下に衣裁《きぬた》つ吾妹《わぎも》　うら設《ま》けて我《あ》がため裁《た》たばやや大《おほ》に裁《た》て　（巻七・一二七八）

訳　夏の日を遮《さえぎ》る木蔭《こかげ》の妻屋（新婚夫婦のための寝屋）の内で衣《ころも》を裁《た》っているわが妻よ。あらかじめ私のために心づもりして裁つなら、もう少し大きめに裁ってくれ。

男の歌である。夫のために衣《ころも》を仕立てるのは妻の役目で、もともとは来臨する神のために水辺で神衣《かんみそ》を織るタナバタツメ（織女）の像が基底にある。この歌について、品田悦一《しなだよしかず》氏が興味深い読みを示している。新婚らしい女の裁縫仕事を見ていた第三者の男が、夫を気取って、女に「我妹《わぎも》（わが妻よ）」と呼び掛け、「私のためならもう少し大きめに裁《た》ってくれ」とからかって歌い掛けたのだとする（「人麻呂歌集旋頭歌における叙述の位相」『万葉』一四九）。この理解が適切である。男は夫よりも少し大きな体型だったのだろう。

ここで参考になるのが、催馬楽《さいばら》「夏引《なつひき》」である。

夏引《なつひき》の　白糸《しらいと》　七量《ななはかり》あり　さ衣《ごろも》に　織りても着せむ　汝妻《ましめ》離れよ

頑《かたく》なに　もの言ふ女《をみな》かな　汝麻衣《ましあさぎぬ》も　我が妻《め》のごとく　袂《たもと》よく　着よく肩よく　小頸《こくび》安らに　汝《まし》着せめかも

（催馬楽「夏引」）

前半が女の誘い掛けで、後半はそれに対する男の答えになる。「夏引の　白糸」は春蚕《はるこ》の糸を夏に紡《つむ》いだもので、夏蚕《なつこ》よりもずっと上質とされる。「夏引の糸で上等な絹の着物を織って着せてあげるから、あんな奥さんとは別れておしまいなさい」という女に対して、男は「どうせお前の縫う下等な麻の着物だって、うちの奥さんのように着心地よくゆったりなんて仕立てられっこないよ」と応じている。女の言葉もからかい半分なら、それに応じた男も愛妻自慢で相手をはぐらかしている。このやりとりの呼吸がおもしろい。この呼吸は、先の旋頭歌にも通ずる。旋頭歌の「やや大《おほ》に裁《た》て」は、催馬楽の「袂《たもと》よく　着よく肩よく　小頸《こくび》安らに」のような意味かもしれない。

そこで、旋頭歌だが、全体としては新婚の妻に対する第三者の男のからかいと見てよいが、それがわかるのは、後句が付加されるからである。前句のみでは、単に状況を提示しただけに過ぎない。後句が付加されることで、前句は「吾妹《わぎも》」への呼び掛けになる。結果として、意想外の展開が生み出されるわけで、こうしたところに旋頭歌の表現性が現れている。集団性・口誦性はここでも濃厚である。

●旋頭歌のおもしろさ（二）

住吉《すみのえ》の出見《いでみ》の浜の柴《しば》な刈りそね　娘子《をとめ》らが赤裳《あかも》の裾《すそ》の濡《ぬ》れて行《ゆ》かむ見む

（巻七・一二七四）

訳 住吉の出見の浜の柴を刈らないでくれ。娘子たちが赤裳の裾を潮に濡らして通って行くのを見よう。

「住吉の出見の浜」は、大阪市の住吉大社《すみよしたいしゃ》の西の浜辺というが、今はすっかり埋め立てられていて具体的な所在はよくわからない。「出見の浜」には、あるいは「出て見る」という意が含まれているのかもしれない。ここでは、前句で「柴を刈らないでくれ」と要求している。これも状況の提示になる。後句は、その理由を、「娘子《おとめ》たちが赤裳《あかも》の裾を濡らして通るのを、柴に隠れてこっそり見ようと思うからだ」と説明している。「赤裳」は、もともと官女の装いであり、住吉は行幸の地とされたから、「娘子ら」も浜遊びをする官女の像が意識されているのだろう。潮に濡れた赤裳の裾を下半身にまとわりつかせている光景は、肌が透けて見えるから、すこぶる官能的であるとともに、美女の理想的な姿とされた。なかなかエロティックであるが、陰に隠れてのぞき見するから柴を刈らないでくれというのは、ずいぶんと卑俗な理由づけになる。前句の禁止の理由を後句で説明しているのだが、その落差がおもしろい。ここにも聴き手の意表を突く仕掛けがある。

意想外といえば、聖なる世界を卑俗な世界に転換させた、次のような一首もある。

天《あめ》にある日売菅原《ひめすがはら》の草な刈りそね　蜷《みな》の腸《わた》か黒《ぐろ》き髪《かみ》に芥《あくた》し着くも

（巻七・一二七七）

訳　天上にある日（太陽）、その日売菅原《ひめすがわら》の草を刈らないでくれ。蜷貝《にながい》（ミナが後にニナになった。タニシなど淡水産の小巻貝）の腸《はらわた》のような真っ黒な髪にごみが着いてしまうことよ。

前の歌と同様、前句では「草を刈らないでくれ」と要求している。ただし、その草は、天上世界のものらしい。天上世界には聖なる菅《すげ》が生えており、ここはその菅原の草をいう。そこは逢引きの場の褥《しとね》にもなるから、天上の聖婚の場の印象が喚《よ》び起こされることになる。ところが、一転、後句では草を刈ってはならない理由を、共寝する女の髪に「芥《あくた》（ごみ）」が着いてしまうからだと説明する。地上世界の現実性がかえってつよく浮かび上がる。天上の聖婚の場の印象を、後句の卑俗さが覆《くつがえ》している。前句と後句の落差が大きいだけに、ここでも聴き手に意想外の思いを抱かせることになる。こうしたところに旋頭歌のおもしろさが現れている。『万葉集』の歌が生真面目一方の歌ばかりでないことが、ここからもわかる。

◉旋頭歌のおもしろさ（三）

旋頭歌をもう少しだけ読んでみよう。

泊瀬《はつせ》の斎槻《ゆつき》が下《した》に我《わ》が隠《かく》せる妻　あかねさし照れる月夜《つくよ》に人見てむかも　（巻十一・二三五三）

訳 泊瀬の神聖な槻の木の下に私が隠している妻。あかね色の光に照り輝く月夜に人が見つけてしまうのではないかなあ。

大夫《ますらを》の思ひ乱れて隠せるその妻　天地《あめつち》に通り照るとも顕《あらは》れめやも　（巻十一・二三五四）

訳 りっぱな男子が思い乱れて隠したその妻。たとえ月の光が天地に照り通っても、どうして露見することがあろうか。

「人麻呂歌集」の旋頭歌である。二首とも、前句で状況を提示し、後句でその意味づけをおこなっているから、その表現性は旋頭歌一般のありかたと変わらない。注意したいのはこの二首が一連とされ、そのまま自問自答の内容になっていることである。これは旋頭歌としてはめずらしい。

一首ずつ見ていこう。一首目の「斎槻《ゆつき》」は、神聖な槻の木。ツキはケヤキの古名とされるが、神が依り憑《つ》く聖木だからツキと呼ばれた。月経小屋とか産屋《うぶや》の横に、しばしば槻の木が植えられているのは、その意味をよく示している。その槻の木の下は、来臨した神と巫女《ふじょ》との神婚の場だった（折口信夫「小栗判官論の計画」『古代研究（民俗学篇2）』、谷川健一ほか『産屋の民俗』国書刊行会）。それゆえ、ここにはそうした神婚のイメージが残されている。自分が人知れず通う相手、「隠せる妻」を、神がひそかに通う巫女に重ねている。後句は、その隠し妻を、誰かが見つけてしまうのではないかとの危惧を示す。他人が我が妻に手を出すことへの恐れではなく、恋の露見を危惧していると見るべきだろう。

二首目は、一首目を受けて、どんなに月の光が照らそうとも、この隠し妻の存在が知れることはないはずだと、前の歌の危惧をおのれで打ち消している。

この「斎槻」だが、原文「弓槻」とあるので、これを弓月《ゆつき》が岳《たけ》と解し、人麻呂の実体験をそこに重ねて、これを人麻呂の隠し妻と見る説もある（武田祐吉『国文学研究　柿本人麻呂攷』大岡山書店、など）。ただし、いろいろな点から見て、その説には従えない（詳しくは、多田一臣『柿本人麻呂』〈人物叢書〉吉川弘文館、に詳述した）。

隠し妻が露見することをなぜ恐れるのか。別の章でも詳しく述べたことだが、恋とは基本的に反社会的な、言い換えれば反秩序的な関係だからである。恋は自然とわきあがる情動だから、一切の社会的関係とはかかわらない。それゆえ、不倫であったり、身分違いであったり、あるいは親の許さぬ恋であったりする。普通の恋の場合でも、二人だけの閉ざされた世界を作ろうとするから、それは通常の社会的な関係とはなじまない。恋にはどこか禁忌を犯すようなところがあり、それゆえどんな恋であっても罪の匂いを宿す。そこで、その関係は周囲に対して徹底して秘匿されなければならなかった。恋が露見すれば、その関係は周囲の指弾を受け、破綻に到る可能性が高いからである。隠し妻の露見を恐れるのはそのためである。

もう一首見ておこう。「古歌集」所収の旋頭歌である。「古歌集」は、『万葉集』の編纂資料となった歌集だが、現存しない。

うちひさす宮道《みやぢ》に逢ひし人妻ゆゑに　玉の緒《を》の思ひ乱れて寝《ぬ》る夜《よ》しそ多き　（巻十一・二三六五）

訳　日の射し照らす宮への道で出逢った人妻のために、玉の緒の玉が散乱するように思い乱れて寝る夜こそが多いことだ。

これは人妻への恋を歌う。「宮道」は、宮への道だから都大路をいう。そこで出逢った人妻の姿が忘れられなくなったというのである。そこでの偶然の出逢いがあったのだろう。この歌で注意されるのは、前句と後句のどちらにも枕詞が存在することである。そこに傍線を付しておいた。枕詞は下接する言葉と組み合わされて一つの単位を構成するから、それぞれの冒頭に枕詞を据えるこれらの例では、前句と後句の独立性は形式の上からも明瞭になる。もっとも、前句の末尾は「人妻ゆゑに」であり、原因・理由を示すから、後句とのつながりがあるともいえる。そうではあるが、人妻のためにどういう状況が引き起こされたのかは後句で説明されることになるから、旋頭歌の表現性はここでも保たれている。

ここでの枕詞だが、「うちひさす」は、日が射し照らす意で「宮」に接続させた。絶えず日に照らされていることが、宮への讃美の意味をもたらした。『古事記』の「天語歌《あまがたりうた》」と呼ばれる歌謡にも、

纒向《まきむく》の　日代《ひしろ》の宮は　朝日の　日照《ひで》る宮　夕日の　日翔《ひがけ》る宮……　（記九九）

訳　纏向《まきむく》（奈良県桜井市）の日代《ひしろ》の宮（景行天皇の宮）は、朝日の照り輝く宮、夕日の光の輝く宮……

とあって、宮讃めの意を示す例がある。「玉の緒の」の「緒」は、玉を貫《ぬ》き通す糸。その糸が切れて玉が散乱する印象から、「思ひ乱れて」に接続させた。ただし、玉は魂《たま》にも通ずるから、玉の乱れは、恋の思いの直接的な比喩にもなっている。

この歌に類似する旋頭歌が巻七にあるので、これも挙げておく。

うちひさす宮路《みやぢ》を行《ゆ》くに我《わ》が裳《も》は破《や》れぬ　玉の緒《を》の思ひ乱れて家にあらましを　（巻七・一二八〇）

訳　日の射し照らす宮への道を行くので、私の裳は破れてしまった。玉の緒の玉が散乱するように思い乱れて家にいればよかったものを。

「人麻呂歌集」の歌。先の歌によく似るが、こちらの歌い手は女になる。この歌も、前句と後句とに、先の歌と同じ枕詞を用いている。ただし、この歌の場合は、前句と後句の関係がかなり緊密になっていて、それぞれの独立性は先の歌よりは軽くなっている。

前句は、女の裳が破れたことを歌っている。そこに浮かび上がるのが、宮に出仕する恋人に逢えるかと、都大路を行きつ戻りつする女の像になる。裳は女性が腰から下を覆うようにまとう巻スカート状の衣服だが、裳が破れるのは、女が裳を裾引くからである。そこで裳裾がすり切れることになる。そこで後句では、「家にいればよかったものを」と歌っている。この歌には、先の歌との関係を推測する説もある。先の歌とはもともと対の関係にあったのではないかとする説だが、これは何ともいえない。先の歌が「人麻呂歌集」歌でなく、「古歌集」歌であることも、対の関係を疑わせるし、そもそもこちらの歌の女が人妻であったかどうかもわからないからである。

万葉樵話…九

●非正統の万葉歌

――巻十六の世界

◉和歌と漢語

和歌（短歌）と俳句はどこが違うのだろうか。三十一文字と十七文字の別はさておき、そのもっとも大きな違いは、用いられる言葉にあるのではあるまいか。和歌は和語（大和言葉）で歌われることを原則とするが、俳句はもっと自由であり、漢語（字音語）や俗語の使用も許されている。いわゆる俳言《はいごん》である。たとえば、蕪村《ぶそん》（一七一六～一七八四）に次のような句がある。

ゆく春や逡巡《しゆんじゆん》として遅《おそ》ざくら（『蕪村句集』上）

訳 春がためらいがちに去って行こうとするが、その春を引き留めるかのように、遅咲きの桜が花を開かせている。

「逡巡」は漢語であり、「ゆく春」と「遅ざくら」の双方に懸《か》かる。「逡巡」を中心に据えることで、句全体が引き締められている。ところが、『万葉集』の場合、俗語はともかく、漢語（字音語）はまったく現れない。それどころか漢語を拒否する意識が明白に見られる。

後代に浦島太郎の物語として展開されることになるその原型は、丹波《たんば》国（現在の京都府北部と兵庫県東部。なお、和銅六年〈七一三〉、丹波国から分かれて丹後国〈現在の京都府北部〉が作られた）の国司であった伊預部連馬養《いよべのむらじうまかい》（？～七〇二？）が在地の伝承に中国神仙譚的な要素を加味して創作した「浦島子伝《うらしまこでん》」にあるとされる。その内容が『丹後国風土記《たんごのくにふどき》』（佚文）に記録されているが、そこには浦島子が赴いた先が「仙都」「蓬《ほう》（萊《らい》）山」「神仙界」などと記されている。この伝承は『日本書紀』「雄略紀」にも記されるが、そこにも浦島子が「蓬萊山」に到ったと記されている。『丹後国風土記』には、浦島子が亀比売《かめひめ》(浦島太郎の物語の乙姫《おとひめ》)と詠《よ》み交わした歌が記されるが、興味深いことに、そこでは浦島子が訪れた世界が「常世《とこよ》」に改められている。『万葉集』にも、高橋虫麻呂《たかはしのむしまろ》(生没年未詳)の歌った浦島子の伝説歌が見えるが、そこでも浦島子の訪れた世界は「常世」とされている。長歌は長いので、反歌のみを示しておく。

常世辺《とこよへ》に住むべきものを剣刀己《つるぎたちな》が心からおそやこの君　(巻九・一七四一)

訳 常世の方に住むはずのものを、剣刀《つるぎたち》の刃《な》、その己《な》(自分)の心のせいで、愚かなことよ、この君(浦島子)は。

常世にいれば永遠の寿命を得ることができたはずの浦島子が、あえてこの世界に戻って来たことを「おそや(愚かなことよ)」と批判的に捉えている。

「常世」とは、古代の日本人が海の彼方《かなた》に想像した不老不死の永遠の世界をいう。散文(漢文体の文章)では「蓬萊」「神仙界」と書きながら、和歌ではそれを「常世」に置き換えたことになる。このことは、「蓬萊」のような漢語は、和歌には用いることができなかったことを示している。

◉菊と梅

もう一つ別の例を示そう。『万葉集』には、漢名で呼ばれる渡来系の植物は歌われることがない。その代表はキク(菊)である。『万葉集』には、菊を歌った歌は一首も存在しない。菊は大陸から渡来した植物で、キクの名も漢音に由来する。そこで『万葉集』からは排除されることになったらしい。一方、『万葉集』とほぼ同時代の漢詩集『懐風藻』には、庭前の菊をその芳香とともに讃美した詩が収められ、「菊酒」（重陽《ちょうよう》の節供《せっく》に酒盃に菊花を浮かべて長寿を祝した）を詠じたものまで見られるから、漢詩の世界では菊が受容されていたことがわかる。菊の伝来はもっと後代であるとし、『懐風藻』の菊は文飾に過ぎないとする説もあるが、これには疑問が残る。菊はしかし、平安時代になると和歌の世界でもさまざまに詠まれるようになる。菊を詠むことへの抵抗が薄れたためだろう。当時は（今もか？）菊の栽培には技倆《ぎりょう》が必要とされたらしい。平安時代の事例だが、『平中物語《へいちゅうものがたり》』の主人公平中（平 貞文《たいらのさだふん》）は菊作りの名手であったとされる（二段、二十段）。

さらに、余計なことを付け加えれば、日本文化論の古典ともいうべきルース・ベネディクト（一八八七～一九四八）の『菊と刀』という書名は、菊を日本文化の象徴と捉えており、右のことを考えるとどこか違和感を覚える（ただし、菊への言及は本文中にはほとんどない）。天皇家の紋章がなぜ菊なのかも、同様に不思議である。どこかで菊に対する見方に転換があったと考えざるをえない。後鳥羽院（一一八〇～一二三九）あたりが菊を紋章とした始まりらしいから、中世以降のことになる。

菊と対照的なのが梅である。第一章に取り上げた「梅花の歌」のところでも述べたように、梅もまた大陸からの渡来植物であり、ウメ（梅）の名も漢音に由来する。現在の中国音はメイだが、当時はムメないしメと発音されたらしい。万葉仮名では「梅」はメの音を示す。しかし、菊と違って、梅は当初から和歌の世界に溶け込み、「梅花の歌」がそうであるように、『万葉集』にもさまざまに歌われている。ウメは、むしろ和語に近い名として意識されていたのかもしれない。

もっとも、梅という植物そのものは、大陸文化とつよく結びついていた。渡来種であるだけに、伝来の当初から鑑賞用とされ、貴族の庭園に植えられたからである。そのことを示す象徴的な話がある。内裏《だいり》の正殿である紫《し》宸殿《しんでん》の正面には、右近《うこん》の橘の対《つい》として左近《さこん》の桜が植えられているが、当初は桜ではなく、梅が植えられていた。桓武《かんむ》天皇（七三七〜八〇六）の時代、平安京遷都に際して、漢風趣味に傾倒した桓武天皇が梅を植えたのが始まりとされる。それが桜に変わるのは、仁明朝《にんみょう》（八三三〜八五〇）の末年あたりであったらしい（久保田淳「南殿の桜」『文学』一九九〇年冬号）。文化の国風化への流れが背景にあるという。『万葉集』の和歌に梅が詠まれるのは、述べたように、その名が和語に近いと意識されたからだろう。

◉巻十六と漢語

ここまで述べて来たことは、和歌は和語で歌われることを原則とし、漢語（字音語）は排除されているということだった。『万葉集』の歌にもその徹底が見られるのだが、一部例外がある。それが巻十六である。巻十六は仏教語を中心に、漢語を意識的に用いた歌が何首か見られる。ここでは一首だけ挙げる。「高宮王《たかみやのおほきみ》の数種《くさぐさ》の物を詠《よ》める歌二首」とある中の一首である。

婆羅門《ばらもん》の作れる小田《をだ》を食《は》む烏《からす》 瞼《まなぶた》腫《は》れて幡幢《はたほこ》に居《を》り　（巻十六・三八五六）

訳 婆羅門僧正が作っている小田の稲を食べる烏は、瞼《まぶた》がふくれて幡幢《はたほこ》にとまっている。

「婆羅門《ばらもん》」は、インド四姓の最高位で、それを漢語（字音語）で記した。ここは、インド出身の僧で、天平八年（七三六）、大仏開眼《だいぶつかいげん》の際に導師を務め、婆羅門僧正《ばらもんそうじょう》と呼ばれた菩提僊那《ぼだいせんな》（七〇四〜七六〇）を指すらしい。婆羅門僧正が作る田の米を食べる烏の瞼《まぶた》が腫《は》れているのを仏罰と見たのだろう。「幡幢《はたほこ》」は、小旗を上部につけた旗竿《はたざお》で、寺のしるしとして立てた。「婆羅門」は漢語（字音語）だから、相当に異例である。この他にも巻十六には、「餓鬼《がき》」「檀越《だんをち》」など、漢語（字音語）を用いた例が見られる。

この歌で注意されるのは、題詞に「数種《くさぐさ》の物を詠《よ》める歌」とあることで、これはいわゆる物名歌《もののなのうた》と見てよい。予《あらかじ》め与えられた複数の事物の名を一首の中に詠み込んで作るのが物名歌で、この歌でいえば、「婆羅門」「小田」「鳥」「瞼」「幡幢」がその事物にあたる。正統的な歌からは外《はず》れるが、こうした歌が、当時、宴席の場の座興として好まれたらしい。それゆえ、歌意を素直に受け取る必要はない。瞼の腫れた鳥が実際にいたかどうかは不審とするに及ばない。巻十六には、こうした物名歌も多く見られる。なお、作者の高宮王がどのような人物かは不明。

●「無心所著歌《むしんしよぢやくか》」と和歌の本質

ところで、巻十六に「無心所著歌《むしんしよぢやくか》（心の著《つ》く所無き歌）」と題された不思議な歌がある。これも物名歌の一種になるが、先の歌とは違い、まったく意味が取れない。「心の著《つ》く所無き歌」の「心」は、謎々で「その心は」という時の「心」と同様、意味あるいは脈絡をいう。そこで、「無心所著歌」は、意味の取れない歌になる。

心の著《つ》く所無き歌二首

吾妹子《わぎもこ》が額《ひたひ》に生《お》ふる双六《すぐろく》の牡牛《ことひのうし》の倉の上の瘡《かさ》　（巻十六・三八三八）

我が背子《せこ》が犢鼻《たふさき》にするつぶれ石の吉野の山に氷魚《ひを》そ懸《さが》れる　（巻十六・三八三九）

右の歌は、舎人親王《とねりのみこ》、侍座《じざ》に令《おほ》せて曰《い》はく、「或《ある》は由《よ》る所無き歌を作る人あらば、賜ふに銭帛《せんぱく》を以《も》ちてせむ」といふ。時に、大舎人阿倍朝臣子祖父《おほとねりあへのあそみこおほぢ》、すなはちこの歌を作りて献上《たてまつ》れり。登時《すなはち》、募《つの》る所の物と銭二千文とを以ちて給ひき。

訳 意味の通じない歌二首

わたしの愛《いと》しい人の額《ひたい》に生えている双六《すごろく》の牡《おす》の牛の倉の上の瘡《かさ》よ。

わが背の君が褌《ふんどし》にする丸い石の吉野の山に氷魚《ひお》がぶら下がっている。

右の歌は、舎人親王が、近習の者に命じて「もし脈絡のつかない歌を作る人がいたら、褒美《ほうび》として銭・帛（絹布）を遣わそう」とおっしゃった。その時に、大舎人阿倍朝臣子祖父がすぐにこの歌を作って献上した。ただちに賞品の物と銭二千文とをお与えになった。

この二首は物名歌と見てよいが、そこに詠み込まれた事物は、一首目では「額」「双六」「牡牛」「倉」「瘡」、二首目では「犢鼻」「つぶれ石」「氷魚」になろう。

この二首では、それらの事物を詠み込んで一首を構成してはいるものの、それぞれの事物は一切脈絡をもたず、文字どおりのナンセンスな歌として呈示されている。

とはいえ、複数の事物を詠み込んで、まったく意味の成り立たない歌を作るためには、相当に高度な技倆《ぎりょう》が必要とされる。そこで舎人親王《とねりのみこ》（六七六〜七三五、天武天皇の皇子）は、そうした歌がうまくできたら褒美《ほうび》を与えようと言ったのだろう。作者の阿倍朝臣子祖父《あへのあそみこおおじ》は、伝未詳。

この左注からも、こうした歌が座興として作られていた事実が確かめられるが、重要なのは、ここから和歌の本質がどこにあるのかが見えてくることである。

「無心所著歌（心の著く所無き歌）」は、先に意味のとれない歌と説明したが、より正確には心（意味）が依り憑《つ》かない歌ということだろう。左注の「由《よ》る所無き歌」も同義。そこで、ここから反対に、歌とは心（意味）の表現を初めから目指すものではなく、心は後《あと》から依り憑《つ》いて来るものであることが見えてくる。言い換えるなら、心は後から発見されるということでもある。心を心情と見る場合でも、自分の心（心情）が見出だされるのは、契機となる何かに出会うからで、初めからその心が自覚されているわけではない。『源氏物語』にも、紫上《むらさきのうえ》が手習いのように古歌を書き付けていて、それが嫉妬の歌ばかりであることに気づき、そこで初めて秘められた自分の心を知ったとする挿話が見えるが（「若菜上」）、これなどはよくそのことを示している。歌もまた、それを詠じていく中で、はじめて歌い手の心（心情）が立ち現れてくるようなものだった。心と詞《ことば》の出会いであり、それもまた心が依り憑くということだろう。

ならば、初めから心（意味）をもつことは、必ずしも歌の本質とはいえないことになる。「無心所著歌」の場合、意識的に脈絡の取れない歌を作り出してはいるのだが、それにもかかわらず、こうした「心（意味）」をもたない歌が歌であるのは、五七五七七の音数律に支えられているからだろう。音数律という特別なしるしをもつことで、これらの歌は歌でありえたことになる。

ならば、歌の本質を支える基本は、まずは音数律にあったことになる。すでに「七、和歌の表現の本質」（一一八ページ）で述べたことでもある。巻十六のこのような歌は、決して正統な歌とは言いがたいが、それゆえにこそ正統とは何であるのかを明らかにする意味をもつ。ここでもそれを考えておくべきだろう。

◉「悪口」の歌

「六、僧の恋」のところで、巻十六に収められた僧を揶揄した俗人の歌、それに反撥した僧の歌を紹介した（九八ページ）。このように、巻十六には、互いに「悪口」をぶつけあう歌が集中して見られるところがある。こうした歌は、他の巻にはほとんど存在しないから、巻十六の特異性を示しているともいえる。以下、その「悪口」の歌の中から二つの例を取り上げてみよう。

最初の「悪口」の歌は、次のような歌である。

池田朝臣《いけだのあそみ》の大神朝臣奥守《おほみわのあそみおきもり》を嗤《わら》へる歌一首〔池田朝臣の名は忘失《まうしつ》せり〕

寺寺《てらでら》の女餓鬼《めがき》申《まを》さく大神《おほみわ》の男餓鬼《をがき》賜《たば》りてその子懐《はら》まむ　（巻十六・三八四〇）

大神朝臣奥守《おほみわのあそみおきもり》の報《こた》へ嗤《わら》へる歌一首

仏造《ほとけつく》る真朱《まそほ》足らずは水溜《たま》る池田の朝臣《あそ》が鼻の上《うへ》を掘れ　（巻十六・三八四一）

訳 池田朝臣が大神朝臣奥守を嗤笑《ししょう》した歌一首〔池田朝臣の名は忘失した〕

寺々の女餓鬼が申すことには、「大神の男餓鬼を頂戴して、その子を宿そう」と。

大神朝臣奥守がそれに報いて嗤笑《ししょう》した歌一首

仏像を造るのに赤土が足りなかったら、水の溜まる池——池田の朝臣の鼻の上を掘ったらいい。

池田《いけだのなにがし》某と大神奥守《おおみわのおきもり》の悪口の言い合いである。池田某は、名を忘失したという注記があるが、池田真牧《まひら》とする説がある。もし真牧であるなら、天平宝字八年（七六四）、大神奥守と同時に従五位下に昇叙しているから、二人は親しい関係であったとも見られる。どちらも中級官人といってよい。

一首目は、池田某が大神奥守を嘲笑した歌だが、その内容がなかなかすさまじい。奥守はかなりの痩身であったらしく、その姿を餓鬼《がき》に見立てて揶揄している。貪欲《どんよく》の報《むく》いで餓鬼道に落ちた亡者が餓鬼で、寺にはその像が置かれていた。餓鬼は、始終飢えているとされた。「寺寺の女餓鬼」が、「大神の男餓鬼（奥守）」を頂戴して、その子を宿そうと言っているというのだから、ここには痩身だけでなく、多淫への当てこすりもあるのだろう。「寺寺」とあるから、奥守の相手になる「女餓鬼」はたくさんいるということらしい。揶揄にしてもなかなか辛辣である。

そこで、二首目の奥守の歌である。奥守も黙ってはいない。池田某の赤鼻を嘲《あざけ》っている。「真朱《まそほ》」は、辰砂《しんしゃ》を含む赤土をいう。そこから顔料《がんりょう》となる朱を採取した。朱は仏像の彩色に用いたので、「仏造る真朱」といった。大酒飲みは赤鼻になるというから、それへの揶揄もあるかもしれない。

この二首は、いわば互いの身体的欠陥を嘲笑しあっている。いまなら人権上の大問題になるところだが、いくら当時でもこのやりとりが大喧嘩を引き起こしたりしていないらしいというのは、何とも不思議である。そこに歌の功徳の一端があるのだろう。生《なま》の言葉の応酬でなく、歌でのやりとりであるところに、むしろ「悪口」を通じて、虚構の連帯空間を構築しようとする遊び心があったと見るべきかもしれない。ならば、これも爛熟した天平期の文芸の一つのありかたを示した例になる。その意味で注意したいのは、奥守の歌である。「池田の朝臣」に「水溜る」という枕詞をわざわざ置いている。枕詞の使用は歌であることの意識的な明示になる。散文的な内容であるだけに、いかにも効果的である。

池田某の歌についても触れておきたいことがある。「女餓鬼」「男餓鬼」のように、ここにも漢語（字音語）が使用されている。巻十六には仏教語を中心に漢語の使用が見られるが、ここもその例になる。

もう一つの「悪口の歌」を見ていこう。これも、痩身という身体的欠陥を嘲った歌だが、ここには相手の歌がない。一方的な「悪口の歌」になる。

痩《や》せたる人を嗤咲《わら》へる歌二首

石麻呂《いはまろ》に我物申《われものまを》す夏痩《なつや》せに良《よ》しといふ物そ鰻《むなぎ》捕《と》り食《め》せ　（巻十六・三八五三）

痩《や》す痩すも生《い》けらばあらむをはたやはた鰻《むなぎ》を捕《と》ると川に流るな　（巻十六・三八五四）

右は、吉田連老《きつたのむらじおゆ》といへるありき。字《あざな》を石麻呂《いはまろ》と曰《い》ふ。所謂仁敬《いはゆるにんきやう》の子《し》なり。その老《おゆ》、人《ひと》と為《な》り身体《み》甚《いた》く痩《や》せ、多く喫飲《きついん》すれども、形は飢饉《ききん》に似たり。これに因《よ》りて大伴宿禰家持《おほとものすくねやかもち》、聊《いささ》かにこの歌を作り、以《も》ちて戯《たはぶ》れ咲《わら》ふことを為《な》せり。

訳　痩せた人を嗤笑《ししょう》した歌二首

石麻呂殿に私は申し上げたい。夏痩せによいというものだ。鰻を捕《つか》まえてお食べなさい。

いくら痩せていても、生きていさえすればそれでよいだろうのに、それはともあれ、鰻を捕まえるとて川に流されるな。

右は、吉田連老《きつたのむらじおゆ》という者がいた。呼び名を石麻呂《いわまろ》といった。世に言う仁敬の士であった。その老は、生来身体がひどく痩せていて、いくら飲食を重ねても、その姿は飢餓の人のようであった。そこで大伴宿禰家持が、いささかながらこの歌を作って、戯れに笑ってみた。

大伴家持が吉田老《きつたのおゆ》、通称石麻呂《いわまろ》と呼ばれる人物が痩せているのを嘲って詠んだ歌とある。その事情は左注に詳しい。吉田老はどのような人物かは不明だが、吉田宜《きつたのよろし》の子とする説がある。吉田宜は家持の父旅人《たびと》とは旧知の仲だったから、もし老が宣の子なら、家持と親しい関係であっても不思議ではない。

老は「仁敬の子」と呼ばれていたという。仁と敬を具えた人士の意だから、なかなかの人物だったのだろう。ただし、いくら飲食を重ねても痩身のままだったとある。

そこで、家持は鰻を捕って食べるよう勧めている。まるで土用の丑の日の宣伝のようだが、万葉の時代から鰻が夏痩せに効く栄養価の高い食物とされていたことが興味を引く。もっとも、この時代、鰻は現在のように開いて調理するのではなく、筒状に輪切りにして煮焼きしたらしい。筒状にした鰻を串刺しにして焼いた状態が蒲《がま》の穂に似ているので、蒲焼《かばやき》と呼ぶようになったとする語源説もある。開いて調理するようになったのは、近世中期以降のことらしい。

「鰻《むなぎ》捕り食《め》せ」の「食《め》せ」は敬語だが、「石麻呂《いはまろ》に我物申《われものまを》す」と大仰に呼び掛けているあたり、どこかふざけた調子が感じられる。

二首目はもっと辛辣である。命あっての物種、いくら鰻を捕るからといって、そんな痩せた身体で川に入ったら、たちまち流されてしまうだろうというのである。「はたやはた」は、「それはそれとして、その一方で」といった意味の言葉だが、どこか誇張がある。

しかし、なぜ痩せていることが嘲笑されるのか。反対からいえば、恰幅《かっぷく》のよいことが理想化されているともい

大伴家持（上畳本「三十六歌仙絵」藤田美術館蔵）

える。飽食の現在からは、なかなか想像できないことだが、ごく最近まで、この日本でも人びとは絶えず飢えに悩まされていた。ここで、老の痩身を「形は飢饉《ききん》に似たり」と表現しているが、これは飢饉に遭遇した人さながらであったということだろう。飢饉による飢え、さらには寒さとが、多くの人々を苦しめた。この飢寒に苛《さいな》まれた人々の惨めな状態をリアルに描いたのが、山上憶良《やまのうえのおくら》の「貧窮問答歌《びんぐうもんどうか》」（巻五・八九二～三）である。

それゆえ、満ち足りた食に恵まれることが、当時の人びとの最大の願望だった。ならば、飢餓を想像させる痩身は否定的に捉えられたに違いない。反対に、恰幅のよいこと、豊満であることが理想化されることになった。痩せていることが嘲笑の対象となる理由はそこにある。

ずいぶん以前、イタリアのタルクィニアにあるエトルリアの古代墓地群の遺跡を見学したことがある。エトルリアは紀元前八世紀から紀元前一世紀頃、イタリア中部に存在した都市国家群だが、その遺跡から発掘された石棺を展示している博物館を訪れた。石棺の蓋には死者の姿が彫刻されているのだが、それがみな丸々と太っている。犬を連れた人物の姿もあったが、その犬までが太っている。これは、あきらかに死者の理想の姿を刻んだのだろう。満ち足りた食に恵まれることが、人類にとっての最大の願望とされていたことを、そこから学んだ。その中に一人の老婆の石棺があったのだが、そこにはあばら骨の浮き出た、老いさらばえた姿が刻まれていた。まさしく「飢饉《ききん》に似たり」と評されるような姿だった。そのような姿をなぜ刻んだのか。よほど臍《へそ》曲がりの老婆だったのか。その異常さが際だっていたことを、いまなお鮮やかに思い出す。

以上は余談に属するが、なお一言付け加えると、大伴家持もまた痩身であったらしい。すると、痩身の家持がさらに痩身の老を嘲笑したことになる。そう考えるとこの二首もさらに味わいが増す。

こうした「悪口」の歌も、正統的な和歌の世界とはどこか隔たりをもつ。とはいえ、宮廷社会のハレの場ならぬ日常的な交流の場で、こうした歌もまた互いの人間関係を築き上げる役割を果たしていたことを考えるべきだろう。それが、先にも述べた「虚構の連帯空間の構築」ということの意味でもある。

万葉樵話…十

『万葉集』の歌には なぜ敬語があるのか

◉敬語の有無の謎

ここで取り上げるのは、『万葉集』の大きな謎についてである。標題にも示したように、『万葉集』の和歌にはなぜ敬語があるのかという謎である。これがなぜ謎なのか。平安時代以降の和歌には、敬語がないのが基本だからである。それゆえ、この謎は、平安時代以降の和歌にはなぜ敬語がないのか、という問いに置き換えることもできる。どちらにしても裏表の関係になる。

この疑問は、和歌の研究者なら誰もが抱いてよいはずだが、実のところそれへの明確な解答を目にしたことがない。和歌文学研究の泰斗である渡部泰明氏もその事実に気づいていて、「日本語の粋とも呼ばれる和歌に、敬語が稀にしか用いられない。考えてみれば大変不思議なことだ。『万葉集』の、とくに長歌の中に数多くあるところが、平安時代以降は、（多田注：神仏への祈願などの）きわめて限られた場面にしか用いられない」と指摘した上で、そこに和歌の「特別な役割」があったとする（渡部泰明『和歌とは何か』岩波新書）。渡部氏は、その「特別な役割」を、氏の関心に引きつけ、和歌の演技性と結びつけて論じているのだが、それ以上の詳しい説明は加えられていない。

◉宮廷歌集と敬語

そこで、以下、私なりの見解を述べていくことにする。『万葉集』の和歌には、たしかに敬語が多用される。その理由は、『万葉集』は「宮廷歌集」であったというところに帰着する。古代の宮廷には、宮廷歌謡が保存されていたが、『万葉集』の和歌は、そうした歌謡の伝統を受け継ぎながら、いわば宮廷の文芸として成立した。

それゆえ、『万葉集』の和歌の場は、宮廷社会そのものであったと見てよい。『万葉集』の歌は、まずは「公《おおやけ》」の歌、すなわち晴《はれ》の歌であったと捉えることができる。宮廷社会は、天皇を頂点とする身分制社会であり、その秩序は末端にまで及んでいた。『万葉集』の和歌が敬語を含む理由は、まずはそこにあったと見なければならない。

敬語には、神仏などの超越的な存在に向けた絶対的な敬語もあるが、その多くは社会的な秩序を基本とする相対的な待遇表現としてあった。『万葉集』は、明確な編纂意図を欠く未整理なままの歌集であり、巻ごとの違いも著しいが、その本質は何よりも「宮廷歌集」たるところにあった。

『万葉集』の原型的な巻では、和歌は、雑歌《ぞうか》・相聞《そうもん》・挽歌《ばんか》のいわゆる三大部立《さんだいぶだて》によって分類されている。それがすべての巻に及んでいるわけではないが、『万葉集』の分類の基本はここにある。すでに、「二、『万葉集』は「国民歌集」か」（一九ページ）で述べたところだが、以下、論述の都合上、繰り返させていただく。雑歌は文字どおり種々《くさぐさ》の歌を意味するが、その本質は宮廷儀礼の場を背景とする公的な歌であるところにある。宮廷儀礼歌、行幸や公宴などの場で詠《よ》まれたさまざまな歌が雑歌になる。まさしく「公《おおやけ》」の歌であり、晴《はれ》の歌になる。そこに敬語が用いられるのは当然といえるだろう。

挽歌は死者にかかわる歌をいう。挽歌の成立は比較的新しいが、皇子女《こうしじょ》の殯宮挽歌《ひんきゅう》（葬送までの間、死者の霊を慰撫・鎮魂する儀礼が「殯《ひん（もがり）》」。皇子女のためには新たな建物が作られた。それを「殯宮」と呼ぶ。そこで唱詠されたのが「殯宮挽歌」になる）など、公的な儀式歌と重なるものも少なくない。ならば、これも「公」の歌、晴の歌になるから、やはり敬語が使用されても不思議ではない。それ以上に、死者はこの世の秩序に属する存在ではないから、死者に向けられた挽歌に敬語が使用されるのはむしろ自然なことといえる。一例として、聖徳太子が、路傍に行き倒れた死者に向けて詠《よ》んだと伝えられる歌を挙げておく。

家《いへ》にあらば妹《いも》が手まかむ草枕旅に臥《こ》やせるこの旅人《たびと》あはれ　（巻三・四一五）

訳　家にいるのなら妻の手を枕とするだろうに、草を枕の旅路《たびじ》に倒れ臥《ふ》しておられるこの旅人《たびと》よ、ああいたわしい。

この「臥《こ》やす」は、現代語訳に示したように敬語表現である。「す」は、尊敬の助動詞。死者への敬意はあきらかであろう。

問題は、相聞歌《そうもんか》である。相聞とは、もともと中国に由来する言葉で、親子・兄弟・友人などの間で、互いの様子を訊《たず》ね合うことを意味した。『万葉集』の相聞歌にもそうした例が見られないわけではないが、その大半は恋人同士の間で交わされる恋歌になる。

◉恋と結婚・恋歌

そもそも、恋とは私的な営みの最たるものといってもよい。これも、「六、僧の恋」（七九ページ）などで述べたことの繰り返しになる。社会的に認知された関係が結婚なら、恋とは認知されない関係をいう。恋は、時として身分や家柄等々の社会的な関係を超越する。その典型は身分違いの恋や不倫である。それゆえ、恋の本質は、反社会的な関係であるところにある。社会の秩序から逸脱して、二人だけの世界に閉じこもろうとするのが恋だからである。それゆえ、恋は罪の匂いをどこかに宿す。一方、そうした二人の関係が社会的に認知される（公《おおやけ》に披露される）のが結婚になる。平安時代には、これを「所顕《ところあらは》し」と呼んだ。現代の結婚式の披露宴は、その名残ともいえる。その意味で、結婚は社会の秩序と結びつく。

このように考えるなら、恋は「公《おおやけ》」の対極にある「私《わたくし》」の関係そのものになる。「公」の歌が晴《はれ》の歌なら、恋歌は「私《わたくし》」の歌、褻《け》の歌になる。だが、『万葉集』の恋歌を見ると、敬語がそこに現れることがある。敬語が社会的な身分秩序にもとづくものであるなら、これはいささかおかしなことなのではあるまいか。ならば、ここでも『万葉集』が「宮廷歌集」であるところに答えは行き着く。そうした恋歌もまた、宮廷社会の秩序の中に位置づけられているからである。

次の例から見ていこう。

我《わ》が形見《かたみ》見つつ思《しの》はせあらたまの年《とし》の緒《を》長く我《われ》も思《おも》はむ　（巻四・五八七）

訳　私の形見の品を見つつ私をお偲《しの》び下さい。あらたまの年の経るまで、ずっと長く私もあなたを思い続けよう。

笠女郎《かさのいらつめ》が、大伴家持に贈った二十四首の恋歌の冒頭歌である。この一連の恋歌についても、「五、恋とは何か」で取り上げた（七四ページ）。「形見」は、離れて逢えない人の霊力・霊魂を宿すものをいう。それを見ることで互いの魂の共感をはかろうとした。その相手が故人とは限らないことに注意しておきたい。ここは別れに際して互いに脱ぎ交わした衣かもしれない。「思《しの》はせ」は、その「形見」を見て私を偲んで下さい、という意だが、「せ」は、敬語の助動詞だから、「お偲び下さい」と現代語訳した。

この二十四首のすべてに敬語があるわけではないが、ここには名門の貴公子である家持への身分意識が現れていよう。もっとも、笠氏も古代の名族である。

恋歌ではないが、相聞に分類される歌に、次のような例もある。

天皇《すめらみこと》に献《たてまつ》れる歌一首〔大伴坂上郎女《おほとものさかのうへのいらつめ》の、佐保《さほ》の宅《いへ》に在《あ》りて作れり〕

あしひきの山にし居れば風流《みやび》なみ我《わ》がする業《わざ》をとがめたまふな　（巻四・七二一）

訳　聖武天皇に献上した歌一首〔大伴坂上郎女が、佐保の邸宅にあって作った〕
あしひきの山に住んでいるゆえ、都の風雅さもないので、私がする振る舞いをどうかおとがめ下さいますな。

大伴坂上郎女《おおとものさかのうえのいらつめ》は旅人《たびと》の異母妹で、旅人亡き後は、家刀自《いえのとじ》（一家の主婦）として、旅人の家である佐保大納言《さほだいなごん》家《け》を切り盛りした。晩年には、外命婦《げのみょうぶ》（夫が五位以上の官人の婦人の称。坂上郎女の夫は大伴宿奈麻呂《おおとものすくなまろ》）として宮中儀礼の場などにも出仕したらしい。この歌は、佐保大納言家から聖武天皇に貢上する品に、家刀自の立場から添えた歌らしい。結句に敬語が用いられているのは、それゆえであろう。この歌など、宮廷生活を背景にしていることが明白な例だが、そうでなくとも敬語が用いられる相聞歌には、どこかで宮廷社会の秩序が意識されていると見てよい。

◉平安時代初頭の和歌の状況

それでは、平安時代以降の歌にはなぜ敬語が現れないのか。『万葉集』の恋歌でも、作者未詳歌（歌の成立事情も作者も不明な歌）の場合には敬語がほとんど用いられない。そうした歌も宮廷社会で詠まれたものと見てよいが、そこではむしろ、「私《わたくし》」の歌、褻《け》の歌としてのありかたが強く意識されていたのだろう。

そこで、さらに和歌史の状況を振り返ってみる。奈良時代末から平安時代初頭にかけては、漢詩文盛行の時代であり、和歌は公《おおやけ》の宮廷儀礼の場から遠ざけられ、むしろ私的な空間に命脈を保っていた。かつては、これを「国風暗黒時代」などと呼んだりした。いま「命脈を保って」などと書いたが、それは必ずしも和歌の衰退を意味したわけではなく、和歌は人間関係を支える、いわば人々の心の通達をはかるための交流の具として大きな役割を果たしていた。その基本となるのは贈答歌であり、中でも男女の間で交わされる歌こそが、そうした交流の具としての意味をつよくもった。それらの贈答歌は、当然のことながら「私《わたくし》」の歌であり、褻《け》の歌としての性格を帯びる。とりわけ恋歌は、二人だけの世界を志向するから、敬語はそこから排除されることになる。

平安時代初頭のこうした和歌の状況は、『古今和歌集』「仮名序《かなじょ》」にも、以下のように記されている。

今の世の中、色《いろ》につき、人の心、花になりにけるより、あたなる歌、はかなき言《こと》のみいでくれば、色好《いろごの》みの家に埋《うも》れ木《ぎ》の、人知れぬこととなりて、まめなる所には、花すすきほに出《い》だすべきことにもあらずなりにたり。

（『古今集』仮名序）

訳 今の世の中は、とかく虚飾に従い、人の心も、上辺《うわべ》の華やかさを求めるだけになってしまったので、実質の伴わぬ軽薄な歌、仮初《かりそめ》の言葉だけの空虚な歌ばかりが詠《よ》まれるので、歌は色好みの家に埋《うず》もれて、真っ当な人には知られぬようになってしまい、公《おおやけ》の晴《はれ》の場などに、花薄《はなすすき》の穂ではないが正面から出せるようなものではなくなってしまった。

ここでは、漢詩文盛行の中、この時代の和歌が、宮廷の盛儀の場から姿を消し、もっぱら「私《わたくし》」の世界に、いわば褻《け》の歌として逼塞《ひっそく》している状況が、「色好みの家に埋れ木の」のように、やや批判的に紹介されている。ここから和歌が当時、もっぱら私的な人間関係、とりわけ男女の交流の具として存在していたことが見えてくる。

『古今集』の撰者たちは、そうした和歌をふたたび宮廷文芸の中心に位置づけようと考え、『古今集』撰進の命が下されたことを、和歌復権の大きな一歩と捉えたために、右のような批判的な評価が生まれたものと思われる。

◉詞書《ことばがき》の敬語

そこで、『古今集』の内実を、敬語使用の問題に絞って見ていくと、和歌に敬語を用いた例は、哀傷歌などにごく僅《わず》かに見られるものの、ほとんど無に等しい。すでに、特別な場合以外、和歌には敬語を用いないことが慣例化されていたことがわかる。

一方、詞書《ことばがき》には敬語の使用が見られる。それもまた、和歌を宮廷儀礼の晴《はれ》の場に復権させようとする撰者たちの意識の現れと見ることができる。「私《わたくし》」の歌、褻《け》の歌を、「公《おおやけ》」の歌、晴《はれ》の歌たらしめようとする意識である。

もっとも、『古今集』の詞書の敬語は、『後撰《ごせん》和歌集』以降の勅撰集に比べるとさほど多くはない。『古今集』の詞書の敬語は、帝《みかど》・皇后・皇太子にほぼ限定され、皇子《みこ》以下大臣等の臣下には付されることがないという（玉上琢彌「敬語と身分」『国語国文』昭和一四年五月号）。敬語の対象範囲は、『後撰和歌集』以降、徐々に拡大する。さらに注意したいのは、『後撰集』以降、詞書に丁寧語「侍《はべ》り」が著しく増大することである。

二　松のもとに、これかれ侍《はべ》りて、花を見やりて　（『後撰集』春上・四二詞書）

右のような例が、これにあたる。

「侍り」は『古今集』にも見られるが、その数はまだ少ない。この「侍り」について、本居宣長《もとおりのりなが》（一七三〇〜一八〇一）は、「撰集《せんじふ》は、おほやけに奉《たてまつ》る物なれば、撰者の、みかどに対《むか》ひ奉りて申す心ばへを以《も》ちて、此詞《このことば》をば多くおける也」と説いている（本居宣長『玉あられ』）。撰集を献上するに際して、撰者の天皇に対する畏敬の念の現れとして、この「侍り」があったというのである。見方を変えれば、「私《わたくし》」の歌、褻《け》の歌を、勅撰集の「公《おおやけ》」の場に取り収める際に、必然的に持ち込まれたのが、「侍り」であったことになる。「侍り」も敬語の一種に違いないから、和歌が敬語を用いないことと、やはり裏腹の関係の中で捉えることができる。

◉『伊勢物語』『源氏物語』の「男」と「女」

恋と結婚の違いについて先に述べた。男女の間に交わされる恋歌が、「私《わたくし》」の歌、褻《け》の歌の最たるものであることについても触れた。こうした歌では、敬語は基本的に用いられない。なぜなら、恋は一対の男女が、社会の秩序（身分や家柄等々の秩序）から離脱して、二人だけの独自の世界を作るからである。そのありかたが端的に現れるのが、平安時代初期の歌物語、とりわけ『伊勢物語』になる。一例を挙げる。

昔、男ありけり。懸想《けさう》じける女（思いを寄せた女）のもとに、ひじき藻《も》（海藻のヒジキ）といふものをやるとて、

思ひあらばむぐらの宿《やど》に寝《ね》もしなむひじきものには袖《そで》をしつつも

訳 私を思う心があるなら、八重葎《やえむぐら》の茂るような荒れた家であっても共寝をしよう。この「ひじき藻」ではないが、引敷物《ひじきもの》（下に引き敷く物）には互いの袖を敷きながらも。

二条《にでう》の后《きさき》（清和《せいわ》天皇の女御《にようご》、藤原高子《ふじわらのたかいこ》、八四二〜九一〇）の、まだ帝《みかど》（清和天皇）にも仕《つか》うまつりたまはで、ただ人（臣下の身分）にておはしましける時のことなり。（『伊勢物語』第三段）

いわゆる二条《にじよう》の后《きさき》章段の一つである。短いが、『伊勢物語』の基本構造がよく現れている。注意すべきは、地の文にも和歌にも敬語が見えないことである。後半の「二条の后」以下は、本文への批評（説明）部分で、ここには敬語が用いられるが、地の文とは明瞭に区別される。批評部分は二次的な付加ではなく、地の文と一体のものとして読み解かれなければならない。この二重構造が、『伊勢物語』の物語の方法になる。

批評（説明）部分では、宮廷社会の身分秩序が前提としてあるから、そこには敬語が用いられる。問題は、地の文である。二人の登場人物は「男」「女」とのみあり、身分秩序を遮断《しやだん》した書きぶりになっている。一人の「男」、一人の「女」として互いが向き合っている。言い換えるなら、社会の秩序から離脱した二人だけの独自な世界が志向されている。ならば、ここに敬語を用いる必要はなく、和歌にもまた敬語は現れない。一方、批評部分は、そうした本文の世界を相対化して、読者の前に説明的に呈示する意味をもつ。だからこそ、身分に応じた敬語が用いられることになる。

同じ歌物語でも、『大和物語』の場合は大きく異なっている。そこでは、宮廷社会の身分秩序を前提とする書きぶりになっているから、和歌に敬語は使用されないものの、地の文には敬語が多用される。『伊勢物語』に近いのは、『平中《へいちゆう》物語』であろう。

「男」「女」の呼称は、『源氏物語』の男女の逢会の場面にも見える。『源氏物語』の登場人物は、官職や身分による呼称によって待遇されるのが原則であり、敬語も多用されるが、恋人同士の場合、逢会の極点（情交）の場面になると、それぞれが背負う一切の社会的関係から切り離され、「男」「女」の呼称のみで表現される箇所が現れる。その典型は、「賢木《さかき》」巻の光源氏と六条御息所《ろくじようみやすんどころ》の出逢いの場面であろう。長い箇所なので、ごく一部のみ引用する。源氏への思いを振り切って、伊勢に下向しようとする御息所と源氏の最後の出逢いの場面である。

女（六条御息所）は、さしも見えじと（心弱イサマヲ源氏ニ見ラレマイト）思《おぼ》しつつむめれど、え忍びたまはぬ御気色《みけしき》を（堪《こら》エカネテイラッシャル御様子ヲ）、（源氏ハ）いよいよ心苦しう、（御息所ノ伊勢ヘノ下向ヲ）なほ思しとまるべきさまにぞ聞こえたまふめる。……男（源氏）は、さしも思さぬことをだに（ソレホド思ッテモイナイ程度ノコトデモ）、情《なさけ》のためにはよく言ひつづけたまふべかめれば（恋ノ道ノタメナラバ情愛ヲ尽クシテアレコレ仰ル方デオイデニナルヨウナノデ）……。

（『源氏物語』賢木）

『源氏物語』では、こうした場面でも敬語は用いられるが、それでもなお、この「男」「女」の呼称は、「恋の場面を強調する呼称」「男女関係強調の呼称」（完訳日本の古典『源氏物語』の頭注に散見される説明）と見ることができる。つまり、二人だけの世界が形成されていることの指標（記号）になる。ただし、そこで詠み交わされる歌（ここでは省略した）に敬語は使用されない。

◉紀女郎《きのいらつめ》と大伴家持《おおとものやかもち》

述べて来たように、『万葉集』では、男女の贈答歌にも敬語が使用される例がしばしば見られる。その敬語を、きわめて効果的に用いた例があるので、それを紹介しておく。紀女郎《きのいらつめ》と大伴家持《おおとものやかもち》の贈答歌である。

紀女郎《きのいらつめ》の大伴宿禰家持《おほとものすくねやかもち》に贈れる歌二首

戯奴《わけ》がため我《わ》が手もすまに春の野に抜ける茅花《つばな》そ食《を》して肥《こ》えませ　（巻八・一四六〇）

昼は咲き夜は恋ひ寝《ぬ》る合歓木《ねぶ》の花君のみ見めや戯奴《わけ》さへに見よ　（巻八・一四六一）

右は、合歓《ねぶ》の花と茅花《つばな》とを折り攀《よ》ぢて贈れるなり。

大伴家持の贈り和《こた》へたる歌二首

我《わ》が君に戯奴《わけ》は恋ふらし賜《たば》りたる茅花《つばな》を食《は》めどいや痩《や》せに痩す　（巻八・一四六二）

吾妹子《わぎもこ》が形見《かたみ》の合歓木《ねぶ》は花のみに咲きてけだしく実《み》にならじかも　（巻八・一四六三）

訳　紀女郎が大伴宿禰家持に贈った歌二首

おまえのために、わが手も休めずに春の野で抜き取った茅花《つばな》だ。召し上がってお太りなさいませ。

昼は咲いて夜は恋いつつ寝る合歓木《ねむ》の花を、主人だけ見てよいものか。おまえだって見なさい。

右は、合歓《ねむ》の花と茅花《つばな》とを折り取って贈ったものである。

大伴家持が贈り答えた歌二首

わがご主人にこの奴《やつこ》めは恋うているらしい。頂戴した茅花《つばな》を口にしてもますます痩せてしまうことだ。

いとしいあなたの形見の合歓木《ねむ》は花だけが咲いておそらくは実にならないのだろうかなあ。

紀女郎は、紀鹿人《きのかひと》の娘で、本名を小鹿《おしか》という。本名がわかるのは当時としてはめずらしいが、いかにもこの人にふさわしい名である。紀氏も古代からの名族である。若い頃に安貴王《あきのおおきみ》の妻となったが、どこかで離縁になったらしい。家持よりはやや年長なのだろう。当時、家持は青春時代のまっただ中にあり、さまざまな女たちとつきあいをもったが、紀女郎もその一人になる。青年貴公子とかつて人妻であった年上の女との恋だから、それだけでも危ない感じがするが、この二人の関係は、どうやら遊び心を多分に含んだものであったらしい。そのありようが、この贈答歌からも見て取れる。

ここで注意すべきは、相互の呼称である。紀女郎は家持を「戯奴《わけ》」と呼び、家持は紀女郎を「君」と呼んでいる。「戯奴」の「戯」は、文字どおり「戯《たわむ》れ」の意があるから、本体は「奴」にある。これをワケと訓《よ》むのは音注(このように訓めという指示。ここでは省略)があるからで、ワケとは、もともと若い衆を意味する。そこに漢字の意味を重ねれば「従僕、奴僕」の意になる。反対に「君」は「御主人様」の意になるから、二人は主人と従僕の主従関係を擬制していたことになる。

左注によれば、紀女郎の歌は、「合歓《ねぶ》の花」と「茅花《つばな》」とともに贈られたとある。その一首目は、あきらかに「君=主人」の立場から歌われている。これに対応するのが、家持の一首目だが、ここでは自らを「戯奴=従僕」の立場で応じており、紀女郎を「我が君(わがご主人)」と呼んでいる。紀女郎の一首目では、家持に対して、「食《を》して肥《こ》えませ(召し上がってお太りなさいませ)」と敬語を用いているから、主人と従僕の関係を擬制しているにしては、やや不徹底な感も残る。「茅花」は、チガヤの花穂だが、これを食べると太るのかどうかはわからない。ただ、家持はもともと痩身らしく、頂戴したチガヤを食べてもますます痩せてしまうのは、あなたさまへの恋ゆえでしょうかと応じている。ここには「賜《たば》りたる」と敬語が用いられている。

紀女郎の二首目は、「合歓《ねぶ》の花」を歌うが、ここには敬語が用いられず、主人と従僕の関係がそのまま現れている。一方、家持の二首目は、そうした関係を恋人同士のそれに引き戻している。まず、紀女郎を「吾妹子《わぎもこ》」と呼び変えている。「吾妹子」は、恋人への呼称である。それは「合歓の花」が共寝に誘う意味をもつからである。「実《み》にならじかも（おそらくは実にならないのだろうかなあ）」は、恋の成就への危惧の表明と見てよいが、もとより真剣なものではなく、「合歓の花」を贈った相手に対する挑発ないし切り返しと見てよい。ここにも、当然ながら、敬語は使用されない。

紀女郎と家持は、別のところでも「君」―「（戯）奴」の言葉を用いた歌を残しているから、この二人は常々こうした関係の擬制を楽しんでいたのだろう。情痴の極みとも取れるが、これこそが、宮廷文化のありよう、爛熟した天平期の貴族文化の高みを示すものであるに違いない。

さらにここには、敬語の使用、不使用の問題も絡んでくるから、それもまた『万葉集』の独自のおもしろさを見せてくれている。「君」から「吾妹子」への転換など、敬語を用いない平安時代以降の歌では、なかなかお目に掛かれない巧みさが現れているように思われる。

◉関係の擬制――谷崎潤一郎の場合

ここからは、まったくの余談になる。主従関係を擬制した右のやりとりを見ていると、私はいつも谷崎潤一郎（一八八六～一九六五）と松子夫人（一九〇三～一九九一）のことを想起する。松子夫人は、谷崎の三度目の結婚相手だが、もともとは人妻であり、紆余曲折の末、やっと妻にした女性である。谷崎の女性崇拝の理想像を具現したのが、松子夫人だった。その松子夫人が、谷崎の死後に刊行した『倚松庵《いしょうあん》の夢』（中央公論社）という本がある。そこに逢瀬を重ねていたころの谷崎の手紙が引用されているのだが、そこに驚くような内容が記されている。

御寮人様《ごれうにんさま》（松子夫人）へ御願ひがあるのでございますが、今日より召し使ひにして頂きますしるしに、御寮人様より改めて奉公人《ほうこうにん》らしい名前をつけて頂きたいのでございます。「潤一」と申す文字は奉公人らしうございませぬ故《ゆゑ》「順市」か「順吉」ではいかゞでございませうか。従順に御勤めをいたしますことを忘れませぬやうに「順」の字をつけて頂きましたらどうでございませう。「潤」の文字は小説家として売り込んでをります事故《ことゆゑ》対世間的には矢張それを使ひますことを御許し下されまして、……。

（谷崎潤一郎の手紙『倚松庵の夢』より）

谷崎はここで、名前を奉公人らしく変えて、松子夫人にお仕えしたいと記している。松子夫人は、この手紙に接した際、妹たちに「どうしよう、えらい勿体《もったい》ないことやわ、それにしても煙たい御家来やなあ」と洩らしたことも記されているから、相当な困惑を覚えたに違いない。さらに谷崎は、『春琴抄』の佐助を演じるつもりか、食事の際には、松子夫人のお給仕役に徹して、決して一緒には食べず、後で別に食べたとある。なお驚くべきは、谷崎は、船場《せんば》（大阪市中央区。大阪町人文化の中心地）あたりの番頭か丁稚《でっち》が使う木箱のお膳をわざわざ買い求め、女中と一緒にこれで食事をさせてもらうと言い出したので、松子夫人は「是許《こればか》りは止《や》めて頂戴《ちょうだい》」と頼んで、何とか見合わせてもらった、とも記されている。

むろん、これらは谷崎の独り相撲、もっといえばエゴイズムの現れに過ぎない。松子夫人もまた「罰当りと思われるかも知れぬが、私とて女の身、普通の夫婦として睦《むつ》みたいとどんなに望んだことであろう」と記している。だが、興味深いのは、松子夫人もまた、この谷崎のエゴイズムを全面的には拒否せず、かなりの程度それに合わせていたらしいことである。食事の際、谷崎にお給仕をされながら、「自然奥方のように品位を持って物静かに食器も取り上げなくてはならず、おいしいからと云ってそうかつゝゝお腹《なか》一杯戴いて幻滅を感じさせてはと、少しずつ口に運び、自分ながら寔《まこと》にお行儀の良いことであった」と記しているから、驚くほかはない。松子夫人もまた、谷崎の演技に応じていたことになる。この関係の擬制は、どこか紀郎女と家持のそれに通じあうところがあるのではあるまいか。

◉男女の演技

関係の擬制、男女の演技だが、『万葉集』には、次のような例もある。女の歌のみで、男の歌がないのは残念だが、それでもその背景をなすやりとりが想像されて、まことに興味深い。

みどり児《こ》のためこそ乳母《おも》は求むといへ乳飲《ち》めや君が乳母求むらむ　（巻十二・二九二五）
悔しくも老いにけるかも我が背子が求むる乳母《おも》に行《ゆ》かましものを　（巻十二・二九二六）

訳 嬰児《みどりご》のためにこそ乳母《めのと》は求めるものというが、まさか乳は飲むまいに、どうしてあなたは乳母を求めているのだろうか。
悔しいことに年老いてしまったことよ。わが背の君が求めている乳母として行きたかったものを。

この二首の歌だが、ここで「君」と呼ばれている相手の男はまだ若い男で、女はやや年上なのだろう。「悔しくも老いにけるかも」と歌ってはいるが、年上であることの自嘲でもあるだろう。男の歌はないが、ここに見える「乳母《おも》」は、紀女郎と家持が互いに「君《きみ》」「戯奴《わけ》」と呼び合っていたように、この男女の間に共有された言葉だったように思われる。「乳母」の言葉を用いることで、二人は戯れの世界を作り出していたのだろう。ならば、ここでも天平期の爛熟した貴族文化のありようが彷彿としてくるように思われる。

金智英
隣の国のことばですもの
――茨木のり子と韓国

軍国少女だった反省から何にも「倚りかからず」本当の自分を生きようとうたった詩人がハングルを学び韓国現代詩の編訳を手掛けたのはなぜか。真骨頂に迫る意欲作。

82381-6　四六判（12月23日発売予定）２２００円

岩城けい
サンクチュアリ
異なる文化を抱え込みながら、家族は生きていく

イギリス系の夫、イタリア系の妻。倦怠期の〈オーストラリア人〉夫婦のもとに、日本人女子大生がやってくる。文化ギャップに軋む家族は、果たして再生できるのか？

80498-3　四六判（11月30日発売予定）１４５０円

八木詠美
空芯手帳

34歳会社員、職場にキレて偽装妊娠。

女だからという理由で延々と雑用をこなす人生に嫌気がさした柴田は、偽の妊婦を演じることで空虚な日々にささやかな変化を起こしてゆく。第36回太宰治賞受賞作。

80499-0　四六判（12月2日発売予定）1400円

6桁の数字はISBNコードです。頭に978-4-480をつけてご利用下さい。

上田麻由子

2・5次元通信（仮）

2・5次元舞台の熱気を2017〜18年と追いかけたwebちくまの好評連載が、19年の舞台と激動の20年のレポート、俳優・演出家インタビューを増補し遂に書籍化！　87408-5　四六判（12月24日発売予定）２０００円

多田一臣

万葉樵話

――教科書が教えない『万葉集』の世界

今まであまり語られることのなかった『万葉集』の隠れた魅力について縦横無尽に筆を振るった『万葉集』こぼれ話。教科書では扱われない興味深い話題が満載。　82382-3　四六判（12月17日発売予定）２０００円

井上理津子

絶滅危惧個人商店

どっこい生きている！

チェーン店やアウトレットに負けずに、個人で商売を続ける店を訪ね歩く。食料品、衣料品、質店、銭湯……。老舗、家族経営、たった一人での起業など、店に歴史あり。　81856-0　四六判（12月14日発売予定）1500円

6桁の数字はISBNコードです。頭に978-4-480をつけてご利用下さい。

真鍋俊照

真鍋俊照著作集 1

60年に及ぶ密教・密教美術研究の集大成

著者自選の論文を元に全五巻の個人選集として刊行。第一巻は、『密教の風景』、『邪教・立川流』を収録する。図版多数。

75231-4　Ａ５判（12月17日発売予定）　６０００円

日本政治学会 編

自由民主主義の再検討

――年報政治学２０２０-Ⅱ

自由民主主義の価値は果たして自明のものなのか。持続性、歴史的意義、今日のそして未来のあるべき姿まで多様な確度から再検討する。編集委員長＝田村哲樹

86732-2　Ａ５判（12月17日発売予定）　４２００円

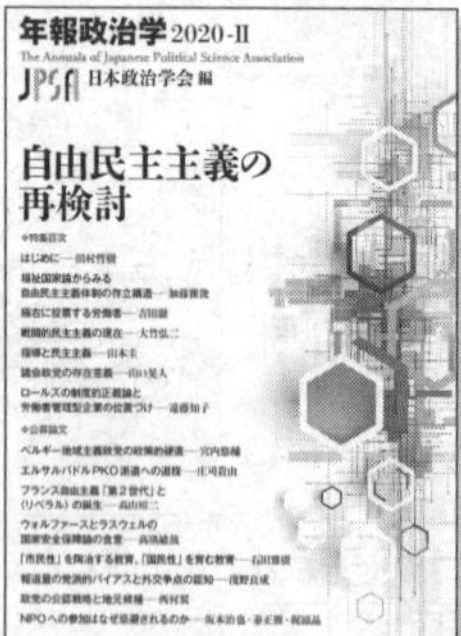

6桁の数字はISBNコードです。頭に978-4-480をつけてご利用下さい。

12月の新刊 ●14日発売 ちくま文庫

少女たちの覚醒
恩田陸 編 ●現代マンガ選集

常に進化し、輝き続ける「少女マンガ」という豊穣な世界――。1970年代から現在にいたるまで、編者独自の記憶と観点より眼差しを向ける！

43678-8 800円

本土の人間は知らないが、沖縄の人はみんな知っていること
矢部宏治

普天間、辺野古、嘉手納など沖縄の全米軍基地を探訪し、この島に隠された謎に迫る痛快無比なデビュー作。カラー写真と地図満載。（白井聡）

43717-4 900円

普段着の住宅術
中村好文

住む人の暮らしにしっくりとなじむ、居心地のよい住まいを一緒に考えよう。暮らす豊かさを味わう建築書の名著、大幅加筆の文庫で登場。

43705-1 880円

処生術
藤原和博 ●自分らしく生きる方法

著者のデビュー作品であり活動の原点となった『処生術』を大幅にリニューアル。自分の人生の主人公になって自分らしく生きる方法とは？（勝間和代）

43696-2 800円

ノベライズ 太陽にほえろ！
岡田晋吉

マカロニの登場、ジーパンの殉職など、伝説的な神回のノベライズを収録。シンコ（高橋惠子）との特別対談も付す。七曲署の熱い男たちが文庫で蘇る！

43704-4 900円

金色青春譜
獅子文六 ●初期小説集

静かなブームを巻き起こす獅子文六の長編デビュー作となった表題作他、雑誌「新青年」に掲載された初期の貴重な作品をまとめた小説集。（浜田雄介）

43708-2 880円

歌を探して
友部正人 ●友部正人自選エッセイ集

詩的な言葉で高く評価されてきたミュージシャン自ら選んだベストエッセイ。最初の作品集から書き下ろしまで。（解説＝谷川俊太郎、帯文＝森山直太朗）

43706-8 950円

6桁の数字はISBNコードです。頭に978-4-480をつけてご利用下さい。
内容紹介の末尾のカッコ内は解説者です。

ちくまプリマー新書

12月の新刊
●9日発売

364 コペルニクス【よみがえる天才5】
九州大学名誉教授 高橋憲一
長く天文学の伝統であった天動説を否定し、地動説を唱えたコペルニクスによって、近代科学は大きな一歩を踏み出した。どのように太陽中心説を思いついたのか。
68389-2 860円

365 西洋美術とレイシズム
京都大学名誉教授 岡田温司
聖書に登場する呪われた人、迫害された人を、美術はどのように描いてきたか。2000年に及ぶ歴史の中で培われてきた人種差別のイメージを考える。
68390-8 1000円

筑摩選書

12月の新刊
●17日発売

0200 ずばり東京2020
ジャーナリスト、評論家 武田徹
日本橋、ペット、葬儀、JRの落し物……。かつてと比べ東京は何が変わったのか。コロナ禍に見舞われるまでの約2年を複眼的に描き出した力作ノンフィクション。
01720-8 1700円

0201 保守思想とは何だろうか
▼保守的自由主義の系譜
学習院大学教授 桂木隆夫
ヒューム、諭吉、ナイトという三つの偉大な知性が、近現代の黎明期に見出した共通の主題「保守的自由主義」を抽出。保守思想と自由主義の相克を超える道をさぐる。
01711-6 1600円

0202 盆踊りの戦後史
▼「ふるさと」の喪失と創造
ライター 大石始
敗戦後の鎮魂の盆踊り、団地やニュータウンの盆踊り、野外フェスブーム以後の盆踊り、コロナ禍と盆踊り……その歴史をたどるとコミュニティーの変遷も見えてくる。
01719-2 1600円

12月の新刊 ●9日発売

ちくま新書

1534
世界哲学史 別巻
▼未来をひらく
伊藤邦武（京都大学名誉教授）／山内志朗（慶應義塾大学教授）／中島隆博（東京大学教授）／納富信留（東京大学教授）［責任編集］
古代から現代までの『世界哲学史』全八巻を踏まえ、論じ尽くされていない論点、明らかになった新たな課題について考察し、未来の哲学の向かうべき先を考える。
07364-8 1150円

1535
ヴェーバー入門
▼理解社会学の射程
中野敏男（東京外国語大学名誉教授）
他者の行為の動機を理解し、そこから人間や社会を考える。これこそがヴェーバー思想の核心だ。主要著作を丹念に読み解き、一貫した論理を導き出す画期的入門書。
07360-0 880円

1536
医学全史
▼西洋から東洋・日本まで
坂井建雄（順天堂大学特任教授）
医学はいかに発展してきたのか。古代から西洋伝統医学が続けてきた科学的探究は19世紀に飛躍的な発展を見せる。萌芽期から現代までの歴史を辿る決定版通史。
07361-7 1200円

1537
定年後の作法
林望（作家）
定年後の年の取り方に気を付けよう！ 無駄なことに時間を使ったり、偉そうにしたりするのではなく、適度に清潔で品のある人にみられるための方法を伝授する。
07337-2 840円

1538
貿易の世界史
▼大航海時代から「一帯一路」まで
福田邦夫（明治大学名誉教授）
国であれ企業であれ、貿易の主導権を握ったものが世界を動かしてきた。貿易の始まった大航海時代までさかのぼり、グローバル経済における覇権争いの歴史を描く。
07356-3 1000円

1539
アメリカ黒人史
▼奴隷制からBLMまで
ジェームス・M・バーダマン（早稲田大学名誉教授） 森本豊富 訳
奴隷制の始まりからブラック・ライヴズ・マターが再燃する今日まで、人種差別はなくなっていない。アメリカ黒人の歴史をまとめた名著を改題・大改訂して刊行。
07358-7 940円

1540
飯舘村からの挑戦
▼自然との共生をめざして
田尾陽一（ふくしま再生の会理事長）
コロナ禍の今こそ、自然と共生する暮らしが必要だ。福島県飯舘村の農民と協働し、ボランティアと研究者を結集してふくしま再生の活動をしてきた著者の活動記録。
07363-1 940円

6桁の数字はISBNコードです。頭に978-4-480をつけてご利用下さい。

もっとも、「乳《ち》飲めや君が」とあるが、この「乳」には性愛を強調する意味はあまりないように思われる。私の『万葉集全解』には、次のような注を加えておいた。

時代は下るが、(扇の的を見事に射貫いた)那須与一の見事な働きに対して、判官《ほうがん》(源義経)が「あの与一を奥の間へ連れて行《い》て、乳《ちち》飲ませせい、乳吸はせい」と讃めた例(狂言語《きょうげんがたり》「那須」)がある。与一を赤子扱いしたとする解釈が一般的だが、あるいは当時こうした言い方があったのかもしれない。(『万葉集全解』5)

狂言語「那須」は、単独でも上演されるが、もともとは能「八島《やしま》」の間語《あいがた》りである。この「乳飲ませせい、乳吸はせい」の出典は調べたが、よくわからない。なるほど、若者を赤子扱いする言い方だったのだろう。ごく最近まで、こうした言い方が残っていたことを、佐々木邦《くに》『苦心の学友』で知った。佐々木邦(一八八三〜一九六四)は英文学者だが、ユーモア作家としても知られ、その活動は戦前から戦後に及んでいる。『苦心の学友』は、昭和二年から四年にかけて『少年倶楽部』に連載された児童向けのユーモア小説である。もと大名家である花岡伯爵家の三男のご学友に選ばれ、花岡家に伺候《しこう》して勉学の相手をつとめることになった旧家臣の子息内藤正三の苦心ぶりを描いた作品で、上質のユーモアがあちこちにちりばめられていて、健全かつ少しの厭味もない作品に仕上がっている。

なかなか家に戻れない正三を気遣って、伯爵家の奥様が正三に声を掛ける場面があるのだが、そこに、

お母さまによろしく、お乳《ちち》を充分いただいておいでなさいよ。

(佐々木邦『苦心の学友』)

とか、

内藤さん、けっしてご遠慮はいりませんのよ。今度こそ一晩ゆっくりお母さんのお乳を召し上がっていらっしゃい。

（佐々木邦『苦心の学友』）

といったせりふが現れる。正三は、旧制中学の一年生という設定だから、ほぼ十三歳くらいの年齢になる。伯爵家の奥様の言葉である以上、相手をからかう意図はここにはない。

これもおそらく、先の那須与一に向けた義経のせりふとも重なるように思われる。年少の若者に対して、このように言い掛けることが、一つの文化としてあったことが確かめられる。『万葉集』の「乳《ち》飲めや君が」も、そうした言葉だったのかもしれない。

とはいえ、先にも述べたように、この男女が「乳母《おも》」の言葉を媒介に関係の倒錯を楽しんでいたのも事実であっただろう。ならば、これもまた紀女郎と家持とのやりとりにつながっていくように思われる。

◉紀女郎の妖艶な歌

ますます敬語の問題から離れるが、紀女郎の名を出したついでに、もっとも紀女郎らしい歌を一首紹介しておきたい。

ひさかたの月夜《つくよ》を清み梅の花心開けて我《あ》が思《も》へる君　　（巻八・一六六一）

訳　月がとても清らかなので梅の花が開いています、そのように私も心をすっかり開いてあなたのことをお慕いしています。

『万葉集』屈指の妖艶な歌である。現代語訳は、風情がよく伝わるようここだけ丁寧体にしてみた。家持への贈歌だと面白いのだが、残念ながらその対象が誰かはわからない。「我が思へる君」がその相手の男。古代の「思ひ」とは、相手の魂《たま》にはたらきかけようとするきわめて能動的な行為としてあった。男に向けた切実な心持ちがよく見えている。「心開けて」には、男のすべてを迎え入れようとする誘いかけの気持ちが表れている。月光に照らされ、あたり一面に芳香を漂わせる梅の花が比喩として用いられたところは、いかにも甘美である。梅は『万葉集』中もっとも愛好された花のひとつだが、それはこの花が中国伝来の植物として貴族たちの好尚にかなう風雅さをそなえていたからである。当時の梅はすべて白梅だったから、月明かりを受けて咲くそのぼんやりとした白さは煽情的ですらある。そこに男を待ち迎える女の姿態がたくみに重ねられている。

紀女郎にはもう一首、次のような歌もある。

闇《やみ》ならばうべも来《き》まさじ梅の花咲ける月夜《つくよ》に出《い》でまさじとや　　（巻八・一四五二）

訳　闇の夜ならば、なるほどお出でになれないでしょう。梅の花が咲いているこんなよい月夜にもお出でにならないというのですか。

これも誰に贈った歌かはわからない。ここでも月夜に花開く梅は男を待ち迎える女の比喩になっている。もし家持がこんな歌をもらったとしたら、ますます女郎への思いを募らせたに違いない。

このように二首とも実に妖艶かつ色っぽい歌である。これらの歌を読むたびに、大昔の歌謡曲、園まりの「夢は夜ひらく」を思い起こしたりする。こんな歌をやりとりしていたのが、天平時代の男女だった。ここにもやはり宮廷文化の高さというものがよく現れているように思われる。

万葉樵話……十一

暦について

◉古代の暦と二十四節気

『万葉集』の最終歌は、大伴家持《おおとものやかもち》の次の歌になる。

三年の春正月一日に、因幡《いなば》の国庁《こくちやう》にして、饗《あへ》を国郡《くにこほり》の司等《つかさたち》に賜《たま》へる宴《うたげ》の歌一首

新《あら》しき年《とし》の初めの初春《はつはる》の今日《けふ》降る雪のいや重《し》け吉事《よごと》

（巻二十・四五一六）

訳 天平宝字《てんぴょうほうじ》三年（七五九）春正月一日に、因幡（旧国名。現在の鳥取県東部）の国庁で、饗応を国郡司たちに与えた宴の歌一首
新しい年の初めである初春の今日降る雪のように、善いことがいよいよ重なるように。

この歌が詠《よ》まれたのは天平宝字三年（七五九）だが、この年は元日と立春が重なるめずらしい年だった。これがなぜめずらしいのか。それをたしかめるために、以下、古代の暦について述べてみたい。

古代の暦は中国のものを用いた。天地運行の基本を示すのが暦だから、その制定は中国皇帝の権能に帰属するものとされた。暦の制定には、天文学や数学の高度な知識や技能が必要とされた。天文観測のための装置も必備だが、何よりも専門の学者がいなければならなかった。したがって、中国皇帝のような権力者でなければ、実際にも暦の制定は不可能だった。

古代の暦には、二種類あった。一つは通常の暦日を示す暦であり、もう一つが二十四節気と呼ばれる暦である。先の家持の歌についていえば、正月一日が通常の暦日、説明の中で述べた立春が二十四節気になる。この二つが

併用されていた。

　通常の暦日を示す暦だが、これは一般には太陰暦と呼ばれる。太陰暦は月の満ち欠け（月齢）を基本とするもので、新月（朔日）から次の新月までを一月《ひとつき》とした。一月は三十日が基本だが、ここで厄介なのは、新月から新月までの長さが、二九・五三〇五八九日で、一月を三十日とするとその月のうちに新月になってしまい。二十九日とすると翌月になっても新月にならないことである。そこで、一月を三十日の大の月と二十九日の小の月とに分け、その組み合わせによって月齢と一月《ひとつき》の長さの調和をはかろうとした。近世までは、この太陰暦が用いられたから、その月が大の月であるのか小の月であるのかを知ることは、きわめて重要だった。どの月が大の月か小の月かは一定していなかったからである。そこで、商店の店先などには、それを表示する目

月の異名と二十四節気《せっき》

*「太陽暦相当月日」は、二〇二一年のもの。

季	月	異名	他の異名・関連の呼び名		二十四節気	太陽暦相当月日
春	一月	睦《む》月《つき》	孟春《もうしゅん》	正月	立春《りっしゅん》	2月3日
					雨水《うすい》	2月18日
	二月	如《きさ》月《らぎ》	仲春《ちゅうしゅん》	仲陽	啓蟄《けいちつ》	3月5日
					春分《しゅんぶん》	3月20日
	三月	弥《や》生《よい》	季《き》春《しゅん》	晩春	清明《せいめい》	4月4日
					穀雨《こくう》	4月20日
夏	四月	卯《う》月《づき》	孟《もう》夏《か》	初夏 麦秋	立夏《りっか》	5月5日
					小満《しょうまん》	5月21日
	五月	皐《さ》月《つき》	仲夏《ちゅうか》	薫風 早稲《わせ》月	芒種《ぼうしゅ》	6月5日
					夏至《げし》	6月21日
	六月	水無《みな》月《づき》	季《き》夏《か》	晩夏	小暑《しょうしょ》	7月7日
					大暑《たいしょ》	7月22日
秋	七月	文《ふ》《ふみ》月《づき》	孟《もう》秋《しゅう》	初秋	立秋《りっしゅう》	8月7日
					処暑《しょしょ》	8月23日
	八月	葉《は》月《づき》	仲秋《ちゅうしゅう》	観月	白露《はくろ》	9月7日
					秋分《しゅうぶん》	9月23日
	九月	長《なが》月《つき》	季《き》秋《しゅう》	晩秋	寒露《かんろ》	10月8日
					霜降《そうこう》	10月23日
冬	十月	神無《かんな》《かみ》月《づき》	孟《もう》冬《とう》	小春 時雨《しぐれ》月	立冬《りっとう》	11月7日
					小雪《しょうせつ》	11月22日
	十一月	霜《しも》月《つき》	仲冬《ちゅうとう》	神楽《かぐら》月	大雪《たいせつ》	12月7日
					冬至《とうじ》	12月22日
	十二月	師走《しわす》	季《き》冬《とう》	晩冬	小寒《しょうかん》	1月5日
					大寒《だいかん》	1月20日

印が掲げられた。大小暦《だいしょうごよみ》と呼ばれるもので、木札などの表に「大」、裏に「小」と記しただけの簡単なものもあった。とはいえ、太陰暦では、月齢と暦日は一致していたから、朔日《ついたち》や晦日《みそか》には月がなく、十五日は満月（十五夜）と決まっていた。ありえないことを意味する「晦日《みそか》の月」という俗諺《ぞくげん》は、月齢と暦日の一致がなければ意味をなさない。落語に時折出て来る都々逸《どどいつ》に「女郎《じょろ》の誠《まこと》と、卵の四角《しかく》、あれば晦日《みそか》に、月が出る」とあるのも同様である。

そうして月齢と一月《ひとつき》の長さの調和をはかっても、さらに大きな問題が生じた。大小の月を組み合わせたその長さと一年の日数がうまく対応しないのである。一年つまり地球の公転周期は三六五・二四二二日で、これを三百六十五日とすれば、長い間には季節が暦より遅れ、また三百六十六日とすれば反対に季節が暦より進んでしまう。それ以上に問題なのは、一年を十二カ月とした場合、大の月（三十日）と小の月（二十九日）の組み合わせでは、十二カ月は三百六十五日はおろか三百六十日よりさらに短くなってしまうことである。そこで、一年を十二カ月とした上で、地球の公転周期との差の日数を閏月《うるうづき》としてまとめ、そこに繰り入れることにした。十九年に七回の閏月を入れると、計算がうまくあうことになるという。どこに閏月を入れるかについても、やはり高度な天文学や数学の知識や技能が必要とされた。

ところが、こうした工夫をしても、別の問題がまた生じてくる。月と季節の関係がうまく対応しなくなるからである。閏月が入ると、その年は十三カ月になる。閏月がどこに入るかにもよるが、その翌年の季節は前年に比べて一月ほど遅れることになる。この遅れは、農耕生活にとって大きな支障をもたらす。前年と月は同じでも、気候条件は大きく違ってしまうからである。そこで、つねに季節と一致する暦が求められるようになった。それが二十四節気である。

二十四節気は、冬至から翌年の冬至までを正確に二十四等分し、それぞれの季節に対応する名を与えた。冬至から数えて奇数番目を節気、偶数番目を中気と呼ぶ。さらにそれを十二カ月に振り分けた。「冬至　十一月中気」を零番目として、以下「小寒　十二月節気」「大寒　十二月中気」「立春　正月節気」のように定めた。この場合、注意したいのは、「立春　正月節気」の「正月」は現実の月とは直接の関係をもたないことである。『万葉集』を理解する上で、そのことが問題となる例がある。

立夏《りつか》の四月は既に累日《るいじつ》を経《へ》て、由未《なほいま》だ霍公鳥《ほととぎす》の喧《な》くを聞かず。因《よ》りて作れる恨みの歌二首

あしひきの山も近きを霍公鳥《ほととぎす》月立つまでに何か来鳴《きな》かぬ　（巻十七・三九八三）

玉に貫《ぬ》く花橘《はなたちばな》を乏《とも》しみしこの我《わ》が里に来鳴《きな》かずあるらし　（巻十七・三九八四）

霍公鳥は、立夏の日に来鳴くこと必定《ひつぢやう》なり。また越中の風土《ふうど》は橙橘《たうきつ》有ること希《まれ》なり。此《こ》れに因《よ》りて、大《おほ》伴宿禰家持《とものすくねやかもち》、感《おもひ》を懐《こころ》に発《おこ》して聊《いささ》かに此《こ》の歌を裁《つく》れり。〔三月二十九日〕

訳　立夏の四月以来、すでに数日を経たのに、いまだに霍公鳥の鳴く声を聞かない。そこで作った恨みの歌二首。

あしひきの山も近いのに、霍公鳥よ、月が改まるまでどうしてやって来て鳴かないのか。

薬玉《くすだま》に貫《ぬ》き通す花橘が少ないと思って、このわが里にやって来て鳴かないらしい。

霍公鳥は、立夏の日に鳴くことが定まっている。また越中の風土には橙橘のあることが稀《まれ》である。そこで、大伴宿禰家持が、思いを心に起こして、かりそめにこの歌を作った。〔三月二十九日〕

大伴家持が、ホトトギスに偏愛にも近い愛着をもっていたことは、後章でも述べる。当時、家持は越中守とし

て現地に赴任していた。立夏の日を過ぎればホトトギスは鳴くはずなのに、一向にその様子も見えない。まして山近くなのに鳴かないのは、この里に愛好する橘の花が少ないからなのか、という自問自答の歌である。家持の住む国守館は二上山《ふたがみやま》（現在の富山県高岡市に所在）から続く丘陵の上にあった。橘の花は、二首目にも見えるように、しばしば薬玉《くすだま》に用いられた。五月の節句の習俗として、菖蒲草《あやめぐさ》と花橘《はなたちばな》を糸に貫《ぬ》き通して薬玉にこしらえ、それを飾って邪気を払った。

左注の末尾に「三月二十九日」とあるのは、歌の制作日を示している。一方、題詞には「立夏《りつか》の四月は既に累《るい》日《じつ》を経《へ》て」とある。ここに「立夏《りつか》の四月」とあるのは、現実の月が四月であることを示すのではなく、立夏が二十四節気の「四月節気」にあたることを述べている。一首目の「月立つまでに」も、月が改まったことをいうのではなく、実際にはまだ三月だが、暦の上ではすでに立夏になったので、このように表現したらしい。『日本暦日原典』によれば、この年の立夏は三月二十一日だから、歌の作られた三月二十九日は「既に累日《るいじつ》を経《へ》て」というにふさわしい。現実の月と二十四節気の関係がわからないと、この歌などは読み解けない。

◉年内立春

そこで、冒頭に紹介した歌だが、以上述べたことからも、元日と立春とが重なるのはきわめてまれな例であることが理解いただけたかと思う。

十二月のうちに立春がやって来ることもあった。これを年内立春と呼ぶ。それを歌った歌がある。

＝　十二月十八日に、大監物《だいけんもつ》三形王《みかたのおほきみ》の宅《いへ》にして宴《うたげ》せる歌三首（二首略）

み雪降る冬は今日《けふ》のみ鶯《うぐひす》の鳴かむ春へは明日《あす》にしあるらむ
右の一首は、主人《あるじ》三形王

（巻二十・四四八八）

訳 十二月十八日に、大監物三形王の邸宅で宴した歌三首（二首略）
み雪降る冬は今日ばかりだ。鶯の鳴く春は明日でこそあるらしい。
右の一首は、主人三形王。

二十三日に、治部少輔《ぢぶのせうふ》大原今城真人《おほはらのいまきのまひと》の宅《いへ》にして宴《うたげ》せる歌一首
月数《よ》めばいまだ冬なりしかすがに霞たなびく春立ちぬとか
右の一首は、右中弁大伴宿禰家持《うちゆうべんおほとものすくねやかもち》の作

（巻二十・四四九二）

訳 十二月二十三日に、治部少輔大原真人今城の邸宅で宴した歌一首
月を指折り数えてみると、まだ冬だ。それなのに霞がたなびいている。春になったというのか。
右の一首は、右中弁大伴宿禰家持の作。

二首掲げたが、どちらも天平宝字元年（七五七）の作である。『日本暦日原典』によれば、この年は十二月十九日が立春だった。一首目はその前日の歌だから、「み雪降る冬は今日《けふ》のみ」と歌っている。二首目は、家持の歌。まだ冬の十二月のはずなのに、すでに霞のたなびく春になってしまったことを歌っている。霞は春の景物とされる。

この家持の歌は、やはり年内立春を歌った、『古今和歌集』の冒頭歌を思い起こさせる。

ふる年に春立ちける日よめる　　在原元方《ありはらのもとかた》

年《とし》のうちに春は来《き》にけり一年《ひととせ》を去年《こぞ》とや言はむ今年《ことし》とや言はむ

（『古今集』春上・一）

訳 旧年のうちに立春になってしまった日に詠んだ歌　　在原元方

この年のうちに春がやって来てしまった。いったい、この一年を去年《こぞ》と呼んだものか、それとも今年《ことし》と呼んだものか。

よく知られた歌であり、「年《とし》のうちに餅はつきけり一年《ひととせ》を去年《こぞ》とや食《く》はむ今年《ことし》とや食はむ」という捩《もじ》りの歌（狂言「餅酒《もちさけ》」）もあったりする。

もっとも、同じ年内立春を歌ってはいるものの、『万葉集』の三形王、家持の歌と元方の歌とでは、表現性に微妙な違いが見られる。『万葉集』の歌では、「鶯《うぐひす》の鳴かむ春へ」「霞たなびく春」のように、春の季節が具体的な景物を通して描かれている。ところが元方の歌では、そうした景物は一切歌われていない。年内立春という暦の矛盾を、この一年をどう呼んだらいいのかという疑問を提示することで、いわば知的な興味の現れのままに歌っている。そこに『万葉集』と『古今集』の相違を見てよいのかもしれない。

◉月齢と男の通い

暦の最後に、月齢にもとづく月の名について述べてみたい。月の名は、高校の古典の授業などでも学ぶことかもしれない。前に、暦日が月齢と一致していることを述べた。これも常識に近いが、月の出は一日に五十分前後遅くなる。朔日《ついたち》の月が新月になるが、これは見えない。三日の月が三日月《みかづき》だが、夕方、西の空に少し見えただけですぐに沈んでしまう。遊郭を舞台にした落語に「三日《みか》月女郎《づきじょろう》」というのが出てくる。客のもとにちょっと顔を出しただけで、その後はまったくやって来ない女郎をいう。「ほんにお前は三日月か、宵《よい》にちらりと見たばかり」というのが、お決まりの科白《せりふ》になる。細かった三日月から少しずつ十五夜、すなわち満月の形に近づいていく。十五夜の月の出は午後六時前後で、一晩中照り続け、翌朝六時前後に沈む。十六夜の月が「いさよひ（時代が下ると「いざよひ」)」、以下十七夜が「立ち待ち」、十八夜が「居《ゐ》待ち」、十九夜が「寝《ね》待ち」の月と呼ばれる。月の姿も少しずつ細くなっていく。二十日以降は、「有《あり》明《あけ》」の月と呼ばれる。白々明けの頃に、東の空にぼんやりとした姿を見せるが、あたりが明るくなると消え去ってしまう。

　この「いさよひ」だが、ぐずぐず出るのをためらう意で、東の空になかなか上《のぼ》らない月を、そのように呼んだ。辞書などでは、「立ち待ち」「居待ち」「寝待ち」以下は、月の出を待つ姿勢を意味すると説明される。「いさよひ」

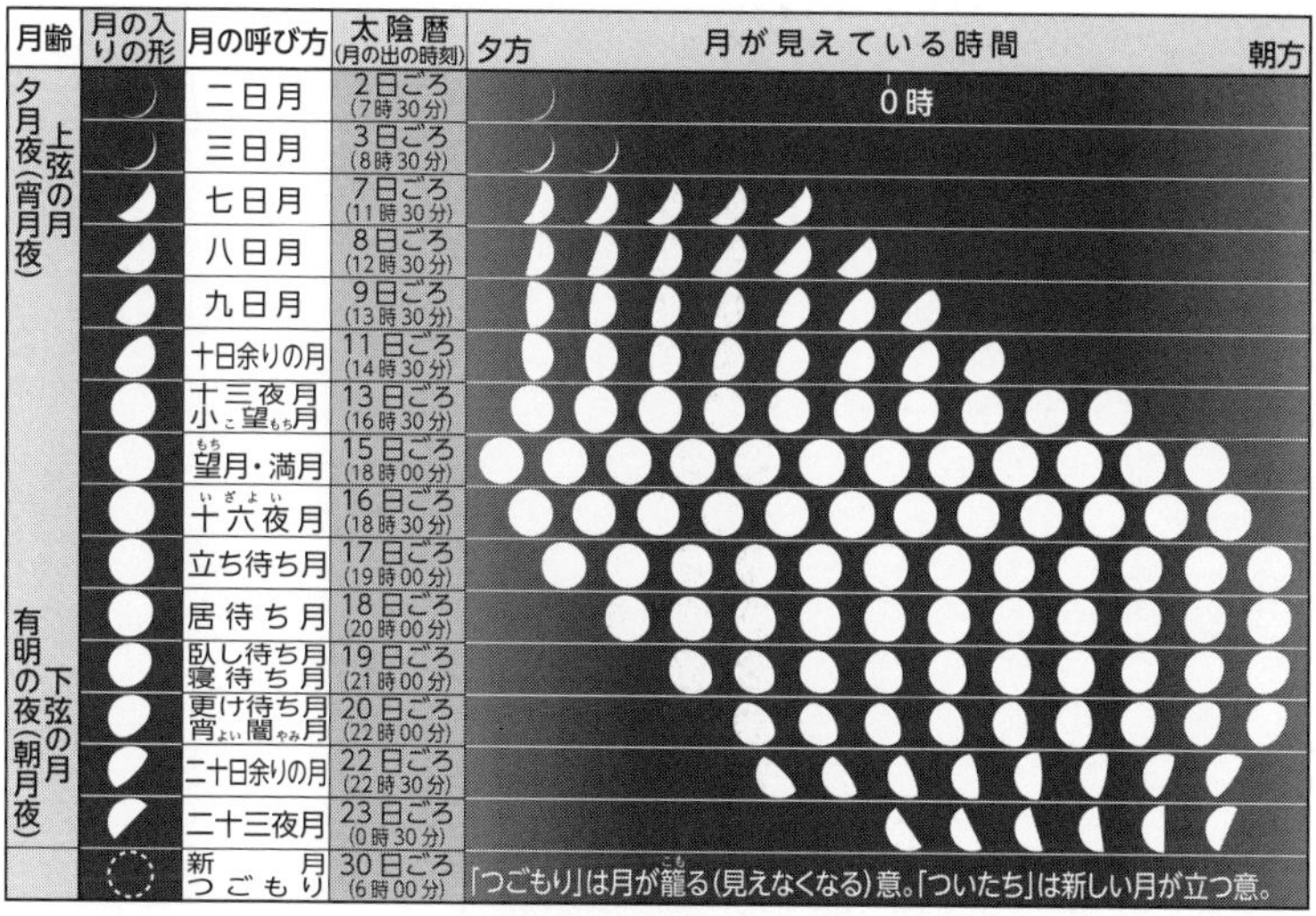

月の出の時刻は、1日に50分前後遅くなるが、上図では便宜上1時間ずつ遅くなるように示した。

も、月の出を待つ側の心の焦燥感の現れと見れば、これも待つ姿勢につながる。
では、なぜ月の出を待つのだろうか。次の例を見てみよう。

山の端《は》にいさよふ月を出《い》でむかと待ちつつ居《を》るに夜《よ》そ更《ふ》けにける　（巻七・一〇七一）

訳　山の端《は》でためらっている月を、もう出るだろうかと待ち続けているうちに、夜はすっかり更けてしまったことだ。

これは男の来訪を待ちわびる女の歌である。月の出を待つのは、月が出ていなければ男は通って来られなかったからである。これには、さらなる説明が必要になる。「十四、酒の歌」（二一三ページ）で詳しく述べるが、当時の宴は、夜を徹して行うものとされた。それは、宴《うたげ》が神祭りに起源を持つからである。神の時間は夜とされたから、祭りに起源をもつ宴もまた夜に行われた。一方、男が女のもとに通うのも夜に決まっていた。しかし、夜が神の時間なら、男が夜外を出歩くのはおかしい。人間の時間は昼であり、神の時間である夜には、じっと家に閉じこもるのが原則とされたからである。ならば、夜の男の通いは特別であったことになる。おそらく、男の通いの背後には、宴の起源が祭りにあったように、神の巫女《ふじょ》への通いがあった。これを一般に神婚《しんこん》と呼ぶ。神と巫女との通婚である。神は観念上の所産だから、想像力の問題ともいえるが、巫女に神が憑依する際の、身体的な体験が基底にあるのだろう。西洋の修道女の体験にも、神との一体を感じる際に、性的なエクスタシーを伴う例があるという。修道女ではないが、「主（イエス）の嫁」となり、その霊的交流を通じてきわめて濃密な一体感を得ていたことを記録したマージェリー・ケンプの自伝『マージェリー・ケンプの書』（石井美樹子・久木田直江訳、慶応義塾大学出版会）は、大いに参考になる（マージェリー・ケンプは、十四〜十五世紀にイギリスに生きた女性で、この書は英語で記された最古の自伝とされる)。そこで、人間の恋愛だが、これもまた神婚に重なるものとされた。

このように、男の通いは夜に決まっていたが、女のもとを辞去する際も、その時間は夜明け前と定まっていた。平安時代以降の言葉になるが、「又寝《またね》」「又臥《またぶ》し」というのがある。まだ暗いうちに女のもとから帰った男が、自分の家で再び寝ることをいう。二度寝するくらいなら、女の家でゆっくりすればよいと思うのだが、それが許されないのは、夜明け前に立ち去らなければならないとする厳然たるルールがあったからである。それは、一面、神に課せられたルールでもある。民話「こぶとり爺さん」のように、夜明けを告げる鶏の声に慌てふためいて退散する鬼の話をみても、そのことはあきらである。鬼は異界の存在だから、神と同様に考えてよい。

恋は、第三者に関係を知られることを極度に恐れるが、そのありかたは神が正体を隠して巫女のもとに通うことにそのまま重なる。そうした秘密が露見すれば、関係が破綻するからである。男がその姿を他人に見せまいとするのも、そこに理由がある。

男の通いは夜であればいつでもよいというものではなかった。月の出ている夜に限られていた。月がなければ夜道を歩けないという理由もあったに違いないが、それ以上に重要なのは、月の妖しい光に照らされることで、その不思議な力を身につけることができたからだろう。男の通いが果たせたのは、そこに理由がある(古橋信孝『古代の恋愛生活』NHKブックス)。

もともと、月の光には、人に憑依し、その魂を異界に連れ去る不思議な力が宿るとされた。月《つき》の名は、あきらかに「憑《つ》き」と重なる。西洋でも、月の光が狂気性と結びつくから(lunatic)、それへの畏れは世界的な信仰と見てよい。平安朝の物語文学などに、月の面《おもて》を見ること、月の光を浴びることを禁忌とする意識がしばしば見られるが(たとえば『竹取物語』『源氏物語』宿木《やどりぎ》巻、『更級日記』など)、その根底には「月＝憑き」への畏れがある。

『更級日記』で、月の光に照らされながら作者と物語を交わしていた姉が、突然、「ただ今、ゆくへなく飛びうせなば、いかが思ふべし」と語り出し、作者がそれを「なまおそろし」と思ったというのも、月の光が人の魂を異界に連れ去るものであること（反対からいえば、異界に憑依されること）を示している。このように、月の光を身に浴びることは禁忌とされたが、それにもかかわらず、男の通いが月夜に限られるのは、恋が神の側に属する行為だったからにほかならない。恋が神婚の模倣であるなら、男も女も特別な存在となる必要がある。そのために、月の光を浴び、異界の不思議な力を身に受ける必要があったのである。

説明が長くなったが、先の歌に戻る。そこにも記したように、月の出を待つのは、男の通いを期待したからにほかならない。しかし、この歌では、「夜《よ》そ更《ふ》けにける」とあり、もはや男の訪れが期待できなくなったことが歌われる。月がまだ残っていても、夜更けを過ぎたら、男は通って来られなかった。

次のような例は、どうであろうか。

この月のここに来《きた》れば今とかも妹《いも》が出《い》で立ち待ちつつあるらむ　（巻七・一〇七八）

訳 この月がこの位置に来たので、今こそやって来るかとあの子は外に出て立って待っていることだろう。

男の歌である。月の出の刻限を見計らいつつ、女が自分の来訪を待っているだろうと想像している。下句の「妹《いも》が出《い》で立ち待ちつつあるらむ」は、「立ち待ち」月の原意を思わせる。「居待ち」月、「寝待ち」月も同様に考えてよいだろう。一晩中月が照らす十五夜がもっとも理想だが、男の通いは上弦の月の頃から「寝待ち」月くらいまでであったと見ておきたい。

男がやって来たら、女はいつまでも自分のところに引き留めておきたい。そこで、次のような歌も作られた。

明日《あす》の夕照《よひ》らむ月夜《つくよ》は片寄《かたよ》りに今夜《こよひ》に寄りて夜長《よなが》くあらなむ　（巻七・一〇七二）

訳　明日の宵に照るであろう月は、ひとえに今宵の側に寄って、今夜は長くあってほしい。

「片寄りに」とあるように、明日に照る分まで今夜に加えて、それだけ長く月に照っていてほしいと歌っている。今宵の逢瀬が長くあるようにという意からである。もっとも、宴《うたげ》の場合も夜を徹して行われるから、宴席歌である可能性もある。

そのように、宴《うたげ》も月夜を選んで行われた。次の歌はそれをよく示している。やはり巻七の歌である。

ももしきの大宮人《おほみやびと》の退《まか》り出《で》て遊ぶ今夜《こよひ》の月の清《さや》けさ　（巻七・一〇七六）

訳　ももしきの大宮人たちが、宮中を退出して宴の場に遊ぶ今夜の月の何とさやかであることよ。

「遊ぶ今夜」とあるが、歌舞を伴う遊宴が「遊び」で、もともとは祭りの場に来臨した神を歓待するところに、本来の意味があった。月夜が選ばれるのは、それゆえでもある。

月齢による月の名だが、いまは、月齢と暦日とが一致しないから、今夜の月が何日の月であるのか、ほとんど意識されなくなってしまった。月を見上げることも少なくなっている。大都市などでは、夜でも昼と変わらないくらいに明るいから、星はまったく見えないし、月の光もどこか弱々しい。十三夜のお月見（陰暦九月十三日のお月見。枝豆や栗などを供える）とか、二十三夜待ち（陰暦八月二十三日の夜更けに上る下弦の月を待つこと）の風習なども、とうに廃《すた》れてしまったのだろう。十五夜（陰暦八月十五日のお月見）にしても、私の子どもの頃には、ススキを飾り、お団子を供えていたが、いつかそれもしなくなった。大学の教室で学生に尋ねると、そうした風習など、まったく知らないという。その代わりというべきか、ハロウィンなどという奇妙な祭りが流行したりしている。あれは、ヨーロッパでもごく一部の国しかやっていない祭りだが、なぜこれほど流行するのか。それよりは、古来の風習や祭りを大切にしてもらいたいと思う。最後は余計な感想になったが、月齢と暦日とが深く関わっていた歴史を、時々は反芻《はんすう》してほしいと願うからである。今年は、久しぶりにススキを飾ってお月見をしようと思う。

万葉樵話…十二

万葉びとと山

◉奥山と端山《はやま》・外山《とやま》

「万葉びとと山」と題したが、ここで考えたいのは、万葉びとが、山をどのような世界として捉えていたのかということである。

いま、不用意に「世界」という言葉を使った。これは、万葉びとにとって、山がある世界として存在していたことを意味している。山とは、まずはその周囲から区別される独自な秩序をもつ空間としてあった。その空間にも、二つの意味がある。現実の空間と観念上の空間である。現実の空間とは、実際の目に見える山のことだが、そこには目には見えない特別な意味をもつ空間が重ねられていた。平たくいえば、山が異界、すなわち神の世界としても考えられていたということである。

山は村里の最も外延に位置している。山は村里の境界を区切るところに存在している。村里の側からは、山の向こうは見えない。村里は、理念的には閉ざされた空間として存在するから、山の向こうは未知の世界になる。

一方、山は並々ならぬ高さをもつ。人は簡単にはそこに足を踏み入れることができない。こうして山は、水平面のみならず垂直面においても、人びとの日常生活から切り離された世界として存在したことになる。

山は天に近いから、神が降臨する場と考えられた。神が降臨するのは、人間の世界に霊威《れいい》（不思議な力）をもたらすためである。ならば、そうした霊威に与《あずか》る場、神と人間とが触れあう場がどこかに設定されなければならない。しかし、神は日常世界に直接現れることはできない。日常世界のケガレは、神の聖性を侵犯し、結果として神の祟りを引き起こすからである。

そこで、山に降臨する神だが、もっとも日常世界から隔てられたところ、すなわち奥山に降臨した。奥山の「奥（オク）」は、海でいえば「沖（オキ）」にあたる。この「奥」や「沖」の対になるのが「辺（ヘ）」である。人間は奥山に直接立ち入ることは許されないから、この「辺」で神と触れあった。

「奥」と「辺」の関係は、現在も神社の奥宮と辺宮（辺つ宮）との間に見られる。山頂に奥宮があり、麓に辺宮があるのがふつうである。奥宮に参るには、辺宮に参る以上の厳重な物忌み＝潔斎が課せられた。

神と触れあうことのできる「辺」の位置にある山を、端山《はやま》とか外山《とやま》と呼んだ。奥山から続く山並みが、徐々に低くなって、村里に張り出たところが端山・外山になる。奥山と端山・外山の関係をうかがわせる記事が『古事記』「神代記」にある。

> 殺さえし迦具土《かぐつち》の神の頭《かしら》に成りませる神の名は、正鹿山津見《まさかやまつみ》の神。次に、胸に成りませる神の名は、淤縢山《おどやま》津見《つみ》の神、次に、腹に成りませる神の名は、奥山津見《おくやまつみ》の神。次に陰《ほと》に成りませる神の名は、闇山津見《くらやまつみ》の神。次に、左の手に成りませる神の名は、志芸山津見《しぎやまつみ》の神。次に、右の手に成りませる神の名は、羽山津見《はやまつみ》の神。次に、左の足に成りませる神の名は、原山津見《はらやまつみ》の神。次に、右の足に成りませる神の名は、戸山津見《とやまつみ》の神。
>
> （『古事記』上巻・神代記）

イザナキとイザナミの国生みの最後に、イザナミは火の神カグツチを生む。ところがイザナミは、その火に焼かれて死んでしまう。怒ったイザナキがカグツチを斬り殺すと、その死体から山の神が次々と化成する。右は、その神々の名を列挙した部分である。

ここには八柱の神々の名が見える。古橋信孝氏によると、マサカヤマツミは「霊威に満ちて栄える状態」を、クラヤマツミは「山の谷」を、シギヤマツミは「幾重にも山が重なった状態」を意味するという。さらに、ハラヤマツミが山に続く野原を、オクヤマツミが「奥山」を、ハヤマツミが「端山」を、トヤマツミが「外山」を意味し、オドヤマツミは語義未詳とする。これらの中で、マサカヤマツミがもっとも中心の神であり、他は山の神のさまざまな状態の形容であるという。その上で、これらの神々の名は、「山の神が山奥からしだいに里に近付いて来る状態を神の名として表したもの」と結論づけている（古橋信孝「人を囲む空間」『ことばの古代生活誌』河出書房新社）。

この記事は、神が奥山に降臨し、少しずつ人びとの生活する村里に近づき、端山《はやま》・外山《とやま》でその霊威を村人たちにもたらすことを、神話的に説明しているといえるだろう。村里に近い端山・外山は、人びとの生活にとって、きわめて重要な意味をもっていたことが、ここからあきらかになる。

◉聖なる山

藤原京（奈良県橿原《かしはら》市高殿町を中心とする一帯にあった都）の中心部を取り囲むように、大和三山が存在する。畝傍《うねび》・香具《かぐ》・耳成《みみなし》の三山である。この中で、香具山がもっとも重視されたことは、多くの資料からもあきらかである。『日本書紀』「神武紀」によると、神武天皇は、大和入りに際して敵方から大きな抵抗を受けるが、その際、夢に神が現れ、天《あめ》の香具山の頂《いただき》の土を取り、聖なる食器（土器）を作って神を祀れば、敵方を滅ぼすことができるだろう、との託宣を得る。その夢告に従うことで、無事神武は大和入りを果たすことができた。このことは、香具山が大和王権の存立にとって、きわめて大切な意味をもつ山であったことを示している。

ところが、香具山の山容は、畝傍、耳成山に比べると、余りにも目立たない。標高も低く、むしろ丘といった印象がつよい。その姿を初めて見た時に、これが香具山なのかとがっかりした覚えがある。それではなぜ香具山は重視されたのか。それは香具山が端山・外山であったからにほかならない。

香具山の地勢を見ると、その東方一帯に広がる多武峰《とうのみね》連山に接していることがわかる。香具山は多武峰の端山・外山だったのである。そこで、香具山は、神と人とが触れあうことのできる聖なる山として考えられるようになった。香具山が天の香具山と呼ばれ、また天から降って来たとする伝承を持っていることも（「伊予国《いよのくに》風土記」佚文にその伝承が見える。『万葉集』にも「天降《あも》りつく　天《あめ》の香具山〈天から降って来た天の香具山〉」〈巻三・二五七〉とある）、奥山の霊威をもたらす端山・外山としてのありかたが、垂直方向に転換された結果であったとも解されよう。

奥山と端山・外山の関係を示す例として、次の神楽歌《かぐらうた》を挙げることができる。

深山《みやま》には　霰《あられ》降るらし　外山《とやま》なる　まさきの葛《かづら》　色づきにけり　色づきにけり　（神楽歌）

訳　奥山では霰が降っているらしい。里近い山のまさきの葛が色づいてきたことだ。

同じ歌は、『古今和歌集』の「神遊びの歌」にも、末尾の繰り返しを省略した形で見えている（巻二十・一〇七七）。「深山」とは、奥山を指す。「まさきの葛《かづら》」は、定家葛《ていかかずら》（謡曲「定家」に、藤原定家の恋の執心が、式子内親王《しきしないしんのう》の墓に葛《かずら》となって絡《から》みついたとする話が見える）の古名という。

霰《あられ》が降ったり、葛が色づいたりするのを、単なる自然現象と受け取ってはならない。霰のように天から降るもの――雨にしろ雪にしろ、それらはすべて異界の霊威（不思議な力）をつよく宿すものと考えられていた。奥山に霰が降るのは、天の霊威がそこに及んでいることの現れだった。霰が降るのは、むろん天の意志による。そこで、「らし」が用いられることになる。

「らし」は、文法の教科書などでは、根拠ある推量を示す助動詞と説明される。「～らしい」と訳されるのは、そのためである。「らし」をそのように理解することが誤っているわけではない。だが、「らし」の用例を見ると、その対象に対して断定的に直叙すること、つまりそのように言い切ってしまうことが憚られるような場合であることが少なくない。たとえば、高貴な対象の心情を忖度《そんたく》することが不敬に及ぶような際には、断定的に述べるのを避け、代わりに「らし」を用いることがあったりする。敬避表現の一種と見ることもできる。

ここも事情は同様である。奥山に霰が降っていることが、歌い手（つまり人）にとって確かであると判断されたとしても、それは天の意志の作用であるがゆえに「らし」を用いた。このように考えるべきだろう。

奥山に現れた霊威は、どこかで人の目に見えるようにならなければならない。その現れが、右の神楽歌では、端山・外山の「まさきの葛」の色づきになる。今まで青かった葉が赤や黄色に色づく不思議さの中に、人は天の霊威（季節の霊威と言い換えてもよいが）の不思議な作用を感じ取ったのである。この神楽歌には、奥山と端山・外山の関係がよく示されている。

そもそも、聖なる山には、天から降る雨や雪に絶えず接していなければならないとする観念があったらしい。『万葉集』には、吉野山を歌った次のような歌がある。

〓 み吉野の　御金《みかね》の岳《たけ》に　間《ま》なくぞ　雨は降るといふ　時じくそ　雪は降るといふ　その雨の　間《ま》なきがごと

その雪の　時じきがごと　間《ま》も落ちず　我《あれ》はそ恋《こ》ふる　妹《いも》が正香《ただか》に　（巻十三・三二九三）

訳　み吉野の御金の岳に、絶え間なく雨は降るということだ。時を定めず雪は降るということだ。その雨が絶え間ないように、その雪が時を定めないように、いささかの間を置くこともなく、私こそは恋うることだ。いとしいあの子の姿に。

恋歌である。「時じ」は、特定の時を定めない意で、「始終、絶えず」の意を示す。「正香」のタダは、それしかないそのものの意。カは、そこから漂い出る霊力・霊質をいう。そこで、「正香」は、相手を引きつけ、魅惑させてやまない恋人（「妹」）の姿の意になる。

「御金《みかね》の岳《たけ》」は、吉野山東南の金峰山《きんぷせん》で、後代山林修行の聖地とされた山である。その山に間断なく降る雨や雪が、その聖性を保証している。雨や雪に絶えず接していることが、その山に天の霊威が及んでいることを示している。

富士山が聖なる山であることを歌った、次のような歌もある。

富士の嶺《ね》に降り置く雪は六月《みなつき》の十五日《もち》に消《け》ぬればその夜降りけり　（巻三・三二〇）

訳　富士の嶺《みね》に降り積もる雪は六月の十五日に消えると、すぐにその夜にはまた降ることだった。

「富士山を詠《よ》める歌」と題する長歌の反歌である。作者については、笠金村《かさのかなむら》説、高橋虫麻呂《たかはしのむしまろ》説があるが、私見は後者に傾く。富士山の神秘さを表現した歌である。旧暦では四月から六月までが夏にあたる。六月十五日はまさしく暑さの極点を意味した。その日に旧年の雪はやっと消えるが、その夜にはまた新雪が降り始める。つまり、一日として山頂から雪の消えることがないことを、この歌は歌っている。『駿河国風土記《するがのくにふどき》』佚文にも「六月十五日ニソノ雪キエテ、子《ね》ノ時ヨリ下《しも》ニハ又フリカハルト」とあり、そこでは新雪の降る刻限までが指定されている。絶えず雪と触れあうことが、異界の霊威がそこに及んでいることを示しているのであり、それゆえ富士山は聖なる山として讃美されることになる。ここからも、雨や雪を通じて、山が異界の霊威と触れあう場であることを確かめることができる。

◉山裾を流れる川

山の神秘に触れるためのもう一つの方法は、山から流れ出る川の水を通して、その霊威に与《あずか》ることだった。神の降臨する聖なる山は、多く「神なび山《かむなびやま》」と呼ばれた。カムナビは「神の辺《かみのべ》」の転という。ミモロと同様、神の降臨する山や森を意味する言葉である。「神なび山」と呼ばれる山は、山容が秀麗であるばかりでなく、その山裾を川がめぐるように流れていなければならなかった。それを擬人化して「帯《お》ばせる」「帯《おび》にせる」などと表現している。山が川を帯にしている（「帯ばせる」は敬語表現）という意味になる。大和の「神なび山」の典型は三輪山で、その麓には三輪川（泊瀬川《はつせがわ》）が流れている。明日香《あすか》の「神なび山」は、雷丘《いかずちのおか》とも橘寺《たちばなでら》東南のミハ山ともいわれるが、なるほどその裾を明日香川（飛鳥川）が流れている。『万葉集』で、それを確かめておこう。

①三諸《みもろ》の神の帯《お》ばせる泊瀬川《はつせがは》水脈《みを》し絶えずは我《われ》忘れめや　（巻九・一七七〇）

訳　三諸の神が帯にしておられる泊瀬川、その流れが絶えないかぎりは、私はあなたをどうして忘れることがあろう。

②神なびの　三諸の神の　帯にせる　明日香の川の水脈速み……　（巻十三・三二二七）

訳 神なびの三諸の山の神が、帯にしている明日香の川の水の流れが速いので……。

③味酒《うまさけ》を　神なび山の　帯にせる　明日香の川の　速き瀬に……

（巻十三・三二六六）

訳 味酒よ、神なび山が帯にしている明日香の川の速い瀬に……。

①は、題詞に「大神大夫《おほみわのまへつきみ》の長門守《ながとのかみ》に任《ま》けらえし時に、三輪の河辺《かはへ》に集《つど》ひて宴《うたげ》せる歌」とある。大神《おおみわの》（大三輪）高市《たけち》麻呂《まろ》が長門守《ながとのかみ》（「長門」は、現在の山口県の西部・北部）に任じられた時に、一族が集って送別の宴を開いた。その場として三輪川（泊瀬川）のほとりが選ばれたのは、大三輪氏が三輪山を奉祭する氏族だったからである。この「三諸の神」は、三輪山を意味する。三輪山の山裾を流れる三輪川（泊瀬川）が、三輪山の霊威を下界に及ぼす川と信じられていたのである。

『古事記』「雄略記」に赤猪《あかい》子《こ》説話と呼ばれる、よく知られた伝承が収められている。雄略天皇の求婚の申し出を八十年間も大切に守り続け、ついに老女となってしまった女の物語である。その主人公の名が赤猪子である。赤猪子は、もともとは巫女《ふじょ》の属性をもつ女であるらしく、天皇に見出だされる契機が、三輪川のほとりで衣《ころも》を洗っていた折のこととされるのも、水辺で神を待ち迎える巫女の姿を彷彿《ほうふつ》とさせる。赤猪子の原像は、三輪山の神に仕える巫女であり、それゆえに神の衣を三輪川で洗い、そこに来臨する神を待ち迎える「水の女」であったと考えられる。いずれにしても、ここから三輪川が三輪山の霊威を伝える川であったことが見えて来る。

②③は、長歌の一部を抜き出した。どちらも明日香の「神なび山」をめぐり流れる明日香川（飛鳥川）を歌っている。③の「味酒《うまさけ》を」は、「神なび山」に接続する枕詞である。ミワが神酒の古名を意味するところから、古来酒造りの神を祭る「三輪山」に接続させた例が多いが、ここは「三輪山」ではなく、明日香の「神なび山」と

見るべきだろう。そこが雷丘とも橘寺東南のミハ山ともいわれていることは、すでに記した。ここにも「帯にせる」という表現が用いられている。

「神なび山」の山裾を川が流れていることは、次の例からも確かめられる。

幣帛《みてぐら》を　奈良より出《い》でて　水蓼《みづたで》　穂積《ほづみ》に至り　鳥網《となみ》張る　坂手を過ぎ　石走《いはばし》る　神《かむ》なび山に　朝宮に　仕《つか》へ奉《まつ》りて　吉野へと　入ります見れば　古《いにしへ》思ほゆ　（巻十三・三二三〇）

訳　幣帛を並べる奈良を出て、水蓼の穂の出る穂積の地に至り、鳥を捕らえる網を張る坂手を過ぎて、川が石走《いわばし》り流れる神なび山で、朝宮にお仕え申し上げて、吉野へとお入りになるのを見ると、過ぎ去った昔のことが思われてならない。

吉野行幸の歌である。「幣帛《みてぐら》を」は、「奈良」にかかる枕詞。奈良の都（平城京）からの行程が、「穂積（天理市前栽《せんざい》町付近）、「坂手（磯城《しき》郡田原本《たわらもと》町阪手）」と、枕詞を冠した地名を並べ連ねる道行の様式で表現されている。「朝宮」への奉仕が歌われるから、途中、明日香（飛鳥）古京の離宮で一泊したのだろう。それが「朝宮」になる。問題は「石走《いはばし》る　神なび山に」とある部分である。「神なび山」は明日香の「神なび山」と見てよい。しかし、なぜそこに「石走る」という枕詞が冠せられるのか。「石走る」とは、岩の上の激流のほとばしりを意味する。ならばこれは、川の存在を前提としなければならない。山裾をめぐり流れる川があるからこそ、この枕詞が「神なび山」に冠せられるのだろう。いうまでもなく明日香川（飛鳥川）が意識されている。「朝宮」が、島の宮の離宮（草壁皇子《くさかべのみこ》の宮殿、島大臣《しまのおおおみ》と呼ばれた蘇我馬子《うまこ》の邸宅があった場所で、蘇我蝦夷《えみし》、入鹿《いるか》親子の滅亡後に宮に没収されたが、のちに草壁皇子の宮殿となり、島の宮と呼ばれた。島とは、泉水をもつ庭園をいう）であったとすれば、そ

の位置はまさしく明日香川の近傍になる。この例からも、「神なび山」と川の関係は明らかである。「帯《お》ばせる」「帯《おび》にせる」と歌われる川は、繰り返すように、山の霊威を人にもたらす。そのことは、川の流れの様子から奥山の神秘を想像した、次の歌からもたしかめることができる。「柿本人麻呂《かきのもとのひとまろ》歌集《かしゅう》」の歌である。

痛足川《あなしがは》川波立ちぬ巻向《まきむく》の弓月《ゆつき》が岳《たけ》に雲居《くもゐ》立てるらし　（巻七・一〇八七）

訳　痛足川に川波が立って来た。巻向の弓月が岳には雲が湧き起こっているらしい。

「柿本人麻呂歌集」は、『万葉集』編纂の資料となった重要な歌集だが、現存しない。そこに収められた歌は、すべてが人麻呂の作ではないが、この歌はほぼ人麻呂作と断定してよいだろう。

「痛足川《あなしがは》」は、穴師《あなし》川《がわ》とも書く。巻向川《まきむくがわ》の奈良県桜井市穴師《あなし》あたりの名である。「痛足」の文字表記は「あな足《あし》（ああ、足が〈痛い！〉）」から来ている。『万葉集』では、「痛背《あなせ》の川」（巻四・六四三）のような例もある。これは「あな背（ああ、背中が〈痛い！〉）」の意になる。「弓月《ゆつき》が岳《たけ》」は巻向山の主峰、すなわち奥山にあたる。三輪山の北にあたる山である。ユツキは「斎槻」で、神の降臨する聖なる槻の木があったらしい。「雲居《くもゐ》立てるらし」の「雲居」は、雲のこと。「立つ」は、雲が湧き起こる意を示す。ここは、次第に増していく川の水量から、「弓月が岳」のあたりに雨雲が盛んに湧き立つさまを想像している。これも奥山の想像だから、確信に近くても「らし」が用いられている。奥山の神秘を、麓の川の流れで察知するという、万葉びとの心のありかたがよく示された歌である。

もっと直接に川の流れから、山の霊威を感じ取った歌がある。

立山《たちやま》の雪し来《く》らしも延槻《はひつき》の川の渡り瀬《ぜ》鐙《あぶみ》漬《つ》かすも　（巻十七・四〇二四）

訳 立山の雪が解けて流れて来たらしいよ。延槻川の渡り瀬で鐙を水に漬からせることよ。

天平二十年（七四八）、大伴家持《おおとものやかもち》が、春の出挙《すいこ》の視察業務を兼ねて越中の諸郡を巡行した際に詠《よ》まれた歌の中の一首である。出挙とは、春種籾《たねもみ》用の稲を農民に貸し、秋の収穫時に利息とともに返済させる制度のことで、もともとは貧窮農民救済のための意味があった。ところが、家持の時代には、租税の一部として強制的に割り当てられるようになっていた。その視察業務も、国守の大切な役割の一つとされた。

この歌の「延槻《はひつき》の川」だが、いまは早月川《はやつきがわ》と呼ばれている。立山連峰《たてやま》に発し、滑川《なめりかわ》市・魚津《うおづ》市の境を流れて富山湾に注ぐ川で、富山県下随一の急流とされる。立山だが、三千メートル級の連山が壁のように聳え立ち、夏にも雪をいただく姿を、富山湾ごしに見ることができる。文字どおりの神の山として、この土地の人びとの尊崇の対象とされて来た。

家持は、ここで、「延槻の川」を馬に乗って渡ろうとしたのだろう。折から、立山の雪消《ゆきげ》の水が滔々《とうとう》と流れ下り、その水の勢いは、渡り瀬ではあっても、乗馬の腹を浸して、ほとんど家持の足先を濡らそうとしている。そのさまを、家持は、神の山である立山の霊威がそのまま身に迫ったかのように歌っている。圧倒的な大自然の威力のまっただ中に身を置く家持の姿が、つよい感動とともに描き出されている。

なお立山は、平安時代中頃まではタチヤマと呼ばれた。「雪し来《く》らしも（原文「由吉之久良之毛」）」を「雪し消《く》らしも（雪が消えたらしい）」と訓《よ》む説もあるが、立山の霊威が直接押し寄せたという意味で、「雪し来らしも」

の訓みをここでは採《と》る（説明は省略するが、文法的な理由もある）。

◉吉野山と富士山

先にも例に出したが、万葉びとにとって、なじみの深い山に吉野山がある。吉野山の場合も、山の霊威を人の世界にもたらす役割は吉野川が果たしていた。吉野川でのミソギは、吉野山の神秘に直接触れる意味をもっていた。

近鉄の大和上市《やまとかみいち》駅から吉野川に沿ってしばらく上《のぼ》っていくと、式内社大名持《しきないしゃおおなもち》神社がある。鬱蒼とした太古そのままの森（妹山樹叢《いもやまじゅそう》）を背後にする由緒ある神社である。神社の前の吉野川の淵を、古来潮生淵《しおいふち》と呼んでいる。旧暦の三月三日と六月晦日《みそか》に、そこから潮水が湧き出ると信じられていたことに由来する名である。

潮生淵は、大汝《おなんじ》参りの習俗で知られている。大汝《おなんじ》は、大名持《おおなもち》の社名に由来する。大名持神社の祭神は大名持《おおなもちの》命《みこと》だが、この神は『古事記』ではオホアナムヂ（大穴牟遅）と表記されており、それが訛ってオナンヂと呼ばれるようになったらしい。大汝参りは、大和の国中《くんなか》地域、とりわけ桜井市・橿原市の神事に際して、新旧頭屋《とうや》の人びとが潮生淵に赴いてミソギをする習俗である。興味深いのは、吉野川の流れが国中地域をまったく潤すことがないにもかかわらず、その地域の人びとが吉野川に赴き、ミソギをしていることである。これはあきらかに、吉野川の水が吉野山の霊威を伝える水と信じられてきたことの現れといえるだろう（和田萃《あつむ》「吉野をめぐる歴史と信仰」『吉野地域における文化的価値の再点検と振興のための調査　昭和五十八年度報告書』）。吉野川の聖性は、あきらかに吉野山への信仰を背景にしている。

山と川との右のような関係は、富士山においても見られる。富士山と富士川との関係がそれになる。時代は下るが、『更級日記』にそれが現れている。この日記の作者菅原孝標女《すがわらのたかすえのむすめ》は、十歳の折、上総介《かずさのすけ》に任じられた父に従って任地に下り、四年後に帰京する。日記の前半部は、その帰途の旅の記録である。そこに、富士川の辺《ほとり》で耳にした次のような不思議な話が記されている。

富士川といふは、富士の山より落ちたる水なり。その国の人の出《い》でて語るやう、「一年《ひととせ》ごろ、物にまかりたりしに、いと暑かりしかば、この水のつらに休みつつ見れば、川上の方より黄なる物流れ来て、物につきてとどまりたるを見れば、反故《ほぐ》なり。取り上げて見れば、黄なる紙に、丹《に》して濃くうるはしく書かれたり。あやしくて見れば、来年なるべき国どもを、除目《ぢもく》のごとみな書きて、この国来年空くべきにも、守《かみ》なして、また添へて二人をなしたり。あやし、あさましと思ひて、取り上げて、乾《ほ》して、をさめたりしを、かへる年の司召《つかさめし》に、この文《ふみ》に書かれたりし、一つたがはず、この国の守とありしままなるを、三月のうちに亡くなりて、またなりかはりたるも、このかたはらに書きつけられたりし人なり。かかることなむありし。来年の司召などは、今年、この山に、そこばくの神々あつまりて為《な》いたまふなりけりと見たまへし。めづらかなることにさぶらふ」と語る。

（『更級日記』）

訳　富士川というのは、富士山から流れ落ちた水の川である。その国の人が進み出て語るには、「ある年のこと、よそに出かけた折に、ひどく暑かったので、この川のほとりで休みながら見ていると、川上の方から黄色い物が流れて来て、何かに引っかかって留まったのを見ると、反故紙《ほごがみ》（用済みになった紙）でした。拾い上げて見ると、黄色の紙に、朱できちんと楷書で書いてありました。不思議に思って見ると、来年国司（中央から派遣される地方官）が交替するはずの国々について、除目《じもく》（地方官の任命）のことがすべて書いてあって、この国（駿河国、現在の静岡県）の国司が来年交替になるはずのところにも、守（長官）を任命して、また横に別人を添えて二人を任命してありました。不思議だ、驚いたことだと思って、その紙を取り上げて、乾かして保管していたのですが、翌年の司召（本来は中央の役人の任命のことだが、ここは地方官の任命）の際、この紙に書かれていたことが、一つも違わず、この国の守と書かれていたのもその通りだったのですが、その人は三月のうちに亡くなって、また替わって任命されたのも、その横に書かれていた人でありました。こんなことが、まあ、あったことです。来年の司召などは、今年、この山にたくさんの神が集まってお決めになるのだなあと、わかったことでございます。何ともめずらしいことでございます」と語った。

国司を任命するのが「除目《じもく》」だが、それを実際に決めているのは富士山に集まった神々であり、富士川の上流から流れ着いた紙によって、その事実が明らかになった、という話である。「除目」の結果に一喜一憂せざるをえない受領階級に属する作者にとっては、いかにも聞き逃せない内容であったといえる。「黄なる紙」は、詔勅などに用いられる特別な料紙を意識させたものらしい。国司の名が「丹」で記してあったというのも、神意の現れだからであろう。この例からも、富士山の神秘が、富士川を通じて伝えられるものとされていたことがわかる。土地の人の現実の体験として語られただけに、作者はこの話につよいリアリティを感じ取ったのだろう。

ここには「富士川といふは、富士の山より落ちたる水なり」とあるが、富士川の上流は笛吹川であり、実際には甲府盆地のあたりから、富士山の山裾をめぐるように流れている。ならば、「神なび山」の山裾を流れる川と同様に考えてよいのかもしれない。「富士の山より落ちたる水なり」と記したのは、作者の誤解ではあるが、富士山の神秘が直接に伝えられることを強調した言い方と見ることもできる。

以上は、万葉びとと山の関係についてのごく一端を述べたに過ぎない。山は神の世界だから、人がそこに立ち入ることは基本的には禁忌とされた。しかし、人はどこかで神の霊威（不思議な力）に与《あずか》らなければならない。なぜなら、人は日常生活を営む中で、さまざまな矛盾（災厄などの困難や不条理な現実）を抱え込まざるをえないからである。そうした矛盾を解決するには、神を祭り、その霊威を身に受けて、新たな力を得る必要があった。山との関係でいうなら、その霊威を受け取る場こそが端山《はやま》・外山《とやま》であり、「神なび山」の山裾をめぐり流れる川だった。近年は「里山」という新しい言葉がもてはやされているが、その基底に端山・外山の信仰があったことを見ておかなければならないように思う。

万葉樵話・・・十三

●『万葉集』の無常観

◉災厄と無常観

災厄が多い。今回のコロナ禍は、百年前のスペイン風邪を思い起こさせるし、どこまでこの災厄が広がるのか、目下のところ予測がつかない。大地震も頻発している。阪神・淡路大震災からすでに四半世紀が経過したが、その後も東日本大震災、熊本地震などが、次々と起こっている。地震についていうなら、日本は地震国だから、いつどこにいてもこの難を逃れることはできないのではないかと、つくづく思わされる。山上憶良《やまのうえのおくら》の「貧窮問答《びんぐうもんどう》歌《か》」（巻五・八九二〜三）を見ると、古代の人びとにとって、飢えと寒さとがその生活を脅かす最大の問題であったことがわかる。そこに、今回のコロナ禍のような疫病が加われば、まさに大災厄と呼ぶしかない悲惨な状況が生まれた。いまの日本では、飢えと寒さからは何とか逃れることができたように思われるが（もっとも太陽の活動の変化などによって、地球規模での気候変動、それに伴う食糧不足の問題が生ずる恐れは多分にある）、疫病や大地震の脅威からはいまだに解放されていない。以下、東日本大震災の私自身の体験を糸口に、そうした災厄が生み出す無常観の問題を、『万葉集』の世界を中心にしながら考えてみたい。

東日本大震災の当日、私はたまたま京都にいた。駅前のホテルで会議をしていたのだが、きわめてゆっくりとした揺れが数分間続き、何かおかしいと思っていたら、家から「私は無事」というメールが飛び込んで来て、それで大地震が起こったらしいということを知った。新幹線が止まってしまったため、京都のホテルに一泊して戻って来たが、その夜、ホテルの部屋のテレビで見た大津波の悲惨な光景は、いつもと変わらぬ賑やかな京都の町中にいたこともあり、これが果たして現実なのだろうかという不思議な感覚を覚えた。

大地震・大津波の惨状を、テレビの画面を通して見る中で思い起こしたのは、『方丈記』の五大災厄と呼ばれる記事、とりわけ元暦《げんりやく》の大地震の記事だった。五大災厄とは、鴨長明《かものちようめい》が経験した五つの災厄をいう。安元《あんげん》の大火・治承《じしよう》の辻風・福原遷都・養和《ようわ》の飢饉・元暦の大地震である。元暦の大地震は、元暦二年（一一八五）七月九日に起こった。

また同じころかとよ。おびたたしく大地震《おほなゐ》ふること侍《はべ》りき。そのさま世の常ならず。山は崩れて河を埋《うづ》み、海は傾《かたぶ》きて（平衡ヲ失ッテ＝津波ヲ起コシテ）陸地《りくぢ》を浸《ひた》せり。土裂《さ》けて水湧《わ》き出《い》で、巌《いはほ》割れて谷にまろび入る（谷ニコロガリコンダ）。渚《なぎさ》漕ぐ船は波にただよひ、道行く馬は脚《あし》の立処《たちど》をまどはす（足ノ踏ミ所ニマゴツイタ）。

都のほとりには、在々所々、堂舎塔廟《だうしやたふめう》一つとして全《また》からず。あるは、崩れ、あるは、倒《たふ》れぬ。塵灰《ちりはひ》立ちのぼりて、盛りなる煙のごとし。地の動き、家の破るる音、雷《いかづち》に異ならず。家の内にをれば、たちまちにひしげなんとす（タチドコロニ潰サレテシマイソウニナル）。（外ニ）走り出づれば、地割れ裂く。羽なければ、空をも飛ぶべからず。龍ならばや雲にも乗らむ（龍デデモアルナラ雲ニモ乗レヨウガ）。恐れの中に、恐るべかりけるは、ただ地震《なゐ》なりけりとこそ覚《おぼ》え侍りしか。（中略）

かくおびただしく振ることは（コノヨウニヒドク地震ガ起コルコトハ）、しばしにて（シバラクシテ）止《や》みにしかども、そのなごり（余震）しばしは絶えず。世の常おどろくほどの地震《なゐ》、二三十度振らぬ日はなし。十日、二十日過ぎにしかば、やうやう間遠になりて、あるは四五度、二三度、もしは、ひと日交ぜ（一日オキ）、二三日に一度など、大方、そのなごり、三月ばかりや侍りけむ（ソノ余震は三月ホドモ残ッテイタダロウカ）。

（『方丈記』）

この前半部分には、大地震のさまがきわめて具体的に描かれている。山口仲美『日本語の古典』（岩波新書）は、感情をさしはさまずに、事実だけを的確に映し出すドキュメンタリーであるとして、この部分をきわめて高く評価している。なるほどここには、冷静な観察者の目がある。むろん、鴨長明の目である。

後半の余震の記事も、実際の経験に照らし合わせて見ても、なるほどそうだと納得させられるものがある。『方丈記』の記事は、地震の三十年後に記されたものだが、当時の記録――たとえば中山忠親《なかやまただちか》（一一三一～一一九五、鎌倉時代初期の公卿《くぎょう》）『山槐記《さんかいき》』などと比べても、その記憶がかなり正確なものであったらしいことがわかる。

東日本大震災の直後、『朝日新聞』に宗教学者の山折哲雄氏のコメントが掲載された。山折氏は、岩手県花巻市に母方の実家があり、被災地とも深いつながりがあるようだが、「『無常』を受けとめる」という題で、次のようなことを述べている。

「なぜあの人は死に、私は生きているのか」と問うと、無常という言葉が浮かんできます。先人は自然の猛威に頭《こうべ》を垂れ、耐えてきた。日本人の心のＤＮＡとも呼べる無常の重さをかみしめています。

（山折哲雄『朝日新聞』二〇一一年三月十七日）

テレビの画面に繰り返し映る無惨な光景を見ていると、なるほど山折氏でなくとも、「無常」という言葉がすぐに心に浮かんで来たはずである。

◉「世間虚仮《せけんこけ》」

そこで、「無常」について、『万葉集』にかかわらせながら、少しばかり考えてみたい。「無常」は、仏教の根本にある考えである。むしろ、真理あるいは哲理というべきかもしれない。この現実世界に存在する一切のものは、すべて生滅流転《しょうめつるてん》して、永遠不変ではありえないというのが「無常」の意味になる。

それゆえ、日本人が無常観を抱くようになったのは、仏教伝来後（六世紀半ば以降）のことと考えてよい。もっとも、当初は「無常」の意識はそれほどつよくはなかったらしい。そのことは、わが国最初の仏教説話集である『日本霊異記《にほんりょういき》』（八二二頃）を見るとよくわかる。『霊異記』は、因果応報の絶対を説くことを主目的とした説話集だが、そこには現実主義が徹底されており、因果応報もまたこの現実世界、この現世で立ちどころに現れるものとされた。現世に絶対的な価値を置く以上、そこに「無常」が意識されるはずはないともいえる。

それでは、『万葉集』の場合はどうなのか。『万葉集』は「宮廷歌集」だから、詠《よ》み手の多くは貴族たちである。当時の知識人たちといってもよい。彼らは大陸の思想動向にも通じていたから、仏教の哲理も教養として身につけていた。とはいえ、その理解が観念的になることも少なからずあったように思われる。

そこで、次の歌である。無常観を詠じた歌として、後世まで広くもてはやされた一首である。

沙弥満誓《さみまんせい》の歌一首

世間《よのなか》を何に譬《たと》へむ朝びらき漕ぎ去《い》にし船の跡《あと》なきがごと　（巻三・三五一）

訳　沙弥満誓の歌一首

二　この俗世間を何にたとえよう。朝港を出て漕ぎ去っていった船の航跡が消えて、後に残らないようなものだ。

満誓（生没年未詳）は、俗名を笠朝臣麻呂《かさのあそみまろ》といった。美濃守《みののかみ》在任中、木曽路を開いたことでよく知られている。右大弁従四位上の地位に昇ったものの、養老五年（七二一）五月十二日、元明太上天皇《げんめいだじょうてんのう》の病気平癒を願って出家、満誓はその法名になる。養老七年二月、大宰府に下り、筑紫観世音寺《つくしかんぜおんじ》の別当になった。当時大宰帥《だざいのそち》であった大伴《おおともの》旅人《たびと》などとも親交を結んだ。なお「沙弥《さ(しゃ)み》」は、剃髪しているものの、まだ正式な得度を受けていない僧（具足戒を受けていない修行僧）をいう。僧形ではあっても、俗人に近い生活もある程度許されていたらしい。

そこでこの歌だが、俗世間の虚しさを、はかなく消える航跡に喩えており、無常観を詠じた歌として高く評価されている。冒頭の「世間」は、仏教語で、俗世間をいう。聖徳太子の言葉とされる「世間虚仮《せけんこけ》、唯仏是真《ゆいぶつぜしん》」（『上宮聖徳法王帝説《じょうぐうしょうとくほうおうていせつ》』に見える聖徳太子の遺語で、「天寿国曼荼羅繡帳《てんじゅこくまんだらしゅうちょう》」の亀甲文《きっこうもん》上に縫い出してあったとされる）の「世間虚仮」と等しい内容が歌われているともいえる。しかし、高い評価にもかかわらず、どこかお説教臭く、現実感も希薄で、頭の中で拵《こしら》えたような感がどうしても残る。観念的な理解が先立つと先に述べたのは、そのような意味からである。

◉大伴旅人の亡妻挽歌

実は『万葉集』には、もっと切実に「無常」を歌った歌がある。ただし、それはある意味で無常観の否定にもつながりかねない内容になっている。それが、大伴旅人の亡妻挽歌である。

世の中は空《むな》しきものと知る時しいよよますます悲しかりけり　（巻五・七九三）

訳 世の中が空しいものであると知ったその時こそ、いよいよますます悲しさが実感されたことだ。

神亀《じんき》五年（七二八）六月二十三日に詠《よ》まれた歌である。第一章でも述べたが、大伴旅人は、長屋王《ながやのおおきみ》の変（七二九）の前年、大伴氏のもつ潜在的な軍事力に警戒心を抱いた藤原氏によって、大宰帥として筑紫の地に赴任させられた。時に旅人は六十四歳。生きてふたたび平城《なら》の地を踏むことはできないかもしれないとの覚悟をあらためて抱いたに違いない。

旅人は、大宰府に妻の大伴郎女《おおとものいらつめ》を同道した。ところが、赴任後しばらくして、この妻を亡くしてしまう。異郷に一人残された旅人の悲嘆はいかばかりであったか。そこに詠まれたのが、右の一首である。

この上句は、妻の死によって、仏教の説く「空」の観念、「世間虚仮」の「無常」が自覚されたことを歌っている。「知る時し」の「知る」には、きわめて重い意味がある。「無常」を絶対の真理として納得したということだからである。ところが、その下句は上句との間に微妙なねじれを生み出している。上句のままなら、妻の死は「無常」の摂理の現れと捉えられ、その心は諦念へと向かうべきはずなのだが、旅人はここで「いよよますます悲しかりけり」と歌っている。「無常」の摂理は摂理として頭で理解はできても、悲嘆はそれゆえにいよいよ増すというのである。ならば、この歌はあえて無常観の不徹底を歌っていることになる。「無常」を観念的に詠じたかのような満誓の歌よりは、ずっと切実であることがわかる。さらに大事なことは、旅人の歌の側にこそ、人間としての真実があることである。このように歌うことが、おそらく詠み手の心の鎮まりにまでつながるのであり、そこに歌の果たす役割、歌の功徳があるのかもしれない。

私は、仏教の教義には暗いので、誤りがあるに違いないのだが、世の中が真に「無常」であるなら、いま生きていることの意味はなお貴いはずである。だからこそ、日々の生活は大切にしなければならず、決して疎《おろそ》かな生き方をしてはならない――そこに「無常」の教えの根本があるのではないかと考えている。それはまた、『般若《はんにゃ》心経《しんぎょう》』で、「色即是空」がそのまま「空即是色」と反転していくこととどこかでつながっているようにも思われる。「色即是空」と「空即是色」とは同義ではない。すべての現象界の存在(「色」)が「空」であるなら、それゆえにこそ、そうした存在はあるがままに受け入れられなければならない。この反転の意味するところはそうしたところにあるのではあるまいか。

◉山や海も常住不変ではない

もう一首、『万葉集』の中から、無常を歌った歌をながめてみたい。

高山《たかやま》と　海とこそは　山ながら　かくも現《うつ》しく　海ながら　しかまことならめ　人は花物《はなもの》そ　うつせみ世人《よひと》

(巻十三・三三三二)

訳　高山と海とこそは、山はそのままこのように現実であり、海もまたそのままそのように真実であろう。だが、人のはかないことは、花のようなものだ。うつせみのこの世の人は。

挽歌に分類されている歌である。三首一組の歌の最後の一首になる。「山ながら」「海ながら」の「ながら」は、「～そのものとして」の意味。そこで、「山は山そのものとして」「海は海そのものとして」たしかに存在するという意味になる。結句の「うつせみ世人《よひと》」は、この世の人、この現実世界に生きる人のこと。もともとは「うつせみ」だけで、この世の人を示すが、ここは「世人」を加えて、その意味をつよめている。

この歌は、人の世のはかなさを、確かな現実として存在する山や海と対比して歌っている。「人は花物そ」とあるが、はかなく散ってしまい、一時のあだなるものが花だから、「花」はまさしく無常の象徴になる。人はそうした「花」のようなものだというのである。この「花」は、おそらく桜だろう。

『古今和歌集』のよみ人知らずの歌にも、

うつせみの世にも似たるか花桜咲くと見しまにかつ散りにけり
（『古今集』春下・七三）

訳 この世のありさまにもよく似ていることだ。桜の花は、咲いたとばかり見ているうちに、もう散ってしまったことだ。

と歌ったものがあり、人の世の無常はここでも桜の花の散りに重ねられている。

そもそも桜は、かなり以前から、無常の象徴とされていた。『古事記』の天孫降臨の伝承に見える話は、そのかなり早い段階のものと見てよい。高天原《たかあまのはら》からこの地上世界に降臨したニニギノミコトは、大山津見《おおやまつみ》の神から二人の娘を妻として与えられる。ところが、ニニギは、姿形の醜い姉娘のイハナガヒメを送り返し、美しい妹娘のコノハナノサクヤビメだけを妻とする。

大山津見の神が、二人の娘をニニギに与えようとしたのは、イハナガヒメには、永遠の寿命をもたらす力が、またコノハナノサクヤビメには、繁栄を約束させる力があったからである。ニニギは、イハナガヒメを拒絶してしまったため、繁栄は手に入れることができたものの、永遠の寿命は得られなくなってしまったという話である。

コノハナノサクヤビメの名には、桜が象徴化されている。桜の花は繁栄を約束しはするものの、一方で散りやすくもある。一方、イハナガヒメの名は、磐・石が象徴化されているから、永遠不変を約束することになる。桜の散りやすさが、死の影と結びついていることが、ここからもたしかめられる。

このような話は、人間が有限の命しか持てなくなったことの起源譚として、東南アジア一帯に広く分布しており、バナナタイプ（バナナ型神話）と呼ばれる。神が人間に、石とバナナのどちらを選ぶかを尋ねた際、人間はバナナを選んでしまい、それで永遠の寿命を得られなくなったという話である。つまり死の起源譚になる。

バナナが出たついでに、余計なことを記しておくと、私がはるか昔の受験生の頃、英語の教材に、英国の随筆家ロバート・リンドのものがよく取り上げられていた。リンドの文章など、いまはほとんどお目に掛からないが、なかなかの名文で、とてもおもしろく読んだことを思い出す。その随筆の中に、バナナを「怠け者の食べ物」と言い切ったものがあって、いまも印象深く覚えている。果物の中で、唯一簡単に皮が剝《む》けて、そのまま食べられるのはバナナだけであり、それゆえ「怠け者の食べ物」だというのである。バナナは栄養面でもすぐれた果実だから、ある意味で究極の食べ物なのかもしれない。もっとも、私が受験生の頃は、バナナはなかなかの高級品だった。

バナナタイプ（バナナ型神話）の話から横道に入った。この天孫降臨の伝承からも、桜のはかなさが、無常――これは仏教的な無常以前の無常と見てよいように思うが――を象徴するものとして、かなり早い段階から意識されていたことがわかるように思う。そこで、先の「人は花物そ」の歌に戻る。この歌は、人の世のはかなさを、桜の花に擬《なぞら》え、その上で確かな現実として存在する山や海と対比していた。ところが、東日本大震災、とりわけあの大津波の惨状を目にすると、山や海が常住不変であるなどとは、到底言えないことが実感される。事実、

『万葉集』にも、それを歌った歌が存在する。

鯨魚《いさな》取り海や死にする山や死にする　死ぬれこそ海は潮干《しほひ》て山は枯《か》れすれ
（巻十六・三八五二）

訳　鯨《くじら》を捕るという海、その海は死んだりするだろうか。山は死んだりするだろうか。死ぬからこそ、海は潮が干《か》れて、山は枯れ山になるのだ。

歌体は旋頭歌《せどうか》。五七七の音型を繰り返すのが旋頭歌である。「鯨取り」は「海」に接続する枕詞。イサナは文字で記せば「勇魚」で、鯨を意味する。そこで、この歌だが、常住不変に見える海や山でさえも、衰亡の変化を免れることができないことを歌っている。ならば、もともと常住の存在でない人のはかなさは、より際立つことになる。それゆえ、この歌はまさしく、仏教的な無常観を表した歌といってもよいように思われる。先に示した歌では、山や海の不変を前提に、人のはかなさが強調されていたが、ここにはさらに深い無常の思いが歌われている。

さだまさし「防人《さきもり》の詩《うた》」は、歌詞の一部をここから引用している。これもずいぶん昔の歌だが、比較のため、最初のフレーズだけ引用しておく。

おしえてください
この世に生きとし生けるものの
すべての生命《いのち》に限りがあるのならば

海は死にますか　山は死にますか
風はどうですか　空もそうですか
おしえてください

（「防人の詩」さだまさし作詞・一九八〇年）

映画「二百三高地」の主題歌である。「防人の詩」とあるが、『万葉集』の防人歌とは直接の関係はもたない。真ん中の「海は死にますか 山は死にますか」（傍線部）のところが、先の『万葉集』の歌から取られており、なかなかよい効果を上げている。これも一種の本歌取りかもしれない。この歌を耳にすると、『万葉集』の歌の言葉がいかに力をもっているかが実感される。この部分を除いてしまうと、この歌はまったく生命力を失ってしまうように思われるからである。

◉『徒然草』の無常観

無常観の話の最後に、『万葉集』からは離れるが、テレビ画面に映った大津波の光景を見ていて、思い起こした文章があるので紹介しておく。『徒然草』の「世に従はむ人は」で始まる、たいへんよく知られた章段の中の一節である。

四季はなほ定まれるついであり。死期《しご》はついでを待たず。死は前よりしも来《きた》らず。かねて後《うしろ》に迫《せま》れり。人皆死あることを知りて、待つこと、しかも急ならざるに、覚《おぼ》えずして来《きた》る。沖の干潟《ひかた》遥《はる》かなれども、磯より潮の満つるがごとし。

（『徒然草』第一五五段）

訳 四季の移り変わりには、それでも決まった順序がある。しかし、死ぬ時期は順序を待たない。死は前から来るとは限らない。いつのまにか背後に迫っているのである。人は誰もが、死があることを知っていながら、死を待つことを、それほど差し迫ったものとせずにいるうちに、思いがけず死はやって来るのである。沖の干潟が遠く隔たっていると思っているうちに、いつのまにか磯のあたりに潮がすっかり満ちているようなものである。

ずいぶんと難しい文章なので、現代語訳は意訳を混じえたところがある。しかし、ここに書かれていることは、まさに肯綮《こうけい》に中《あた》る。大震災のような災害に遭わなくても、人はいつ重病に罹《かか》らないとも限らない。それゆえ、「沖の干潟《ひかた》遥《はる》かなれども、磯より潮の満つるがごとし」という比喩は、実に的確なものだと、その巧みさに思わず舌を巻いてしまうようなところがある。

これも昔話になるが、もう半世紀近くも前の映画で、成島東一郎《なるしまとういちろう》監督の『青幻記』（一九七三）という作品があった。私のもっとも好きな映画の一つである。一色次郎《いっしきじろう》の同名の小説が原作で、作者の実体験がその基底にあるらしい。主演は賀来敦子《かくあつこ》。これもいまでは忘れられた女優かもしれない（賀来敦子は、大島渚監督の大作『儀式』でも重要な役を演じているが、代表作はその二作のみ。もう一人の重要な役を、田村高廣《たむらたかひろ》が演じている）。結核に罹り、故郷である奄美《あまみ》の沖永良部島《おきのえらぶじま》に戻らざるをえなくなった若い母と小さな男の子の物語である。ある日、海で磯遊びに夢中になっているうちに、いつの間にか潮が満ちて、親子二人は岩場に取り残されてしまう。悪いことに、母は急に発作を起こして動けなくなる。子どもだけが何とか岸辺にたどり着くが、母は満ちて来る潮に飲み込まれてしまう。その場面が実に印象深い。この映画を見るたびに、いつも『徒然草』の「沖の干潟《ひかた》遥《はる》かなれども」という比喩が思い起こされるので、あえて長々と昔話を記した。

もっとも、『徒然草』の記事を裏返すと、常住坐臥、死を意識して生活せよということにもなる。しかし、剣の達人や仏道の悟りを極めた高僧ならいざ知らず、凡人にそれは不可能に決まっている。それゆえ、この記事は、真理を語ってはいるものの、ふつうの人間ではなかなか至りつけない覚悟を求めているようにも思われる。とはいえ、無常を知れば知るほど、現在の生き方を大切にせよとの教えでもあるはずで、それこそが兼好の述べたかったことだったのかもしれない。

万葉樵話……十四

酒の歌

◉公務としての宴

『万葉集』には、酒に関係する歌が少なくない。その理由は、宴《うたげ》の場を背景にした歌が多く見られるからである。そうした歌を宴席歌《えんせきか》という。

つい最近まで、いやいまでもその名残があるのかもしれないが、職場の飲み会は仕事の延長だった。職場で直接話せない重要な事柄が、飲み会で口にされることすらあった。『万葉集』の時代もまた、宴は公務の延長としてあった。公的儀礼の場では、宴の費用も官費から支出される規則になっていた。

地方の国々では、毎年元日、国庁に配下の官人たち（国庁の官人、郡司など）が集まり、国守以下全員が庭に並んで正殿を拝し、その後に国守は配下の官人たちの拝賀を受けることになっていた。正殿を拝するのは、そこに内裏の大極殿《だいごくでん》に出御《しゅつぎょ》する大君（天皇）の存在を重ねているからだろう。その後、国守はあらためて正殿に昇り、官人たちの拝賀を受けた。それが終わると、国守は官人たちへの酒宴の場を設けた。新年の賀宴である。その費用は、官物・正税を充ててよいとされた（「儀制令」元日国司条）。官費を用いての酒宴である。

その賀宴で歌われた歌がある。すでに「十一、暦について」（一七〇ページ）でも引用したが、『万葉集』の最終歌として知られる大伴家持《おおとものやかもち》の歌である。『万葉集』の再末尾（巻二十の巻尾）に置かれた歌だが、制作年次の判明する歌としても最後のものになる。

三年の春正月一日に、因幡《いなば》の国庁《こくちやう》にして、饗《あへ》を国郡《くにこほり》の司等《つかさたち》に賜《たま》へる宴《うたげ》の歌一首

新《あらた》しき年《とし》の初めの初春《はつはる》の今日《けふ》降る雪のいや重《し》け吉事《よごと》
（巻二十・四五一六）

右の一首は、守大伴宿禰家持《かみおほとものすくねやかもち》作れり。

訳 天平宝字《てんぴょうほうじ》三年（七五九）春正月一日に、因幡の国庁で、饗応を国郡司たちに与えた宴の一首

新しい年の初めである初春の今日降る雪のように、善いことがいよいよ重なるように。

右の一首は、守大伴宿禰家持が作った。

この歌の詠《よ》まれた天平宝字三年（七五九）は、元日と立春とが重なるめずらしい年だった。「新《あらた》しき年《とし》の初めの初春《はつはる》の今日《けふ》」には、それへの祝意がある。

橘《たちばなのなら》奈良麻呂《まろ》の変（七五七年、藤原仲麻呂の専横に対して、橘《たちばなのもろえ》諸兄の子、橘奈良麻呂を中心に、大伴・佐伯氏などの保守派がクーデターを仕掛けようとしたものの、未然に露見し、大伴・佐伯氏など多くの人々が捕えられ、あるいは獄死したりした事件。家持は、クーデター計画には関与しておらず、これに連座することはなかったが、その後、政治的には長い不遇の時代を迎える）の後、家持が因幡《いなば》国守に任じられたのは、一種の左遷人事の結果だが、ここにはそうした暗い影はまったく見られず、新年を迎えることへの祝意のみが現れている。新年の雪は豊年の予兆とされたが、ここにはそれへの意識も見られる。

新年の賀宴だが、その食膳は国庁付設の厨房で準備された。それを国厨《くにのくりや》（国府厨《こくふのくりや》）という。郡の政務を執る郡《ぐん》家《け》（郡衙《ぐんが》）にも郡　厨《こおりのくりや》があって、同様の機能を果たしていた。都の諸官司でもそうだが、当時の官人には朝夕二度の給食が提供されていた（当時の食事は、朝夕二度であり、激しい労働に従事するような場合には、「間食《けんじき》」と呼ばれる臨時食が用意された）。都には、そのための給食センターとして大膳職《だいぜんしき》がおかれ、そこには調理スタッフとして膳部《かしわでべ》百六十人が配属されていた。さらに個々の諸官司にも厨《くりや》が置かれて食膳が提供された。地方の国厨・郡

厨の役割も本来は官人に対する給食を行うところにあった。こうした給食は、主として下級官人を農耕作業から切り離し、官僚業務に専念させるために行われたという（佐藤信『古代の地方官衙《かんが》と社会』《日本史リブレット》山川出版社）。

平城京の人口は、当時五万〜十万人ともいわれ、一万人ほどが諸官司において勤務に従事していた。それ以外にも、都市にはさまざまな人々が集住したから、そこは一大消費空間だった。給食のための食料調達は、たとえば米の場合、精米したものを近隣の諸国から供出させた（「民部式下」年料舂米条など）。税としての米の供出は通常は穎稲《えいとう》（穂首で刈り取ったままの稲）とされたが、あえて精米した米の供出を求めたのは、すぐに消費する必要があったからだろう。いずれにしても、こうした給食制度が整っていたというのは、なかなか興味深い。

地方の国厨で宴の用意をしたことのわかる例が、『万葉集』に見える。天平勝宝《てんぴょうしょうほう》三年（七五一）越中守であった大伴家持が、任を終えて帰京する際、介《すけ》（国庁の次官）であった内蔵伊美吉縄麻呂《くらのいみきなわまろ》の公邸で送別の宴が催されたが、その食膳が「国厨」で用意されたことが、そこで詠まれた家持の歌の題詞に記されている。なお、そこに見える「大帳使」というのは、諸国から計帳（大帳）を太政官に提出する使いをいう。家持は都に戻る際、計帳を届ける役割もあわせて引き受けたのだろう。

便《すなは》ち大帳使《だいちやうし》に附《つ》きて、八月五日を取りて京師《みやこ》に入《い》らむとす。此《こ》れに因《よ》りて、四日を以《も》ちて国厨《こくちゆう》の饌《せん》を設《ま》け、介内蔵伊美吉縄麻呂《すけくらのいみきなはまろ》の館《やかた》に餞《うまのはなむけ》す。時に大伴宿禰家持の作れる歌一首

しなざかる越《こし》に五年《いつとせ》住み住みて立ち別れまく惜《を》しき夕《よひ》かも　（巻十九・四二五〇）

訳　そこで大帳使になって、八月五日を選んで都に上ろうとした。そのため四日に国府の厨房で料理を用意して、介内蔵伊美吉縄

麻呂の館で送別の宴を催した。その時大伴宿禰家持が作った歌一首
しなざかる（「越」にかかる枕詞）越の国に五年住み続けて、立ち別れることが惜しい今宵であることよ。

国府での宴の食膳の用意が「国厨」でなされたことが明確に記されているのはこの例だけだが、はじめにも述べたように宴は公務の延長でもあるから、基本はすべて同じであったと見てよい。郡のレベルでもその用意はやはり郡厨でなされたのだろう。

国府での宴だが、さまざまな機会に催されたことがわかる。右の家持の場合について見ていくと、都などからの来客の接待、国庁の役人の人事異動や都への事務連絡の旅の送別・帰還に際しての宴などの例が頻出する。家持が、越中国内を公務で巡行する際には、郡司たちが饗応の宴を催したりした。これらの食膳も、国厨ないし郡厨で用意されたのであろう。

●宴席のありかた

当時の宴には、一定の約束があった。宴には、原則として主人《あるじ》と正客《しょうきゃく》（主賓）とがおり、他の客はいわば正客のお相伴《しょうばん》にあずかるような形であった。しかも、宴の基本は夜通し行うところにあった。宴は夜っぴて飲み明かすものだった。

このような宴のありかたは、その起源と関係する。宴の起源は神祭りにあった。神を迎えて神に饗応するところに祭りの本質があったが、宴はその饗応に起源をもつ。宴の正客は、祭りの場に迎える神に対応し、主人は祀《まつ》り手の位置に重ねられている。宴が夜を徹して行われるのも、祭りのありかたを受け継ぐからである。

宴の次第についても、どうやら原則があったらしい。客を迎える主人は歓迎の言葉を述べ、客もまた招かれたことへの感謝の意をあらわす。酒杯の取り交わしにも、それぞれの挨拶が求められる。宴が果てれば、もてなしの礼と辞去の言葉が客から、また引き留めの言葉が主人から述べられる。客は名残を惜しみつつ帰途につくことになる。それらの挨拶は、歌をともなうのが通例だった。このような宴の次第は、神を迎え、饗応し、送る、祭りのありかたとぴたりと重なりあう。

ここでは、終宴の際の名残を惜しむ客の歌を一首だけ挙げておくことにする。

黄葉《もみちば》の過ぎまく惜しみ思ふどち遊ぶ今夜《こよひ》は明けずもあらぬか　（巻八・一五九一）

訳 黄葉が散ってしまうのが惜しいので、親しい仲間同士が遊ぶ今夜は夜が明けずにあってほしいものだ。

天平十年（七三八）十月十七日、橘奈良麻呂が主催する宴で、大伴家持が詠んだ終宴歌である。ここに「遊ぶ今夜《こよひ》」とあることが注意される。「遊び」とは、もともと祭りの場に来臨した神の心を楽しませる種々の行為を意味する。宴が「遊び」とされることも、宴が祭りの場に起源をもつからである。宴＝ウタゲの語源は手を叩く意のウチアゲ（拍ち上げ）にあるとされるが、かぐや姫の誕生の場面（『竹取物語』）に「このほど三日、うちあげ遊ぶ」という例があることからもあきらかなように、宴はまさしく「遊び」の場としてあった。右の歌の「明けずもあらぬか（夜が明けずにあってほしいものだ）」は、名残惜しさの表明であり、主人のもてなしへの感謝の意を示す。宴の終わりには、こうした歌が歌われた。

この宴は、公の宴ではなく、私の宴になる。こうした私の宴も、貴族社会では頻繁に行われた。そこで、宴の場に必須の酒について見ていこう。

◉酒造りの方法

酒もまた祭りの場に不可欠な飲み物だった。祭りの場の時空は、日常生活から遮断されることが何よりも大事だったが、酒のもたらす陶酔作用はそのためにも必要とされた。晴れ着を着たり、ご馳走を用意するのも、同様の理由からである。反対からいえば、日常生活の場では酒を飲んではならなかったし、反対に祭りの場では酒を飲んで酔っ払うことが求められた。昼間から酒を飲むことを恥じる意識はいまもあるが、その大もとの理由はそこにある。

祭りの場と同様、宴の場でも酔っ払うことが理想とされた。『古事記』に、雄略《ゆうりやく》天皇が新嘗祭《にいなめのまつり》の酒宴で歌ったとされる歌謡がある。そこに「酒水漬《さかみづ》くらし」という表現が見える。

ももしきの　大宮人《おほみやひと》は
……
今日もかも　酒水漬《さかみづ》くらし
高光る　日の宮人《みやひと》

（『古事記』下・雄略記）

訳 ももしきの大宮人は、……今日もまあ、酒びたりになっているらしい、高く照り輝く日の大宮人よ。

この「酒水漬く」は、臣下たちがみな酒びたりの状態になっていることをいう。もとより悪い意味ではなく、酔っ払ってうきうきした気分になることを、理想の状態として讃めた言葉である。

その酒だが、それを醸造するためにはずいぶんと高い技術が必要だった。もともと酒は、澱粉類を糖化させたものを発酵させて造るが、アルコール度数の高い酒を造るのは至難のわざだった。

もっとも原始的な酒の製法は口醸《くちか》みとされる。これは、粢《しとぎ》（水に漬して柔らかくした米）を、口でよく嚙み、唾液の作用で糖化させ、臼などの容器に吐き入れたものを、空気中の酵母によって発酵させたものである（小泉武夫氏の近著『くさいはうまい』〈角川ソフィア文庫〉に、酵母は空気中のものではなく、嚙み手の歯垢《しこう》に付着したものだとする説明があった。真偽のほどはわからない）。これが口醸みの酒である。「大隅国《おおすみのくに》風土記」佚文（『塵袋《ちりぶくろ》』所引）に、それについての詳しい記事が見える。

> 大隅の国には、一家に水と米とをまうけて、村につげめぐらせば、男女一所にあつまりて、米をかみて、さかぶねにはきいれて、ちりぢりにかへりぬ。酒の香《か》のいでくるとき、またあつまりて、かみてはきいれしものども、これをのむ。名づけて、くちかみの酒といふと。
>
> （「大隅国風土記」佚文）

酒を口醸みにするのは、東アジア一帯に広く分布する製法である。沖縄の島々では、近年まで神祭りの際に、この製法で酒を造っていた。これを汚いなどといってはいけない。米を嚙む者は歯を塩で磨き、白装束でこれにあたったという。いまはさすがに口醸みではなく、粢《しとぎ》を麹で発酵させて造る。白いトロリとした一夜酒である。これをミシャグと呼んでいる。一種の甘酒である。豊年祭《プーリ》のような夏の祭りだと、一升瓶に入れたミシャグの発酵が進んで、瓶の栓をポンポン飛ばすこともある。何度か体験したが、うまくできたものはなかなか美味である。

このミシャグもそうだが、麹で発酵させるのが、酒造りの基本になる。そこに酵母菌を加えてアルコール発酵を促す。その麹を用いた酒造りだが、これを大陸伝来の醸造法と伝えた話があるので、紹介しておく。これも『古事記』の例になる。

酒を醸《か》むことを知れる人、名は仁番《にほ》、亦《また》の名は須々許理《すすこり》等、参渡《まゐわた》り来《き》ぬ。故《かれ》、この須々許理、大御酒《おほみき》を醸《か》みて献りき。ここに、天皇《すめらみこと》、この献りし大御酒にうらげて（うきうきした気分になって）、御歌曰《みうたよ》みしたまひしく、

須々許理《すすこり》が　醸《か》みし御酒《みき》に　われ酔《ゑ》ひにけり
ことなぐし　ゑぐしに　われ酔ひにけり

（『古事記』中・応神記）

訳　須々許理が醸《かも》した御酒に　私はすっかり酔ってしまったことだ
無事の酒　喜ばしい酒に　私はすっかり酔ってしまったことだ

応神《おうじん》天皇の時代（五世紀頃）の話である。百済《くだら》からの文物や技術者の渡来を記す記事の中に、酒造りの技術が伝えられたことが述べられている。

ここには、須々許理《すすこり》という人物が、外来の新しい製法で酒をつくり、それを飲んだ天皇がすっかり酔っぱらってよい気持ちになったことが伝えられている。酔っぱらった天皇が歌ったとされる歌謡の「ことなぐし　ゑぐし」はよくわからないが、「無事の酒　喜ばしい酒」の意に解しておく。「われ酔《ゑ》ひにけり」と酔ったことを強調するのが理想の状態にあることの讃め言葉だった。「大御酒にうらげて」とあるウラグは、魂が霊的なものに依り憑《つ》かれたり、異世界を浮遊したりする状態を意味する言葉である。もとより悪い状態の形容ではなく、うきう

きした気分を表す。須々許理の酒は、そうした理想の状態に人を誘う力をもっていたことになる。この須々許理だが、『新撰姓氏録』などには、酒部公《さかべのきみ》の祖として「兄曽々保理《そそほり》」「弟曽々保理」の名が見えている。須々許理を朝鮮語読みするとススホリになり、須々許理と曽々保理は同一人物と考えられるという（鄭大声『食文化の中の日本と朝鮮』講談社現代新書）。

須々許理の伝えた酒は、麹を用いた製法によるものだったと見てよいが、麹による酒の製法がすべて外来であったかどうかについては、議論がわかれる。というのも、大陸と日本では麹の製法が餅麹とバラ麹というように、まったく異なるからである。その違いはカビの種類の違いを意味する。自然にできた麹を利用して酒を醸《かも》したとする伝承（『播磨国風土記』宍禾郡《しさはのこほり》庭音村《にはとのむら》条）もあるから、麹をもちいた製法のすべてを外来と見ることは、事実としてはたしかに問題が残るかもしれない。

麹を用いた製法によっても、酒造りには厳重な温度管理が必要とされた。適正な温度でないと、発酵がうまく進まないからである。甘酒を炬燵《こたつ》の中に入れて、発酵を進めた記憶をお持ちの方もあるだろう。発酵を進めるための、さまざまな呪術行為もあったらしい。発酵を促すために、酒を醸す桶の横で踊り狂うような所作を演じることもあった（『古事記』仲哀記）。

『万葉集』の次の歌にも、発酵を促し、よい酒を造るための呪術行為が歌われている。

焼大刀《やきたち》の稜《かど》打ち放《はな》ち大夫《ますらを》の禱《ほ》く豊御酒《とよみき》に我《われ》酔《ゑ》ひにけり　（巻六・九八九）

訳　火入れをしてよく鍛えた大刀の鎬《しのぎ》を抜き放って、雄々しい男子が祝福するこのすばらしい酒に、私はすっかり酔っぱらってしまったことだ。

題詞に「湯原王《ゆはらのおほきみ》の打酒《だしゅ》の歌一首」とある。「打酒」は、酒を飲むこと、酒宴を意味する。「打」は、中国の俗語で動作をなす意を示す言葉という。「稜打ち放ち」だが、勢いよく刀を抜き放ち、それを振ってよき発酵を願うような呪術行為があったのだろう。「稜」は、鎬《しのぎ》で、刀剣の刃とみねの間の稜《かど》立った部分をいう。

ここでは、そのようにして祝福されて造られたすばらしい酒（豊御酒）に、私はすっかり酔っ払ってしまったと歌っている。これは、宴の場の酒杯の取り交わしに際して歌われる歌で、主人の「勧酒歌《かんしゅか》」に対して「謝酒歌《しゃしゅか》」と呼ばれる。「我酔《ゑ》ひにけり」は、客が満足の意を示す定型句になる。

次のような歌もある。

酒を造れる歌一首

中臣《なかとみ》の太祝詞言《ふとのりとごと》言ひ祓《はら》へ贖《あか》ふ命《いのち》も誰《た》がために汝《な》れ

（巻十七・四〇三一）

訳 酒を造る歌一首

中臣の太祝詞言を唱えて祓えをし、幣《ぬさ》を手向けて祈願する命は誰のためか。お前のためだ。

大伴家持の歌。酒を醸す際に唱えた呪歌だろう。酒を上手に発酵させるため、祝詞《のりと》を唱え、祓《はら》えをして祈ったことが、この歌からわかる。「中臣の太祝詞言」とあるのは、祝詞の大半を中臣氏が管理したことによる。「命《いのち》」は、酒の無事な発酵をいうのだろう。最後の「汝れ」で、酒に呼び掛けている。

発酵が不安定なところから、これを占いに用いることもあった。それが「待酒《まちざけ》」である。「待酒」は、やってくる客を迎えるために醸す酒で、接待の酒のことだが、もともとは発酵の状態で待ち人の無事を占う呪的な意味があったらしい。『古事記』「仲哀記」に、禊《みそぎ》のため出向いた角鹿《つぬが》（現在の敦賀《つるが》）から大和に戻った応神天皇（即位前）を、母の神功皇后《じんぐう》が「待酒」を醸して迎えたという話が見える。『万葉集』にも、次のような歌がある。

君がため醸《か》みし待酒《まちざけ》安《やす》の野に独《ひと》りや飲まむ友なしにして　（巻四・五五五）

訳 あなたのために醸《かも》した待酒、その酒を安の野で一人飲むことになるのだろう。酌《く》み交わす友もないままに。

味飯《うまいひ》を水に醸《か》みなし我《あ》が待ちし効《かひ》はさねなし直《ただ》にしあらねば　（巻十六・三八一〇）

訳 美味なご飯を酒に醸《かも》して、私が待っていた代償とて少しもないことだ。直接の訪れではないので。

前者は、大宰大弐《だざいのだいに》（大宰府の上席次官）丹比県守《たじひのあがたもり》が、民部卿（民部省の長官）に転任して帰京する際、大宰帥《だざいのそち》大伴旅人《たびと》が贈った歌。あなたを待って醸した「待酒」も、あなたはもう戻って来ないので、安の野（大宰府東南の野）で、一人で飲むことになるのだろうかと歌っている。後者は、なかなか興味深い歌で、左注に、地方に赴任した男が帰京したのを聞いて、「待酒」を醸して待っていたものの、すでに別の女を妻としている男はやって来ず、ただ土産だけを届ける使いが来たので、それを恨んで詠んだ女の歌とある。いずれも、「待酒」の意味がよくわかる歌である。

◉酒造りは女の役割？

酒造りには特別な技術が必要とされたから、都ではそのための部署として「造酒司《さけのつかさ》」が置かれた。ここでは、酒・酢の類が造られた。諸国の国庁などにも、国厨《くにのくりや》が置かれるとともに、土器や織物、さらには武具などを制作するさまざまな生産工房が付設されていた（佐藤信『古代の地方官衙と社会』）。酒などを醸造する工房もあったに違いない。酒を醸造・販売する酒屋も、奈良時代には存在した。『万葉集』の次の歌には「酒屋」が歌われている。

梯立《はしたて》の　熊来酒屋《くまきさかや》に　ま罵《ぬ》らる奴《やつこ》　わし　誘《さす》ひ立て　率《ゐ》て来《き》なましを　ま罵《ぬ》らる奴《やつこ》　わし（巻十六・三八七九）

訳 梯立の熊来の酒蔵で、罵られている奴よ、ワシ、誘い出して、連れて来たいものを、罵られている奴よ、ワシ。

能登《のと》の地方民謡である。「熊来《くまき》」は地名で、現在の石川県七尾市中島町付近。七尾湾西湾の最奥部で熊木川が流れる。そこに「酒屋」があったのだろう。「ま罵《ぬ》らる奴《やつこ》」だが、なぜ罵られているのかわからない。酒造りに従事していた男が、酒を盗み飲みして見つかったのだろうとする説もある。「わし」は、囃子詞《はやしことば》らしい。

『日本霊異記《にほんりょういき》』にも、地方の民間の酒造りの話が見える。二話あるが、どちらも富豪層の女が、酒を醸造して売っていたという話である。一つ目は、紀伊国の話で、寺の基金のために寄進された米を岡田村主姑女《おかだのすぐりおばめ》という女のもとに寄託して酒を造らせ、それを売った代価を利息として基金を増やしていたというもの（中巻三十二縁）、二つめは、讃岐《さぬき》国の豪族の女が、酒を売る際、水を加えて売り（文字通りの水増しである）、不当に利ざやを稼いでいたために、生きながらに畜生道に墜《お》ちたという悪報譚（下巻二十六縁）である。前者の女の名の「村主《すぐり》」は、渡来系の姓だから、ひょっとすると大陸伝来の酒造りの技術を持っていたかもしれない。

『霊異記』には、きわめて貧しい女が、富豪層の男に求婚され、その際、絹と米とを与えられ、絹は衣服に仕立て、米は酒にするよう指示された話も見えている（中巻三十四縁）。先の二つの話と同様、これも女が酒造りに関係するから、酒造りの担い手はもともと女であった可能性があるように思われる。いまは希少な女の杜氏《とうじ》だが、古代においてはそうではなかったかもしれない。真偽のほどは不明だが、杜氏の語源を刀自《とじ》（一家の主婦）とする説もある。先の口醸《くちか》みの酒でも、沖縄の島々の場合は、未婚の若い女が醸《か》み手に選ばれたというから、女の酒造りの伝統はこのあたりにあるのかもしれない。

◉糟湯酒

酒造りの過程では、最後にもろみ（アルコール発酵した液体）を搾《しぼ》って酒に仕上げる。残った固形物が酒糟《さけかす》になる。そこにもアルコール分は残るから、貧しい者などはその酒糟を湯に溶かして飲んだ。それが糟湯酒《かすゆざけ》である。山上憶良《やまのうえのおくら》の「貧窮問答歌《びんぐうもんどうか》」に、その糟湯酒が見える。

風雑《まじ》り　雨降る夜《よ》の　雨雑《まじ》り　雪降る夜《よ》は　すべもなく　寒くしあれば　堅塩《かたしほ》を　取りつづしろひ　糟湯酒《かすゆざけ》
うち啜《すす》ろひて　咳《しはぶ》かひ　鼻びしびしに　しかとあらぬ　鬚《ひげ》かき撫《な》でて　我《あれ》を措《お》きて　人はあらじと　誇《ほこ》ろへど
（巻五・八九二）

……

訳 風まじりに雨の降る夜、雨まじりに雪の降る夜は、どうしようもないほど寒いので、堅塩《かたしお》を少しずつかじり、湯に溶いた糟酒《かすざけ》をすすっては、咳《せき》をし鼻をぐすぐすと鳴らし、さだかにあるわけでもない鬚《ひげ》をかき撫でては、自分以外に人物はいまいと威張ってはみるものの……

「貧窮問答歌」は、貧者と極貧者が貧窮について問答する体《てい》で構成されている。ここに掲げたのは、冒頭の貧者の述懐の部分。この貧者は、どうやら下級官人らしい。それというのも、堅塩や酒糟は下級官人に支給されることもあったからである（諸国の正税帳に見える）。どうしようもない寒さの中、堅塩を肴に、湯に溶かした糟湯酒でわずかな暖を取る貧者のさまは、なかなかにリアルである。

◉禁酒令

当時、禁酒令が何度か出ていることについても触れておきたい。それに関連する歌が、『万葉集』にあるので、まずはこれを紹介しておく。禁酒令の最中《さなか》、大伴坂上郎女《おおとものさかのうえのいらつめ》たち数人が、禁酒令の例外だとばかりに集まって、酒宴を開いたらしい。以下は、その時の歌である。酒杯に浮かべた桜を詠んだ坂上郎女の歌への唱和歌である。歌い手が誰かはわからない。

官《つかさ》にも許し給へり今夜《こよひ》のみ飲まむ酒かも散りこすなゆめ　（巻八・一六五七）

右、酒は官《くわん》に禁制《きんせい》して称《い》はく「京中閭里《けいちゆうりより》に集宴《しふえん》すること得ざれ。但し、親親《しんしん》の一二《ひとりふたり》の飲楽《いんらく》することは聴《ゆ》許《る》す」といへり。これによりて、和《こた》ふる人、この発句《はつく》を作れり。

訳　お役所にもお許しになっていることだ。今夜ばかり飲む酒だろうか。だから散ってくれるな、決して。

右は、酒は役所で禁制を出して言うには、「都の中、村里の中で宴会をしてはならない。ただし、親しい者が一人二人で飲み楽しむことは許可する」といっている。これによって、（坂上郎女の歌に）唱和した人が、この上句（「官にも許し給へり」）

＝

を作った。

右にも記したように、当時、禁酒令が何度か出ている。災禍などの際の大赦に関連して発せられる禁酒令もあるが、その目的はどうやら集会を禁止し、無用な政治批判を抑えるところにあったらしい。ここでも、飲酒そのものが禁じられているのではなく、「親親《しんしん》の一二《ひとりふたり》の飲楽《いんらく》」は許されていたことに注意したい。橘奈良麻呂の変の直後にも禁酒令が出されている（『続日本紀』天平宝字二年〈七五八〉二月二十日条）。これも濫《みだ》りに飲酒・集会することを禁じているが、そこには「同悪相聚《あひあつま》りて、濫《みだ》りに聖化を非《そし》」ることを禁ずとあり、その主眼が政治批判（具体的には、前年の橘奈良麻呂の変によって、大伴・佐伯氏などの保守派を徹底的に弾圧した藤原仲麻呂に対する批判）を目的とする集会を禁止することにあったのはあきらかである。悪名高いアメリカの禁酒法（一九二〇年）も、飲酒者の多いカトリックの勢力拡張を防ごうとするプロテスタント側の意図が背後にあるらしいから、禁酒令はどうやら政治的な意図を多分に含むものらしい。

◉大伴旅人の「酒を讃《ほ》むる歌」

酒の歌の最後に、大伴旅人の「酒を讃《ほ》むる歌」をながめてみたい。第一章で述べたように、大伴旅人が大宰帥《だざいのそち》に任じられたのは、左遷人事の結果であった。それゆえ、旅人はしばしば望郷（京）の思いを口にしている。もっとも、この大宰府赴任が、山上憶良との出逢いを生み、互いの資質を伸ばすような結果をもたらしたこと、現実的な憶良に対して、浪漫的な旅人という資質の違いが、そこに際やかに現れたことについても、そこで述べた。

旅人はまた、老荘的な世界へ浸り込み、脱俗的な風流の中に逃れることで、体制から疎外されたわが身の不遇を韜晦《とうかい》しようとするような歌も残している。大きくいえば、これも浪漫的な資質の現れと見ることもできる。そうした歌の典型が「酒を讃《ほ》むる歌（讃酒歌）」である。全部で十三首ある。

大宰帥大伴卿《だざいのそちおほとものまへつきみ》の酒を讃《ほ》むる歌十三首

①験《しるし》無き物を念《おも》はずは一坏《ひとつき》の濁《にご》れる酒を飲むべく有るらし　（巻三・三三八）

訳 思ったところでどうにもならない物思いをせずと、一杯の濁り酒を飲むのがよいらしい。

「験《しるし》」は、表面に現れた結果のこと。思ったところでどうにもならないことを「験《しるし》無き物」と呼んだ。「一坏《ひとつき》の濁《にご》れる酒」の「坏」は、土器の杯。「濁れる酒」は、糟を漉《こ》さない白濁した酒で、どぶろくのこと。短期間で発酵させるため、今日の酒に比べて甘く、アルコール度数は低い。

②酒の名を聖《ひじり》と負《おほ》せし古昔《いにしへ》の大《おほ》き聖の言《こと》の宜《よろ》しさ　（巻三・三三九）

訳 酒の名を「聖」と名づけた昔の大聖人の言葉の結構なことよ。

二首目は、中国の故事をうたっている。魏《ぎ》の曹操《そうそう》（一五五～二二〇）が出した禁酒令を犯して酒を飲んだ徐邈《じょばく》（一七一～二四九）が、泥酔して尋問にあい「聖人に中《あた》れり」と陳弁したという話。当時の人士は清酒を「聖人」、濁酒を「賢人」と密かに呼んだという。「大き聖」とは徐邈を指す。

③古《いにしへ》の七《なな》の賢《さか》しき人たちも欲《ほ》りせし物は酒にし有るらし　（巻三・三四〇）

訳 昔の七人の賢人たちも欲しいと思ったものは酒であるらしい。

ここで旅人は、俗世間を離れて山野に隠遁した漢末から六朝時代の隠者にわが身を擬している。三首目に見える「古の七の賢しき人たち」は、そうした隠者の代表ともいうべき「竹林《ちくりん》の七賢《しちけん》」を指す。晋代、世俗を避けて竹林で音楽と酒を楽しみ清談した阮籍《げんせき》（二一〇〜二六三）以下七人の隠者である。隠者にとって、酒は無二の友ともいうべき飲み物だった。こうした隠遁思想の背後に老荘思想があるのはいうまでもないことだが、隠者たちの行動は現実からの高踏的な逃避という以上に、当時の政治状況に対する抵抗の現れであることをも考慮する必要がある。そうした批判の意識は旅人にも共感をもって受け継がれている。

④賢《さか》しみと物言ふよりは酒飲みて酔《ゑ》ひ哭《な》きするしまさりたるらし　（巻三・三四一）

訳 りこうぶってものを言うよりは、酒を飲んで酔い泣きをするのがずっとまさっているらしい。

読んでそのままの歌である。りこうぶる俗物への徹底した嫌悪が現れている。「酔《ゑ》ひ哭《な》き」は、必ずしも醜態を意味するわけではないが、その陰には人生の苦さが現れているともいえる。

⑤言はむすべ為《せ》むすべ知らず極《きは》まりて貴《たふと》き物は酒にし有るらし　（巻三・三四二）

訳 口にする方法も、なすべき手だてもわからないほどに、無上に貴いものは酒であるらしい。

これはわかりやすい。酒への無上の讃美を歌っている。

⑥なかなかに人と有らずは酒壺《さかつぼ》に成りにてしかも酒に染《し》みなむ　　（巻三・三四三）

訳　中途半端に人であるよりは酒壺になってしまいたいものを。そうしたら酒に染《し》みていられよう。

六首目も中国種。呉の孫権《そんけん》（一八二〜二五二）に仕えた鄭泉《ていせん》（生没年未詳）が死に臨み、遺体が土に化して酒壺に作られるよう窯《かま》の側に埋めよと遺言したという『呉志』の故事を踏まえる。

⑦あな醜《みに》く賢《さか》しらをすと酒飲まぬ人をよく見れば猿にかも似る　　（巻三・三四四）

訳　ああ醜いことだ。りこうぶって酒を飲まない人をつくづく見ると猿にも似ていることだろうか。

この歌も、四首目の「賢《さか》しみと物言ふ」人への批判だが、それよりももっと言い方がきつい。阿諛佞便《あゆねいべん》（追従《ついしょう》、おべっか）を事として小賢《こざか》しく振る舞う俗物への徹底した嫌悪が現れている。都の誰か特定の人物を念頭に置いているのかもしれない。なお、この歌は初句切れ（「あな醜《みに》く」で切れる）の初出とされる。

⑧価《あたひ》なき宝《たから》といふとも一坏《ひとつき》の濁《にご》れる酒にあにまさめやも　　（巻三・三四五）

訳　値のつけられぬ宝珠といっても、一杯の濁り酒にどうしてまさることがあろう。

「価なき宝」は、仏典（『法華経』など）に見える「無価宝珠」の訳語。その「宝珠」よりも「一坏の濁れる酒」の方が価値があるというのである。

⑨夜光《よるひか》る玉と言ふとも酒飲みて心を遣《や》るにあに及《し》かめやも （巻三・三四六）

訳 たとえ夜光る玉であったとしても、酒を飲んで気鬱を晴らすことにどうして及ぼうか。

前の歌と同想。「夜光る玉」は、夜も光を放つ玉で「夜光珠」「夜光璧」の訳語。『文選』ほか漢籍に多く見える。

⑩世間《よのなか》の遊びの道に冷《すず》しくは酔《ゑ》ひ泣きするにあるべかるらし （巻三・三四七）

訳 俗世間の風雅の道に心楽しまずにいるよりは、酔い泣きするのがよいようであるらしい。

「世間」は仏教語で、俗世間を意味する。「遊びの道」は、風雅の道で、琴棋書画《きんきしよが》（琴と碁と書と画の四芸。中国では士君子の余技とされた）の類をいう。それにも心が荒涼として楽しまないというのは、高踏的な隠者にふさわしいともいえるが、「世間の遊びの道」という言い方には、そもそも否定的なニュアンスが感じられる。

⑪今代《このよ》にし楽しく有らば来《こ》む生《よ》には虫にも鳥にも吾《われ》は成りなむ （巻三・三四八）

訳 この現世でこそ楽しくあるならば、来世では虫にでも鳥にでも私はなってしまおう。

「来む生《よ》には」という言い方には、仏教的な輪廻転生《りんねてんしょう》の思想が見られる。とはいえ、肯定的には受けとめられていない。反対に、この世の刹那的な享楽の謳歌《おうか》を慫慂《しょうよう》している。ただし、ここでもその奥にある旅人の苦い思いを見なければならない。

⑫生ける者遂《つひ》にも死ぬる物に有れば今生《このよ》なる間《ま》は楽しくを有らな　（巻三・三四九）

訳　生きている者もついには死んでしまう定めなのだから、現世にいる間は楽しく生きていたいものだ。

これも前の歌と同想。ここでも、生者必滅《しょうじゃひつめつ》の仏教思想が現れる。ここの「楽しく」には、解放感とは裏腹な感情が澱《おり》のように残る。

⑬黙然《もだ》をりて賢《さか》しらするは酒飲みて酔《ゑ》ひ泣きするになほ如《し》かずけり　（巻三・三五〇）

訳　余分なことは何も言わずにりこうぶるのも、酒を飲んで酔い泣きするにはやはり及ばないことだった。

「黙然をりて」とあるが、四首目には「賢しみと物言ふよりは」とあった。ここでは「物言ふ」どころか沈黙すらも「賢しら」の行為として否定されている。その上での「酔ひ泣き」だから、そこにはさらに深い絶望感が示されることになる。

結果として、右の十三首には、「酔ひ泣き」への沈潜を通して、体制から疎外されたわが身のありようを、どこか戯画化し、わが身の不遇を韜晦しようとする姿勢が見られる。消極的な抵抗には違いないが、酒の歌として見れば、この十三首は酒への無上の讃美になる。まことに「酒は憂《うれ》ひの玉箒《たまばはき》」(蘇軾《そしょく》「洞庭春色詩」)であり、そこに「酒を讃《ほ》むる歌(讃酒歌)」と名づけた理由があろう。

万葉樵話…十五

『万葉集』に「猫」はいない

〈付・猫の文学史〉

◉『万葉集』に見える鳥獣

『万葉集』にはたくさんの動物が登場する。鳥類では、ホトトギス・鶯・鴨・千鳥・雉・鶴などの名が見える。ホトトギスがもっとも多いが、『万葉集』の編者大伴家持《おおとものやかもち》が、偏愛ともいえるほどに愛好した鳥であったためかもしれない。月に向かって鳴くホトトギスは、家持固有の像で、『万葉集』の中でも異彩を放っている。

〓ぬばたまの月に向かひて霍公鳥《ほととぎす》鳴く音遥《おとはる》けし里遠《さとどほ》みかも　（巻十七・三九八八）

訳 ぬばたまの（「月」にかかる枕詞）月に向かって霍公鳥の鳴く声が遥かに聞こえる。里から遠くで鳴くからだろうかなあ。

題詞には、天平十九年（七四七）四月十六日の夜、遠く遥かに鳴く霍公鳥《ほととぎす》の声を聞き、思いを述べた歌とある。当時、家持は越中守《えっちゅうのかみ》だった。この霍公鳥の像は、月に向かって啼《な》く猿を詠じた唐詩の影響があるのではないかとする説もある。

注意すべきは鶴で、『万葉集』では、必ずタヅと呼ばれる。タヅはツルの歌語（歌言葉）だった。タヅの音《おと》には、タヅタヅシの語感に通ずるところがある（森朝男「『たづ』は鶴にあらず」『まひる野』一九八九年九月）。タヅタヅシは、現代語のタドタドシイにあたる。タはテ（手）の母音交替形で、そこから手探りで何かを尋ね求めるような意味合いも生まれる。旅の歌にタヅ＝鶴が歌われる場合、前途への不安がそこに象徴化されることになる。

〓桜田《さくらだ》へ鶴《たづ》鳴き渡る年魚市潟《あゆちがた》潮干《しほひ》にけらし鶴鳴き渡る　（巻三・二七一）

＝訳　桜田の方に鶴が鳴き渡っていく。年魚市潟は潮が引いたらしい。鶴が鳴き渡っていく。

「高市連黒人《たけちのむらじくろひと》の羈旅《たび》の歌八首」と題された歌の中の一首。「桜田」は、現在の名古屋市南区元桜田町あたりで、「年魚市《あゆち》潟《がた》」は、その先の岸辺になる。いまでは想像もつかないが、当時は遠浅の入海になっていたらしい。遠く鳴き渡って行くタヅは、異土にあることの不安を象徴させる響きをもった。こうした歌が、鶴の歌の典型例になる。

魚類では、鮎がよく歌われている。鮎は「年魚」と表記されることが多いが、それは鮎が一年魚（孵化後一年で寿命を終える）だからである。吉野の鮎など、ずっと朝廷に献上され続けた。

興味深いのは、鯨（実際は哺乳類だが）を歌った歌が何首か見られることで、鯨の捕獲は実際にもあったのだろう。『万葉集』では、クヂラでなくすべてイサナと呼ばれている。文字に書けば「勇魚」になる。もっとも、クヂラの呼称がなかったわけではなく、『古事記』の歌謡にもクヂラが出てくる。壬申《じんしん》の乱の近江方の武将に「廬井造鯨《いほゐのみやつこくぢら》」という人物もいた。どういう命名意識によったのか、知りたい気もする。おもしろいのは、琵琶湖について「鯨魚取《いさなと》り　近江《あふみ》の海を（鯨を捕るというこの近江の海を）」（巻二・一五三）と歌った例があることで、これだと淡水湖である琵琶湖にも鯨がいたことになる。琵琶湖も「海」と同じに見られていたから、こうした表現も生まれたのだろう。実際に鯨が棲んでいたわけではない。

家畜類や獣類も動物だが、馬鹿《ばか》の語呂合わせではないが、その代表格は馬と鹿であろうか。その鹿だが、猪とともにシシと呼ばれた。シシとは、食肉獣（人が食肉とするための獣のことで、肉を食性とする肉食獣とは意味が異なる）の総称で、その代表格が鹿（シカ・カ）と猪（ヰ）だった。鹿をカノシシ、猪をヰノシシと呼んで区別したが、いまはイノシシだけにその名が残る。
想像上の動物も見える。虎やミヅチ（鮫龍）である。虎を想像上の動物とするのはおかしいが、日本にいる動物ではないから、大陸伝来の絵図などからその姿を想像したのだろう。虎の皮も渡っていたから、それを見て実物を思い描いたかもしれない。「韓国《からくに》の　虎といふ神を」（巻十六・三八八五）という例からも、そのことが理解される。「韓国」のカラは、朝鮮半島や中国の総称。ここには「虎といふ神」とあり、神聖な動物として観念されていたことがわかる。畏怖の念もあっただろう。ミヅチは、水《み》ツ霊《ち》で、水の霊。龍の姿を想像したらしい。蛇に似て四足あるという。これも絵図などを通しての理解だろう。虎とミヅチを詠《よ》み込んだ歌がある。

虎に跨《の》り古屋《ふるや》を越えて青淵《あをふち》に蛟龍《みづち》取り来《こ》む剣大刀《つるぎたち》もが　（巻十六・三八三三）

訳　虎に乗って古屋を飛び越えて、青淵に棲む蛟龍《みづち》を捕らえて来るような剣大刀がほしいものよ。

以前にも取り上げた歌である。歌の作者の境部王《さかいべのおおきみ》は、穂積親王《ほづみのみこ》（?～七一五）の子で、『懐風藻』にもその詩が残る。題詞に、数種の物を詠み込んだ歌とあるが、どうやら恐ろしい物ばかりを選んでいるらしい。
獣類に属するが、ムササビを取り上げた歌が三首あり、その中に詠まれた背景がなかなかおもしろい例があるので、紹介しておく。

（天平）十一年己卯《きばう》、天皇（聖武）の高円《たかまと》の野に遊猟《みかり》したまひし時に、小《ちひ》さき獣《けもの》都里《みやこ》の中《うち》に泄走《せつそう》す。ここに、適《たまさか》に勇士《ますらを》に値《あ》ひて生きながらにして獲《と》らえぬ。即《すなは》ちこの獣を以《も》ちて御在所《おましところ》に献上《たてまつ》るに副《そ》へたる歌一首

〔獣の名は、俗《よ》にむざさびといふ〕

大夫《ますらを》の高円山《たかまとやま》に迫《せ》めたれば里に下《お》り来《け》るむざさびそこれ　（巻六・一〇二八）

右の一首は、大伴坂上郎女《おほとものさかのうへのいらつめ》の作なり。但《ただ》し、未《いま》だ奏《そう》を逕《へ》ずして小さき獣死に斃《たふ》れぬ。これによりて、歌を献《たてまつ》ることを停《とど》む。

訳 天平十一年（七三九）、聖武天皇が高円の野で遊猟なさった時に、小さな獣が京の市中に逃げ出した。その時たまたま勇士に遭遇して、生きながらに捕らえられてしまった。そこで、この獣を天皇の御座所に献上するのに添えた歌一首〔獣の名は、世間ではむささびという〕

官人たちが高円山に追いつめたので里に下りて来たむささびだ、これは。

右の一首は、大伴坂上郎女の作である。ただし、まだ奏上を経ないうちに小さな獣は死んでしまった。そのため、歌を献上することを中止にした。

題詞や左注に記されているように、聖武天皇が高円《たかまと（ど）》の野（奈良市の三笠山・春日山の南に連なる高円山山麓の野）で遊猟した際、追われて市中に逃げ出したムササビ（当時はムザサビといった）を生け捕りにして、歌を添えて天皇に献上しようとしたところ、ムササビが死んでしまったので、沙汰止みになってしまったというのが、その背景になる。高円の野は、高円山西麓一帯に広がる野で、聖武天皇の離宮もそこにあった。

大伴坂上郎女《おおとものさかのうえのいらつめ》は、家持の叔母で、『万葉集』の女性歌人の筆頭に位置する。大伴旅人《たびと》亡き後は、佐保大納言《さほだいなごん》家《け》（旅人の父安麻呂《やすまろ》から続く大伴氏の嫡流の家柄）を取り仕切るような役割を務めていたから、こうした歌を天皇に献上する役割を帯びていたとしても不思議ではない。

聖武天皇の遊猟だが、そこから興味深い問題も見えてくる。聖武天皇は、仏教に深く帰依し、神亀五年（七二八）以降、しばしば殺生禁断の詔を発しているからである。遊猟が殺生禁断に抵触する行為であるのはいうまでもない。ところが、『続日本紀』を見ていくと、この歌の詠まれた前後、狩猟への関心が大いに萌《きざ》したらしく、しばしば関連記事が現れる。

殺生禁断の詔が最初に出された神亀五年の前年にも、遊猟の場から追い立てられた鹿が人里に逃げ込んだ話が、『日本霊異記』に残されている。その鹿を捕らえて食べてしまった里人が罪に問われることになったが、大安寺の丈六の仏（大安寺は、南都七大寺の一。丈六は、一丈六尺〈約四・八五メートル〉で、仏の身長とされる）に帰依することで、その難を逃れたという話である。これも聖武天皇の狩猟愛好を語る話の一つと見ることもできる。

◉『万葉集』の犬

人間にとってもっとも身近な動物は、犬であろうか。ところが、『万葉集』には、犬の例は三例しか見えない。しかも、一例は単なる喩《たと》えに用いているだけだから、犬そのものを歌っているのは二例に過ぎない。ここでは一例だけ挙げておく。

垣越《かきご》しに犬呼び越《こ》して鳥狩《とが》りする君　青山の繁《しげ》き山辺《やまへ》に馬休《やす》め君　（巻七・一二八九）

訳　垣越しに犬を呼び越えさせて鷹狩りをする若君よ。青山の葉の繁る山のほとりで馬を休めなさい、若君よ。

歌体は旋頭歌《せどうか》。これも狩猟の歌で、犬は猟犬だろう。その猟犬が垣の内に入り込んだので、それを主人が呼び返しているのだろう。馬に乗る主人は、どうやら土地の豪族の若君らしい。身分の高い者でなければ、当時は馬には乗れなかった。貴人をウマヒトと呼ぶのは、馬に乗る人だからとする説明もある。民間語源説ではあるが、実態としてはあたっている。この歌は、もともとは女集団の労働歌に近いものだったらしい。「馬を休めなさい」と呼び掛けているのは、その若君が彼女たちの憧れの対象であったからだろう。

『万葉集』は、漢字の音訓を利用して歌を書き表すが、その文字表記の中に戯書と呼ばれるものがある。「十六」で「猪《しし》」を示す例などがよく知られている。掛け算の「四四《しし》＝十六」を利用した洒落である。その戯書に、犬や馬の呼び声を利用した文字表記があって、これがなかなか面白い。「杣《そま》」の意で「追馬《そ》喚犬《ま》」と表記した例、「真《ま》澄鏡《そかがみ》」の意で「犬馬《まそ》鏡」と表記した例がそれだが、ここから当時、犬や馬を呼び立てる際に、マとかソと言っていたことが知られる。今なら馬にドウドウと声を掛けるようなものだろう。

このように、『万葉集』に見える犬の例は少ないのだが、『日本書紀』には実に興味深い犬の話が見える。崇仏派と廃仏派の争いで知られる蘇我《そが》氏と物部《もののべ》氏の争いに関連した話である。この争いは、物部守屋《もののべのもりや》の死によって決着するが、「崇峻《すしゅん》即位前紀」は、守屋の従者捕鳥部万《ととりべのよろず》の奮戦譚を異例なほど詳しく伝えている。配下を失い、たった一人になった万《よろず》は、知謀の限りを尽くして戦うが、刀折れ矢尽き、自ら頸《くび》を刺して最期を遂げる。万の余りの武勇を恐れた朝廷（蘇我氏側）は、その霊が復活することを恐れ、遺骸を八つに斬り、諸国に散らして梟《くしさ》す（木などに掛けて梟《さら》す）よう命ずる。万には飼い犬（白犬）がいたが、その犬は遺骸の側《そば》を離れず、ついにはその頭を咥《くわ》え挙げて古墓の中に収め、その前を動かぬまま餓死してしまう。その報《しら》せを受けた朝廷は、飼い犬の忠義をほめ、改めて墓を設けて、万と犬とを葬ったという。忠犬ハチ公の古代版といったところだろうか。この記事の直後にも、類似の話が記されているから、当時、こうした忠犬の話がさまざまに語り継がれていたことがわかる。

◉猫の初出例

『万葉集』に用例は少ないものの、犬が身近な動物であったのはたしかだろう。猫もそうした動物であるはずだが、『万葉集』に猫は出てこない。それどころか、『古事記』『日本書紀』『風土記』などの上代文献にも、猫の姿はまったく見られない。これはなぜなのか。

猫はもともと南方系の動物で、エジプト、ペルシャ方面がその原産地とされる。猫が暖所を好むのはその証しという。童謡「雪」にも「猫は炬燵《こたつ》で丸くなる」と歌われている。日本には、七世紀頃に中国から渡来したらしく、それ以前には猫はどうやらいなかったらしい。二〇〇八年、壱岐《いき》のカラカミ遺跡から弥生時代の猫の骨が発見されたが、壱岐は大陸とのつながりがつよいから、日本本土に猫がいたことの証拠にはならないように思われる。

そこで、以下、「万葉樵話」の題からは外れるが、『万葉集』には見えない猫について述べてみることにしたい。「猫の文学史」と付した所以《ゆえん》でもある。

文献上の猫の初出例は、『日本霊異記《にほんりょういき》』である。日本最初の仏教説話集で、平安時代の初期に成立した。もっとも、話の大半は奈良時代を舞台としている。そこに、次のような話が見える。現代語の要約で示す。

訳 豊前《ぶぜん》国宮子《みやこ》郡（福岡県京都《みやこ》郡）の郡司であった膳臣広国《かしわでのおみひろくに》という人物が急死し、三日後に生き返る。あの世で広国は、いまは地獄に堕《お》ちた亡き父と出会い、そこでの凄絶な責め苦のさまを聞かされる。亡者は、一年に何度かこの世に戻ることが許され、広国

の父も七月七日（いまのお盆の時期に対応する）には大蛇となって、五月五日には赤犬となって、正月一日には猫になって、広国のもとに戻って来るが、前二回は容赦なく追い返されてしまい、猫になってやって来た時だけ、ご馳走を腹一杯食べることができた。

（『日本霊異記』上巻三〇縁）

ここで注意したいのは、猫になってやって来た時だけご馳走に恵まれたとあることで、これは、猫が大陸渡来のめずらしい動物とされていたことが理由だろう。この記事が猫の初出例とされるが、問題がないわけではない。その用字に「狸」とあるからである。この「狸」をネコと訓《よ》んでよいのは、訓釈《くんしやく》（『霊異記』に付された訓み）に従った結果だが、漢語の「狸」にもヤマネコやネコの意があるとされるから、猫と見てよいとするのが通説になっている。中村禎里《ていり》氏の『日本動物民俗誌』（海鳴社）、『狸とその世界』（朝日選書）によると、もともと「狸」は、タヌキのみならず、野生中型哺乳類の漠たる呼称であったらしい。タヌキ・イタチ・クサイナギ（野猪）・アナグマ・ヤマネコのような動物に「狸」の文字が当てられたという。それゆえ、ここでもこれを猫の初見例としておく。

◉猫を偏愛した宇多天皇

猫は、平安時代に入ってからも、めずらしい動物として大切にされた。宇多《うだ》天皇（八六七〜九三一）が猫を鍾《しよ》愛《うあい》したことはよく知られている。『宇多天皇御記《ぎよき》（寛平御記《かんぴようぎよき》）』寛平元年（八八九）十二月六日条に、その偏愛ぶりが記されている（『河海抄』所引）。ただし、鍾愛といっても、猫一般についてではなく、父帝光孝《こうこう》天皇から譲り受けた黒猫に対してである。その黒猫の描写が目を引く。ここも、現代語に置き換えて要約する。

訳 この猫は漆黒の色で、身体の長さは一尺五寸（約四十五センチ）、高さは六寸ほど（約十八センチ）。伸びをすると、弓を張ったようになる。瞳はキラキラと輝いて、針のように光り、耳は匙《さじ》のようにまっすぐに立って、揺るがない。伏す時には丸くなって足も尾も見えず、まるで洞穴の中の黒い宝玉のようである。歩く時にはひっそりと音も聞こえず、あたかも雲上の黒龍のようである。

（『宇多天皇御記』）

このような描写を続けた後、この猫がよく鼠《ねずみ》を捕ること、さらに毎朝「乳粥《ちちがゆ》」を与えていると記している。

「乳粥」とはどのようなものなのか。お釈迦さまが、生死の淵に立つような苦行を六年にわたって続けた後、身体的な苦行のみでは悟りを得られぬことを自覚し、疲労困憊《こんぱい》の体《てい》で森から現れた際、スジャータという少女が「乳粥」を献じたという話が伝えられている。「乳粥」は、ライスプディングに近いものともいうが、よくわからない。コーヒー・クリームのスジャータの商品名は、これに由来するという。

さて、宇多天皇は猫に向かい、心があるならきっと自分のことをわかってくれているに違いないと語りかけたところ、猫は嘆息して首を挙げ、天皇の顔を見つめ、胸がいっぱいの様子ではあったが、ついに物言うことはできなかったと記している。

当時の日記としては実に異例な内容である。これもまた、猫がいかに珍重されたかを裏づける記事といってよい。

◉平安時代の文学と猫

宇多天皇の日記以上によく知られているのは、『枕草子』の翁《おきな》まろの段（「上に候ふ御猫は」）の記事であろう。平安時代中期になっても、依然として猫が大切に飼われていたことが、そこからうかがえる。大切にと記したが、それへの寵愛ぶりは、むしろ常軌を逸しているともいえる。

翁まろの段はきわめて長大なので、ここも要点のみを紹介する。

翁まろは、宮中で飼われていた犬の名である。一条天皇（九八〇〜一〇一一）は、一匹の猫を大切に飼っていた。その溺愛ぶりが尋常ではない。当時、宮中には数匹の猫が飼われていたらしいが、そのうちの一匹が子を産む。天皇は、あろうことか、産まれた子猫を五位に叙爵して、「命婦《みやうぶ》のおとど」の名を与え、さらに馬命婦《うまのみようぶ》という名の女官を、その乳母《めのと》（養育係）に任じた。以下、原文を引用する。

上《うへ》に候《さぶら》ふ（主上のお側に伺候《しこう》している）御猫は、かうぶりにて（五位に叙爵されていて）、命婦《みやうぶ》のおとどとて、いみじうをかしければ、かしづかせたまふが（大切に世話をなさっておられる、その猫が）、端《はし》（縁先）に出《い》で臥《ふ》したるに、乳母《めのと》の馬命婦《むまのみやうぶ》、「あなまさなや（まあ、そんなところに寝ていては、よくありません）、入りたまへ」と呼ぶに、日のさし入りたるに、ねぶりてゐたるを、おどすとて、「翁《おきな》まろ、いづら。命婦のおとど食へ（翁まろはどこ、命婦のおとどに食いつきなさい）」と言ふに、まことかとて、痴《し》れ者（愚か者の翁まろ）は走りかかりたれば、おびえまどひて、御簾《みす》の内に入《い》りぬ。朝餉《あさがれひ》の御前《おまへ》に（朝食をおとりになるお部屋に）、上《うへ》（主上）おはしますに、御覧じて、いみじうおどろかせたまふ。猫を御懐《ふところ》に入れさせたまひて、をのこども（殿上にいる男たち）召せば、蔵人忠隆《くらうどただたか》、なりなかまゐりたれば、「この翁まろ打ちてうじて（打ち懲らして）、犬島へつかはせ、ただいま（いますぐに）」と仰せらるれば、あつまり狩りさわぐ。馬命婦をもさいなみて（責めて）、

「乳母替へてむ（乳母を替えてしまおう）。いとうしろめたし（ひどく心配だ）」と仰せらるれば、（馬命婦は）御前にも出でず。犬は狩り出でて、滝口《たきぐち》（警護の武士）などして、追ひつかはしつ（追放してしまった）。

（『枕草子』「上に候ふ御猫は」）

後日譚がさらに続くが、省略する。この事件は、どうやら事実であったらしく、当時の記録にも、産まれた猫のために乳母を任じたことが見えている。藤原実資《さねすけ》（小野宮右大臣と通称、関白実頼の養子）の日記『小右記《しょうゆうき》』長保元年（九九九）九月十九日条には、次のように記され、この一件をずいぶんと批判的に捉えている。

内裏の御猫子を産む。女院・左大臣・右大臣産 養《うぶやしなひ》の事有り。……猫の乳母馬命婦。時人之《これ》を咲《わら》ふと云々《しかしか》。奇恠之事、天下目を以ってす（目を剝《む》いた）。若《も》し是《こ》れ徴《しるし》有るべきか（何か根拠のあることなのか）。未《いま》だ禽獣《きんじう》の人の礼を用ふるを聞かず。嗟乎《ああ》。

（『小右記』）

産養いは、産後の祝いだが、実資は、左右の大臣が、猫の子にこれを率先して行ったことに疑問の目を向けている。お追従《ついしょう》だというのである。乳母を任じたことも、世間の物笑いだとしている。これらは、本来は「人の礼」であり、動物ごときにそれをするのは何たることか、というのだろう。

ここには五位叙爵のことは見えないが、これもおそらく事実と見てよい。五位以上は、貴族の待遇とされるから、あまりにも破格である。猫は殿上で飼われるので、殿上人と同様の資格を与えたとする理解もある。なお、萩谷朴《はぎたにぼく》氏は『枕草子解環　一』（同朋社）で、叙爵され「命婦のおとど」と呼ばれたのは母猫のことと見ているが、ここでは子猫と解しておく。「命婦」は、内命婦《うちのみようぶ》（五位以上に叙爵された婦人）の意だろう。「おとど」は、貴婦人への敬称である。

『枕草子』の事件は、子猫が生まれて半年後、長保二年（一〇〇〇）三月中旬頃のことと推定されている。翁まろが流されたとされる「犬島」がどこなのかは判然としない。萩谷氏は、前掲書で、淀川近辺にあった島で、野犬収容施設があったのではないかとする。『如願法師集《によがん》』に「犬島や中なる淀の渡し守」とあることが根拠とされるが、島はともかく、そのような施設がありえたかどうかは、疑問も残る。

『枕草子』と同時代の『源氏物語』にも、猫が物語の進行上重要な役割を果たしている場面が見える。「若菜上・下」巻である。ここでも、猫が宮中で大切に飼われていたことがうかがえる。

ある年の三月、光源氏の邸宅・六条院で、蹴鞠《けまり》の遊びが催された。光源氏の妻妾たちも、御簾《みす》の陰でその様子を見物していた。その時、女三宮《おんなさんのみや》のもとで飼われていた小さな唐猫《からねこ》が、大きな猫に追いかけられ、御簾の外に逃げ出した。猫を唐猫と呼ぶのは、中国渡来であることが意識されていたからだろう。当時、猫は長い紐を付けて飼っていた。猫が逃げる際、その紐が御簾に引っかかり、撥《は》ね上げられたその隙間《すきま》から、柏木《かしわぎ》が女三宮の姿を見てしまう。女三宮は朱雀《すざく》院の愛娘《まなむすめ》で、その将来の安定をはかるため、朱雀院が婿選びをしたことがあった。柏木はその候補者の一人であり、またつよく女三宮との結婚を望んでいた。結局は、光源氏への降嫁《こうか》が決まってしまうが、柏木は女三宮への思いを断ち切ることができずにいた。偶然、女三宮の姿を垣間見《かいまみ》て、柏木の恋慕の情はますます抑えられなくなる（「若菜上」）。

柏木は、女三宮の異母兄弟である東宮を促し、女三宮のもとから唐猫を譲り受ける。以下、原文を引用する。

つひにこれ（唐猫）を尋ねとりて、夜もあたり近く臥せたまふ。明けたてば、猫のかしづきをして（世話をして）、撫《な》で養ひたまふ。人げ遠かりし心（人見知りする心）もいとよく馴《な》れて、ともすれば衣《きぬ》の裾にまつはれ（じゃれつき）、寄り臥し、睦《むつ》るるを（むつまじくするのを）、まめやかにうつくしと思ふ（心から可愛いと思う）。（柏木が）いといたくながめて、端近く寄り臥したまへるに、来てねうねうといとらうたげに鳴けば、かき撫でて、うたてもすすむかな（いやに心の急《せ》かれることよ）、とほほ笑《ゑ》まる。

（『源氏物語』若菜下）

ここで、猫が「ねうねう」と鳴くのを、柏木が「うたてもすすむかな」と思ったとあるのは、猫の鳴き声「ねうねう」を「寝《ね》う（む）寝う（む）（寝よう＝共寝しよう）」の意に聞きなしたからである。その後、柏木は女三宮と密通し、身の破滅を招くことになる。

それはともあれ、平安時代中期に至っても、猫が大陸伝来の貴重な動物として大切に飼われていた様子をうかがうことができる。

●『更級日記』の猫

『更級日記』にも、注目すべき猫の記事が現れる。『更級日記』は、菅原孝標女《すがわらのたかすえのむすめ》（一〇〇八〜？）が、その最晩年に、おのれの人生を振り返った回想の記録だが、その不如意な後半生を、悔恨の思いとともに綴った後半部分とは対照的に、前半部分には、少女時代の生活のさまが、生き生きとした筆致で実に鮮やかに描き出されている。猫の記事は、そこに現れる。

作者の父菅原孝標は、一時期、蔵人《くろうど》（天皇の秘書役）に任じられていたことがあるが、その時の蔵人頭《くろうどのとう》（蔵人所の長官）は藤原行成《ふじわらのこうぜい》（九七二〜一〇二七）だった。行成と孝標とは、同じ役所の上司と下僚の関係だったことになる。行成は、いうまでもなく能書家として知られ、三蹟《さんせき》の一人に数えられている。行成には、藤原道長《みちなが》（九六六〜一〇二七）の六男長家《ながいえ》（一〇〇五〜一〇六四）と結婚した娘がいた。結婚当初、長家十五歳、行成女《むすめ》十二歳で、『栄華物語』には、雛遊《ひなあそ》びのような夫婦であったと記されている。行成女も父に似て能筆で知られ、孝標は、その手跡を娘の手本にと、行成を通じて譲り受けていたことが、日記の前段部分に記されている。治安元年（一〇二一）三月、行成女は、疫病のため十八歳で亡くなる。『栄華物語』には、夫長家の激しい悲嘆ぶりが記されている。なお、孝標女には姉がおり、すでに結婚していたが、まだ孝標の邸宅に留まっていた（夫を通わせていたのだろう）。

以上を前置きとして、『更級日記』の猫の記事を読んでみたい。行成女が亡くなった翌年、治安二年（一〇二二）五月、作者十五歳の折の記事である。

花の咲き散る折ごとに、乳母《めのと》亡くなりし折ぞかしとのみあはれなるに、同じ折亡くなりたまひし侍従の大納言（藤原行成）の御《おほん》むすめの手（手跡）を見つつ、すずろにあはれなるに（むしょうに悲しくなっていると）、五月《さつき》ばかり、夜更《よふ》くるまで物語を読みて起き居《ゐ》たれば、来《き》つらむ方《かた》も見えぬに、猫のいとなごう（のどやかに）鳴いたるを、おどろきて見れば、いみじうをかしげなる（いかにもかわいらしい）猫あり。いづくより来《き》つる猫ぞと見るに、姉なる人、「あなかま（しっ、静かに）、人に聞かすな。いとをかしげなる猫なり。飼はむ」とあるに、いみじう人に馴《な》れつつ、傍《かたは》らに打ち臥《ふ》したり。尋ぬる人やあると（探し求めている人があるかもしれないと）、これを隠して飼ふに、すべて下衆《げす》（下々の者）のあたりにも寄らず、つと（ぴったりと）前にのみあり

て、物も穢《きたな》げなるは、外《ほか》ざまに顔を向けて食はず。姉弟《あねおとと》の中につと纏《まと》はれて（ぴったりと離れずにいて）、をかしがりらうたがる程に、姉の悩むこと（病気になること）あるに、もの騒がしくて、この猫を北面《きたおもて》（北向きの使用人などの部屋）にのみあらせて呼ばねば、かしがましく鳴きののしれども、なほ、さるにてこそはと（何かわけがあって鳴くのだろうと）思ひてあるに、わづらふ姉おどろきて（はっと目を覚まして）、「いづら、猫は（猫はどこ）。こち率《ゐ》て来《こ》（こちらに連れて来て）」とあるを、「など」と問へば、「夢に、この猫の傍らに来て、『おのれは侍従の大納言の御むすめの、かくなりたるなり。さるべき縁《えん》のいささかありて、この中の君（次女、作者＝孝標女）のすずろにあはれと思ひ出《い》でたまへば、ただしばしここにあるを、この頃《ごろ》下衆の中にありて、いみじう侘《わ》びしきこと（ひどくつらいことだ）』と言ひて、いみじう泣くさまは、あてにをかしげなる人（気品があって美しい人）と見えて、うちおどろきたれば、この猫の声にてありつるが、いみじくあはれなるなり（ひどく心が打たれることだった）」と語りたまふを聞くに、いみじくあはれなり。その後《のち》は、この猫を北面にも出ださず、思ひかしづく。ただ一人居《ゐ》たるところに、この猫が向かひ居たれば、かい撫《な》でつつ、「侍従の大納言の姫君のおはするな。大納言殿に知らせたてまつらばや」と言ひ掛くれば、顔をうちまもりつつなごう鳴くも（顔をじっと見つめながら、のどやかに鳴くのも）、心のなし、目の打ち付けに（気のせいか、ちょっと見た目には）、例の猫（ふつうの猫）にはあらず。聞き知り顔にあはれなり。

（『更級日記』）

引用の冒頭部分に、夜更けにただ一人物語を読んでいたら、どこからともなく不思議な猫が現れたとあった。何でもないようだが、ここは注意されてよい箇所である。「五月《さつき》ばかり、夜更《よふ》くるまで物語を読みて起き居《ゐ》たればば」とあるが、当時、物語はヨム（読む）ものとはされなかった。物語は「見る」ものであり、物語をヨムのは、用例をながめるかぎり、他者に読み聞かせる場合がほとんどである。だが、作者は、一人部屋にこもって物語を読んでいた。それゆえ、ヨムことの呪力（不思議な力）が発動したのだろう。

ヨムとは、数をかぞえること、月日を繰《く》ることがそうであるように、一つひとつの言葉を確認しつつ、声に出して言い立てる行為を意味する。しかも、そうした発話行為は、呪力の発動を促した。藤井貞和氏は、ここで孝標女は物語を声に出して朗読（音読）していたのだとし、「五月」の特別な意味とかかわらせながら、それが呪的な行為であるがゆえに、どこからともなくあやしい猫を呼び出したのではないか、との卓抜な見方を示している。

> 声を出すということは呪的な行為であった。五月は一年のうちで最も危険な月である。厳重な物忌みが課せられていた不吉な月であった。孝標女はここで声を出すことによって、何かを呼びだしたのではないか。はたしてあやしい猫がどこからともなくあらわれる。
>
> （藤井貞和『古日本文学発生論』思潮社）

なるほど、五月の夜更け、一人密室のような部屋にこもって、物語を読んでいたことが、あやしい猫を呼び出したのだろう。なお、一年の中で、物忌みの月は五月と九月とされた。神が異界から訪れる月である。どちらも長雨の時期であり、その時期家に隠《こも》ることを「長雨《ながめ》忌《い》み」と呼んだ。十月を「神無《かんな》月《づき》」と呼ぶのは、十月には神が退去するからである。すべての神が出雲に集まるので、出雲以外で神無月と言ったとするのは、後代の俗説に過ぎない。

この猫を、作者は姉とともに大切に飼うことになる。ところが、姉の病の騒ぎの中、猫に構わずにいたところ、姉の夢の中にこの猫が現れ、自分は行成女の生まれ変わりであると告げる。そこで、ますます大切にこの猫の世話をするようになったというのである。

この猫は、その翌年、治安三年（一〇二三）四月の火事で、焼け死んでしまう。

その返る年、四月《うづき》の夜中ばかりに火の事ありて、大納言殿の姫君と思ひかしづきし猫も焼けぬ。「大納言殿の姫君」と呼びしかば、聞き知り顔に鳴きて歩《あゆ》み来《き》などせしかば、父《てて》なりし人（孝標）も、「めづらかにあはれなる事なり（めったにない感動的なことだ）。大納言（行成）に申さむ」などありしほどに、いみじうあはれにくちをしくおぼゆ（残念に思われたことだ）。

（『更級日記』）

ここには、作者がこの猫に始終「大納言殿の姫君」と呼び掛けていたことが記されている。しかし、ここで考えなければならないのは、行成女が猫に転生《てんしょう》したことが、作者たちに何の疑問もなく受け容れられていることである。

輪廻転生《りんねてんしょう》は仏教的な理念であり、それが信じられていたことは何の不思議もないが、猫は動物であり、当時の常識からすれば、その区分は畜生になる。行成女が猫に転生したのは、本来、畜生道に堕《お》ちたことを意味したはずである。畜生道に堕ちるのは、一般には悪業の報いと捉えられている。ならば、行成女が猫に転生したことは、むしろ否定的に捉えられてもよいはずである。だが、作者や姉は、何の疑問も抱かず、それを自然なこととして受けとめている。しかも、作者は「大納言殿に知らせ奉《たてまつ》らばや」とまで、猫に言い掛けている。父の孝標までもが、「めづらかにあはれなる事なり。大納言に申さむ」と語っている。これはどういうことだろうか。もし猫への転生が、畜生道に堕ちることなら、孝標としても、それを行成に話すことなど、とてもできなかったに違いない。

先の引用記事にも「すべて下衆《げす》のあたりにも寄らず」「物も穢《きたな》げなるは外《ほか》ざまに顔を向けて食はず」などの描写があり、猫が高貴な動物と見なされていたことがわかる。パンダ並みであったというのは言い過ぎかもしれないが、だからこそ、猫が作者の家に紛《まぎ》れ込んだ際、もとの飼い主に知られるのを恐れて、こっそり飼うことを姉妹で相談しあったのだろう。

猫は、『万葉集』を含めた上代文献には現れないが、平安時代の中期あたりまでは、猫が珍奇な、それゆえに貴重な動物として扱われてきたことを、文学作品を通じてながめてみた。「万葉樵話」としては、まったくの余談になるが、ご容赦いただきたい。

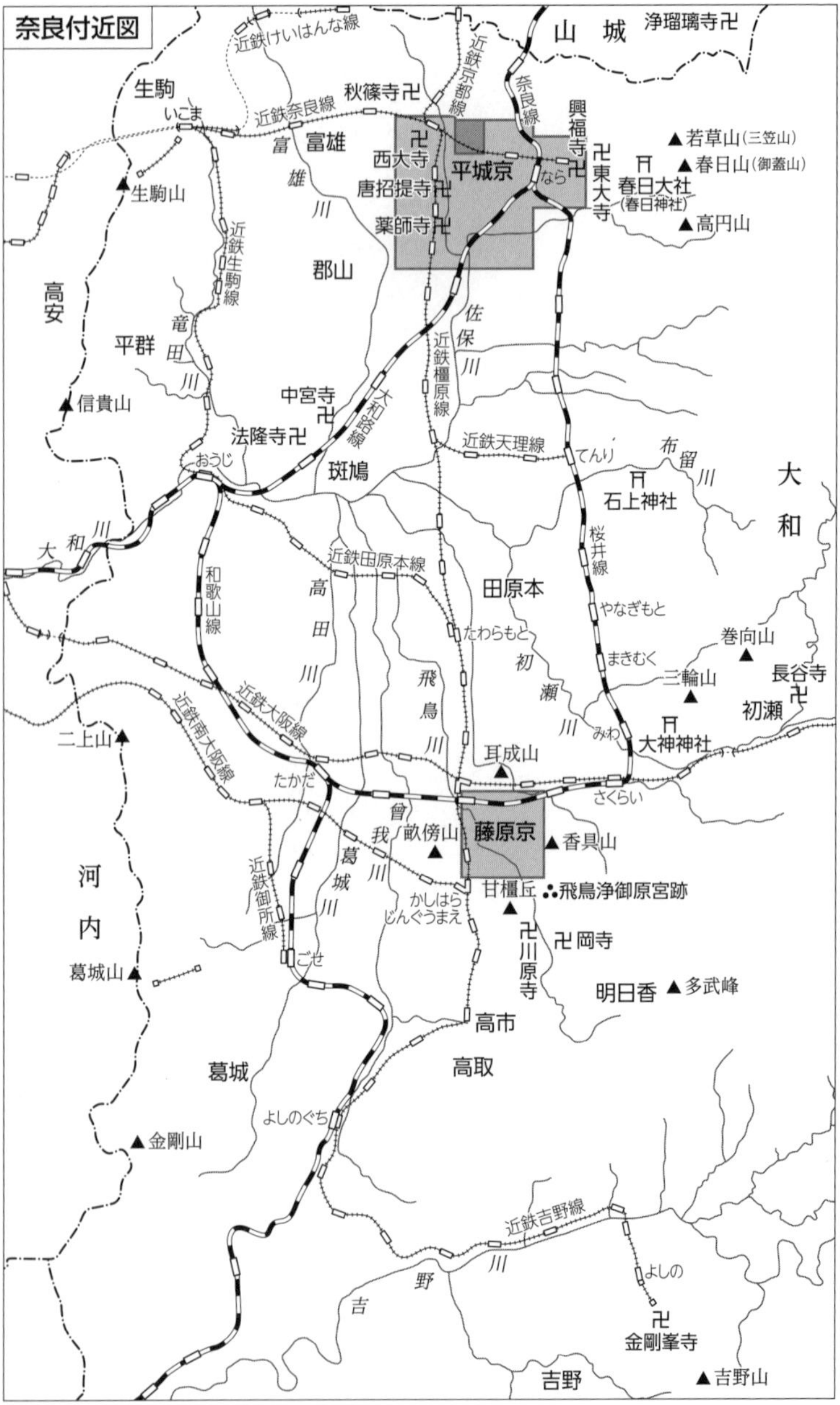
奈良付近図
山城
浄瑠璃寺
近鉄けいはんな線
近鉄京都線
奈良線
生駒
秋篠寺
近鉄奈良線
いこま
富雄
富雄川
興福寺
西大寺
平城京
なら
東大寺
若草山(三笠山)
春日山(御蓋山)
春日大社
(春日神社)
高円山
唐招提寺
薬師寺
生駒山
近鉄生駒線
郡山
高安
竜田川
平群
佐保川
近鉄橿原線
大和路線
中宮寺
信貴山
法隆寺
近鉄天理線
てんり
布留川
おうじ
斑鳩
石上神社
大和
大和川
桜井線
和歌山線
近鉄田原本線
田原本
高田川
やなぎもと
たわらもと
初瀬川
巻向山
まきむく
飛鳥川
三輪山
長谷寺
初瀬
近鉄大阪線
近鉄南大阪線
二上山
みわ
大神神社
耳成山
たかだ
さくらい
曽我川
畝傍山
藤原京
香具山
葛城川
近鉄御所線
河内
甘樫丘
飛鳥浄御原宮跡
かしはら
じんぐうまえ
ごせ
川原寺
岡寺
葛城山
明日香
多武峰
高市
葛城
高取
よしのぐち
金剛山
近鉄吉野線
吉野川
よしの
金剛峯寺
吉野
吉野山

万葉樵話……番外編

●

怨霊譚三題

一、悲劇の皇子と薬師寺

『万葉集』の時代、とりわけ奈良時代後期には、数多くの政争が起こり、その敗者が非業の死を遂げることがしばしばあった。そうした死者は、後に怨霊として畏怖されることになっていく。怨霊が畏怖されるようになるのは、一般には平安時代に入ってからだと考えられている。しかし、すでにかなり早い段階から、怨霊の祟りを恐れる意識が生まれていたように思われる。以下、そうした怨霊にかかわる話を三つほど取り上げてみたい。主役となるのは、大津皇子《おおつのみこ》、藤原広嗣《ふじわらのひろつぐ》、早良親王《さわらしんのう》である。怨霊譚三題ということになるが、同時に『万葉集』の裏面史を探る意味もあるから、あえて「万葉樵話・番外編」としたい。

まずは、大津皇子を祀《まつ》る薬師寺建立の経緯について考えていく。

◉怨霊鎮魂の寺、薬師寺

薬師寺を怨霊鎮魂の寺とすることは、薬師寺にとっては迷惑なことであるらしく、それへの拒絶意識もつよい。もう二十年以上前のことだが、ある出版社の企画で、写真と文で『万葉集』を鑑賞する本を刊行したことがあった。その際、薬師寺から写真の提供を受けたのだが、そこに「怨霊鎮魂の寺」という説明を載せたところ、その文言を除かないかぎり写真の提供はできないと言われたことがある。昔、梅原猛氏の『隠された十字架』が、法隆寺を聖徳太子の怨霊鎮魂の寺と断じた際、法隆寺が激しく反撥したことがあるが、こうした寺には、それを拒否しようとする心理がつよく働くのかもしれない。

薬師寺は、最近はその横を近鉄で通りすぎるだけで、久しく足を踏み入れていない。近鉄の西ノ京駅（奈良市西ノ京町）が最寄り駅で、唐招提寺も至近の距離にある。大昔は、修学旅行の定番コースで、高田好胤師のユーモアに富んだ法話を聞かされたものだった。

そこで、まず薬師寺創建の歴史を振り返ってみたい。薬師寺は、もともと藤原京に建立された。それが本薬師寺《もとやくしじ》であり、金堂や東西両塔の礎石がいまも残る。近鉄の畝傍御陵前駅《うねびごりようまえ》（奈良県橿原市大久保町）の真東七百メートルほどのところである。現在は、金堂跡に小さなお堂が建ち、その前庭に巨大な礎石が並んでいる。

この本薬師寺、すなわち最初の薬師寺は、天武天皇の勅願によって建立された。『日本書紀』によれば、天武天皇九年（六八〇）十一月、病になった皇后のために、寺の造立を発願したのがその端緒であるとされる。皇后の病は平癒するが、寺の造営計画はそのまま進行し、天武天皇十一年（六八二）には、着工の運びとなったらしい。天武天皇は、そのあたりから身体不予のことが続き、朱鳥《しゆちよう》元年（六八六）九月九日に崩じている。薬師寺の造営はその前後から皇后が主導することとなったのだろう。皇后は即位せず、称制（即位をしないまま天皇の政務を行うこと）として大権を行使した。持統天皇（称制）二年（六八八）正月には、薬師寺で無遮大会《むしやだいえ》（「かぎりなきをがみ」とも。天皇が施主となって、僧尼・貴賤・上下の別なく一切の人びとに対して供養・布施する法会）が行われたが、これは天武天皇の五百カ日法要にあたるとされる。この時までに、薬師寺の主要な堂塔は完成していたのだろう。持統天皇十一年（六九七）八月、持統天皇は孫の軽皇子《かるのみこ》に譲位する。それが文武天皇である。『続日本紀』文武天皇二年（六九八）十月四日条には、薬師寺の造営がほぼ完了したとの記事が見える。なお持統太上天皇が崩じたのは、その四年後の大宝二年（七〇二）十二月二十二日のことである。

慶雲四年（七〇七）六月十五日、文武天皇は二十五歳の若さで崩ずる。その後、その母にあたる元明《げんめい》天皇（天武天皇の皇太子草壁皇子《くさかべのみこ》の妃）が即位する。和銅三年（七一〇）三月、藤原京から平城京へ都が遷る。これとともに、旧都にあった諸大寺も平城京に移転する。薬師寺も移転したが、旧都にもそのまま旧寺が残されたらしい。それゆえ、堂塔・仏像等は、すべて新たに平城京で造営された。本尊の薬師三尊像のみは旧寺から移されたとする説もあるが、新たに鋳造されたとする説が有力とされる。それが現在の薬師寺になる。

元明天皇は、霊亀《れいき》元年（七一五）九月、娘の氷高《ひだか》内親王に譲位する。元正《げんしょう》天皇である。神亀《じんき》元年（七二四）二月、元正天皇は甥の首皇子《おびとのみこ》に譲位する。聖武天皇である。その間も薬師寺の造営は進み、天平《てんぴょう》四年（七三二）十月ころまでにはほぼ完成したらしい。

以上が、薬師寺創建の歴史のあらましだが、ここからわかることは、この寺が天武皇統ときわめて深いつながりをもっているという事実である。言い換えるなら、天武皇統を守護する役割を薬師寺が帯びていたことになる。

◉草壁皇子と大津皇子

それでは、天武皇統を守護するとはどのような意味か。実は、このことが「悲劇の皇子と薬師寺」の表題に関係してくる。以下、その問題を考えてみよう。

まず、指摘すべきは、天武皇統の不安定さという問題である。天武・持統の王権は、壬申《じんしん》の乱に勝利することで確立し、その王権は天皇（大王＝大君）の地位を神に等しい絶対的なものに押し上げたとされる。その例証として、『万葉集』の次の歌が取り上げられることが多い。

壬申の年の乱の平定せし以後《のち》の歌二首（一首略）

大君は神にし座《ま》せば赤駒《あかごま》の匍匐《はらば》ふ田居《たゐ》を都となしつ

（巻二十・四二六〇）

訳 壬申の年の乱が平定して後の歌二首（一首略）

大君は神でいらっしゃるので、赤駒が腹まで漬かる深田を都としてしまった。

壬申の乱で天武天皇側の武将として活躍した大伴御行《おおとものみゆき》の歌。天武天皇の飛鳥浄御原宮《あすかきよみがはらのみや》（奈良県高市郡明日香村）の造営を、あたかも神のしわざであるかのように歌っている。奈良盆地は水系の出口となる川が大和川だけであり、その中心部は低湿地だった。そこで、雨期にはしばしば盆地内部の川の氾濫が見られた。水田も低湿地ゆえに深田で、農耕馬などは泥田に腹まで漬かって耕作した。「赤駒の匍匐ふ田居」は、それを表現している。飛鳥浄御原宮は、低湿地の田を開いて造営された。この歌では、それを神のしわざとして讃美している。壬申の乱の後、たしかに天皇の権威は絶対化され、天皇を現《あき》つ神とみなす天皇即神観も生まれた。それを体現したのが、この歌になる。

ところが、その絶対的な王権であるべき天武王権には、大きな弱点があった。それが皇位継承の問題である。天武には多数の后妃がおり、そこから十皇子、七皇女が生まれている。壬申の乱が兄弟間（天智天皇と天武天皇）の、あるいは叔父甥間（天武天皇と天智の皇子大友皇子）の皇位継承問題に端を発している以上、将来に向けての皇位継承の道筋を定めておくことは、天武皇統安泰のための不可欠の条件だった。天武もそれをよく自覚しており、あらかじめ皇子の序列を次のように定めた。

①草壁皇子《くさかべのみこ》（六六二～六八九、母＝天智皇女鸕野《うの》皇后＝持統天皇）
②大津皇子《おおつのみこ》（六六三～六八六、母＝天智皇女大田皇女《おおたのひめみこ》＝鸕野皇后の同母姉）
③高市皇子《たけちのみこ》（六五四～六九六、母＝九州の豪族宗像《むなかた》氏の娘尼子娘《あまこのいらつめ》）

この中で、もっとも年長は高市皇子であり、壬申の乱では、天武から全軍の指揮を委ねられるなどして活躍した。他の皇子たちは、年少の故もあって、壬申の乱で果たした具体的な役割は見られない。高市皇子は、その母が地方豪族の娘であり、それゆえ皇子の序列としては、つねに第三位に置かれていた。

一方、草壁皇子と大津皇子との関係はかなり微妙である。草壁と大津の母、すなわち鸕野皇后と大田皇女はともに天智皇女でしかも同母である。年齢は大田皇女が上だが、その子について見れば、草壁は大津よりも一歳ほど年長になる。しかも大田皇女は、大津が幼年の頃に亡くなっている。大津には姉がいるが、それが大伯皇女《おおくのひめみこ》である。母を失ったこの姉弟は、祖父の天智の庇護を受けて成長したらしい。大田皇女と鸕野皇后とは身分的に同列であり、しかも大田皇女が年長だから、もし大田皇女が早世しなかったら、大田皇女が天武の皇后になった可能性もある。

それゆえ、草壁皇子と大津皇子は、天武の後継者争いにおいて常にライバルと目されていた。大津皇子は文武の才能に恵まれ、英雄的な資質をもっていたとされる。『懐風藻』「大津皇子伝」には、以下のようにある。

皇子は、浄御原帝《きよみはらのみかど》（天武）の長子なり。状貌魁梧《じやうぼうくわいご》（身体容貌が大きく逞しく）、器宇峻遠《きうしゆんゑん》（度量が高く奥深い意）。幼年にして学を好み、博覧にして能《よ》く文を属《つづ》る。壮《さかり》に及びて武を愛《この》み、多力にして能《よ》く剣を撃《う》つ。性頗《すこぶ》る放蕩（放埒）にして、法度《はふど》に拘《かかは》れず（規則に拘泥しない）、節を降して士を礼《ゐや》びたまふ（高貴の身を謙遜して、人士を厚く礼遇した）。是《こ》れに由りて人多く付託す（つき従った）。（『懐風藻』大津皇子伝）

また、『日本書紀』「持統紀」朱鳥元年（六八六）十月三日条にも、次のようにある。

容止墻岸《ようしやうがん》にして（立ち居振る舞いが高く立派で）、音辞俊朗《おんじしゆんらう》なり（言辞が優れて明晰である）。天命開別天《あめみことひらかすわけのすめら》皇《みこと》（天智天皇）の為に愛《めぐ》まれたまふ。長《ひととなる》に及《いた》りて弁《わきわき》しく才学有《ま》しまし、尤《もと》も文筆を愛《この》みたまふ。詩賦《しふ》の興《おこ》り、大津より始《はじま》れり（詩文を作ることは大津皇子から始まった）。（『日本書紀』巻第三十・持統紀）

一方、草壁皇子には、具体的な人物像を語る資料が残されていない。それゆえ、どちらかといえば凡庸な人物だったのではないかと見る向きが多い。もとより真偽のほどはわからない。

しかし、天武天皇は、草壁皇子を皇太子に指名する。天武天皇十年（六八一）二月のことである。草壁の立太子については、鸕野皇后の意向も働いていただろうが、より重要なのは、それがあくまでも天武の意志としてあったことである。それでは、なぜ天武は、自分に似た英雄型の資質をもつ大津ではなく、むしろ凡庸と思われるような草壁を選んだのか。それは「創業と守成」の関係を意識したからだろう。「創業は易《やす》く守成は難《かた》し」の故事である。壬申の乱をいわば覇者の立場で勝ち抜いた天武は、その王権の継続的な安泰を計ることを求めた。その際、英雄型であり、「性頗《すこぶ》る放蕩にして、法度《はふど》に拘《かかは》れず」というような大津の資質はむしろ不向きと見たのだろう。そこで、草壁のようなむしろ凡庸な人物の方が適任であると判断した。草壁皇子の立太子とともに、律令制定の命が下されているのは象徴的である。律令によって守られるような存在、また律令を守るような存在こそが、「守成」には適任だからである。大津に見られる放埒・無頼なありかたは、新たな国家の体制の維持には不向きだと判断されたのだろう。

しかし、天武も大津の才能を惜しんだらしい。天武天皇十二年(六八三)二月、大津が二十一歳になると、朝政に参与させている。なお当時は、二十一歳が成人の年齢だった。

とはいえ、このことは、草壁との関係において、大きな緊張を生む。大津の立場は、皇太子に並ぶものとして公的に認められたことになるからである。

◉大津皇子の抹殺

大津皇子にとって、最大の後ろ楯は、天武天皇である。天武が在世中は、草壁皇子との対立も表立って現れることはなかった。しかし、朱鳥《しゆちよう》元年(六八六)夏以降、天武の体調が急速に悪化する。そしてついに九月九日、天武天皇は崩御する。『日本書紀』を見ると、そこに大津皇子の謀反の記事が唐突に現れる。結果として、大津皇子は謀反の咎《とが》により刑死させられることになるが、もとよりそれは草壁皇子の即位を安泰ならしめようとする鸕野皇后の意図によるものだっただろう。ただし、この謀反をめぐる記事は、『日本書紀』の内部にも混乱が見られ、「天武紀」と「持統紀」とでは、記事が微妙に異なっている。さらに『万葉集』によれば、天武の死の直後、大津皇子がひそかに都を抜け出して伊勢に下向し、斎宮《さいぐう》として神宮に仕える姉の大伯皇女《おおくのひめみこ》のもとを訪れたとも伝えられている。これが事実とすれば、なるほど謀反にあたる重罪になるが、この伊勢下向が事実であったかどうかは疑問とされる。いずれにしても、大津は死を命ぜられ、『万葉集』によれば、磐余池《いわれのいけ》の堤に引き出され、そこで縊《くび》り殺されたとされる。
その際に詠《よ》まれたと伝えられる、あまりにも有名な辞世の歌だけ掲げておこう。

大津皇子の被死《みまか》らしめらえし時に、磐余《いはれ》の池の陂《つつみ》にして、涕《なみだ》を流して作りませる御歌《みうた》一首
百《もも》づたふ磐余《いはれ》の池に鳴く鴨を今日のみ見てや雲隠《くもがく》りなむ
（巻三・四一六）

訳 大津皇子が死を命ぜられた時に、磐余の池の堤で涙を流してお作りになった御歌一首
百にたどり至る磐余の池に鳴く鴨を今日ばかり見て、私は雲の彼方《かなた》へ隠れてしまうのだろうか。

折口信夫氏の『死者の書』は、大津皇子の最期のさまを次のように描いている。

おれは覚えて居る。あの時だ。鴨が声《ネ》を聞いたのだつけ。さうだ。訳語田《ヲサダ》の家を引き出されて磐余《イハレ》の池に行つた。堤の上には、遠捲《とほま》きに人が一ぱい。……其《それ》でもおれの心は、澄みきつて居た。まるで、池の水だつた。あれは、秋だつたものな。はつきり聞いたのが、水の上に浮いてゐる鴨鳥《カモドリ》の声《コヱ》だつた。（折口信夫『死者の書』）

大津皇子の遺骸は、最終的には二上山《ふたかみやま》の麓に葬られたらしい。姉の大伯皇女《おおくのひめみこ》も、伊勢の斎宮の職を解任され、都に戻るが、そうして二上山の麓に葬られた弟を偲んで、次のような歌を詠んでいる。

うつそみの人にある吾《われ》や明日よりは二上山《ふたかみやま》を弟背《いろせ》と吾《あ》が見む
（巻二・一六五）

二 訳 この世の人である私は、明日からは二上山をわが弟と見ることだろうか。

題詞に「大津皇子の屍《かばね》を葛城《かづらき》の二上山《ふたかみやま》に移し葬《はふ》りし時に、大伯皇女《おほくのひめみこ》の哀《かな》しび傷《いた》みて作りませる御歌《みうた》」とある。ここで「移し葬りし時に」とあることが問題となる。「移し葬り」は「移葬」だが、これは一般には殯宮《ひんきゅう》（死者を仮安置して、その霊を慰撫するための建物）から墳墓に屍《しかばね》を移すことであったと考えられている。しかし、謀反の首謀者である大津のために殯宮が営まれたとは思われない。とすれば、ここでの「移葬」とは、何らかの特別な事情によって、葬地を他に移したこととすべきだろう。その事情とは、どうやら大津の亡魂の慰撫、鎮定に関係することであったらしい。その背景には、草壁皇子の死があったのだろう。

大津皇子を抹殺し、その即位の安泰をはかったにもかかわらず、草壁皇子は皇太子のまま即位しない。それに代わって、鸕野皇后が称制という形で天皇の位を引き継ぐ。その理由は、おそらく草壁が病弱だったためだろう。事実、持統天皇（称制）三年（六八九）四月十三日、草壁は皇太子のまま薨じてしまう。草壁の病と死とは、明証は何もないものの、大津皇子の亡魂の祟りと考えられたのではあるまいか。そこで、罪人として正式には葬られていなかった大津の屍を、あらためて二上山に「移葬」し、丁重な慰撫を加えることにしたのだろう。

そこに浮かび上がるのが、先の折口信夫氏の理解である。現在の大津皇子の墓とされる二上山の墓はきわめて特異な位置に建てられている。二上山の雄岳山頂近くの東端に、大和に背を向けるように建てられている。折口氏は、そこに大津の亡魂鎮定の独自なありかたを見た。二上山は、大和と河内の境界の山であり、しかも藤原京のほぼ真西に位置する。西は太陽の沈む方角であり、その果てには死者の世界が存在すると信じられた。いわばこの他界と接する地、大和でも河内でもない空間に、大津の霊は封じ込まれたことになる。この時、大津の霊は、大和に背を向けることで、反対に大和に侵入しようとする悪しき霊《もの》たちを防障する神の位置を与えられたことになる。大津の亡魂を鎮定すると同時に、その霊の威力を守護霊とすべく二上山に祀られた。それを命じたのは、ほかならぬ持統天皇だったというのである。折口氏の『死者の書』には、持統の発した亡魂を鎮める言葉が、次のように記されている。

罪人よ。吾子《ワコ》よ。吾子の為了《シヲフ》せなんだ荒《アラ》び心で、吾子よりももつと、わるい猛び心を持つた者の、大和に来《き》向《むか》ふのを、待ち押へ、塞《サ》へ防いで居ろ。

（折口信夫『死者の書』）

大津の亡魂の祟りが意識され、その「移葬」が決意された時、持統天皇によって選ばれた墳墓の地が、大和であって大和でない場所、すなわち二上山であったのである。

むろん、右のような理解に明確な根拠があるわけではない。「移葬」の背後に、亡魂を封じ込めようとする持統の意志を見るのも、単なる推測でしかない。しかし、このような理解は、大筋では認められてよいのではあるまいか。大津を謀殺してまで安泰を計ろうとした草壁の将来が、その病死によって無惨に潰えた時、持統はやはり亡魂の祟りを意識したに違いない。大津の屍の「移葬」はあきらかに、その結果であろう。

しかし、後に述べるように、大津の「移葬」の地、改葬されたその墓はどうやら二上山の麓にあったらしく、雄岳山頂の墓は後にその墓として指定されたものらしい。とはいえ、そこが大和と河内の境界であったことは、創作とはいえ、折口氏の想像をやはり裏付ける意味をもっていると考えてよいように思う。

◉天武皇統の流れ

草壁皇子が皇太子のまま薨じた後、持統天皇は正式に即位する。持統天皇（称制）四年（六九〇）正月のことである。この時、有力な皇位継承の候補として浮かび上がったのは、天武天皇の皇子の序列第三位の高市皇子であった。高市は、天武の皇子の中での最年長であり、しかも壬申の乱で天武の右腕として活躍したこともあって、人望もすこぶる高かった。正式に即位したとはいえ、持統天皇は、この高市を大津皇子と同様に抹殺することはできなかった。そこでこの時、持統が考えたのは、草壁皇子の遺児軽皇子《かるのみこ》を立太子させ、さらには即位させることだった。ところが、軽皇子は草壁皇子が薨じた時点で、わずか七歳に過ぎず、立太子すら望み薄の状況だった。そこで、持統は、軽皇子の成長を見守る間、いわば高市皇子と、どちらが先に倒れるかという、まさに我慢比べのような状態で、皇位を死守しようと考えたらしい。もし自分が先に倒れたら、皇位が高市に移ってもやむを得ないとする覚悟が、持統にはあったに違いない。

ところが、持統にとって幸いなことに、持統天皇十年（六九六）七月、高市皇子が病没する。それによって、やっと軽皇子の立太子の道が開けた。とはいえ、その立太子もすんなりとはいかず、諸臣の反対（皇位継承を主張する、天武の皇子たちが他にもいたからである）を押し切ってのものであったことが、『懐風藻』「葛野王《かどのおう》伝」の記事からうかがえる。

持統天皇十一年（六九七）二月、軽皇子は立太子、さらにその八月、持統天皇が譲位して即位することになる。それが文武天皇である。

ところが、この文武天皇も、父の草壁皇子と同様、病弱であったためか、慶雲四年（七〇七）六月崩御する。

時に二十五歳であった。持統天皇は、軽皇子の立太子、即位を目指す際に、藤原不比等《ふじわらのふひと》（六五九〜七二〇）の助力を得ていた。文武天皇が即位した際、その後宮に入内したのは、藤原不比等の娘宮子だった。この宮子との間に生まれたのが、首皇子《おびとのみこ》である。

文武の崩御後、今度は、不比等が主導して、首皇子への皇位の継承を画策する。そのために、まずは文武天皇の母である草壁皇子の妃阿部皇女《あへのひめみこ》（天智皇女）を中継ぎとして即位させた。それが元明《げんめい》天皇である。次いで、霊亀元年（七一五）九月、元明天皇は、その娘で文武天皇の姉にあたる氷高皇女《ひだかのひめみこ》に譲位する。それが元正《げんしょう》天皇である。首皇子が、元正天皇の譲位により即位するのは、神亀元年（七二四）二月のことである。それが聖武天皇である。

つまり、天武皇統、すなわち天武天皇から草壁皇子、そして文武天皇・聖武天皇へと続く皇統は、中継ぎの女帝を挟むことで、辛うじて維持されてきたことがわかる。その聖武の後継者もまた、さらに複雑な問題を抱えることになっていくが、それは省略する。

▼天武皇統の流れ

天武—（草壁）—持統—文武—元明—元正—聖武—孝謙

＊傍線は女帝。草壁は即位前に病死。

◉大津皇子の怨霊と薬師寺

そうした天武皇統を守護する役割を帯びたのが薬師寺だった。それは、繰り返すように、天武・持統天皇の勅願寺であったところに由来する。そうした中で、大津皇子の亡魂が怨霊となって、この皇統に祟っているのではないかとする意識が、少しずつつよめられていく。その端緒は、すでに述べたように、大津皇子の屍の二上山への「移葬」にあったが、聖武天皇の時代、天平期に入ると、そうした意識はますます顕著になっていく。

その事実は、『薬師寺縁起』(平安時代中期成立)を見ることであきらかになる。

伝へて言ふ。……(大津)皇子急《にはか》に悪龍となりて虚《そら》に騰《のぼ》り毒を吐く。天下静まらず。朝廷これを憂ふ。義淵《ぎえん》僧正は皇子平生の師なり。仍《よ》りて修円《しゅえん》に勅して悪霊を呪せしむ。忿気《ふんき》(怒りの思い)いまだ平らかならず。修円空を仰ぎて一字千金を呼ぶ。*注1 悪龍永諾す。仍《よ》りて皇子の為に寺を建つ。名づけて龍峯寺と曰ふ。掃守寺《かもりでら》(加守寺)是《これ》なり。

(『薬師寺縁起』)

ここには、悪龍と化した大津皇子の霊が、勅命によって鎮撫された次第が記録されている。「一字千金」とあるのは、一字でも千金の価値をもつ言葉の意らしく、師恩の厚さを示すとされる。この伝承は、一方で龍峯寺(掃守寺)の縁起でもあったらしく、また「義淵」と「修円」、「悪龍」と「悪霊」の混在が見られるところから、伝承の混乱があることが指摘されている。

そこで、この記事をさらに詳しくながめてみよう。まず義淵(?〜七二八)だが、法相宗《ほっそうしゅう》の僧で、大和国高市《たかいち》郡《ぐん》の人。俗姓は市往《いちき》氏、あるいは阿刀《あと》氏ともいう。『扶桑略記《ふそうりやつき》』大宝三年(七〇三)三月二十四日条に、

以二興福寺僧義淵一任二僧正一。大和国高市郡人。俗姓阿刀氏。其父母依レ無二子息一。多年祈二誓観音一。然間。夜

聞二小児啼音一。奇出見レ之。柴垣之上。有レ裹二白帖一。香気普満。歓以取養。不レ日長大。天智天皇伝聞。相二共皇子一。令レ養二岡本宮一。至レ是。任二僧正一。造レ寺。号二龍蓋寺一。俗云。造二五箇龍寺一。龍門。龍福寺等。

（『扶桑略記』大宝三年三月二十四日条）

訳 興福寺の僧義淵を僧正に任じた。大和国高市郡の人である。俗姓は阿刀氏。その父母は子がなく、多年にわたって観音に祈誓していた。そうこうするうちに、夜どこからともなく子の泣き声が聞こえてきた。不思議に思い外に出て見ると、柴垣の上に、白い麻布に包まれた子がいた。香気があたりに満ちていた。大喜びしてこの子を取り上げ、養い育てた。日ならずして大きく成長した。天智天皇はこれを伝え聞き、皇子と一緒に岡本宮で養い育てた。ここに至って、僧正に任じた。寺を造り、龍蓋寺と名づけた。世俗の伝えでは、五つの龍寺を造ったという。龍門寺・龍福寺などである。

とある。「白帖」の「帖」は、字書にテヅクリの付訓がある。細い麻糸を緻密に織った布である。ここには義淵の俗姓が阿刀《あと》氏とあるが、市往《いちき》氏とするのが正しい。そのことは、『続日本紀』神亀四年（七二七）十二月十日条の勅に、義淵が元正・聖武の内道場の仏事に供奉したことを嘉《よみ》して、旧姓の市往氏を改めて岡連《おかのむらじ》の姓を与え、それをその兄弟に伝えるよう見えていることからも確かめられる。阿刀氏は玄昉《げんぼう》（?～七四六。二八二ページ参照）の俗姓であり、阿刀氏とするのは、義淵と玄昉を結びつけようとする意図から生じた浮説らしい。

『扶桑略記』の記事で重要なのは、義淵が龍蓋《りゅうがい》・龍門・龍福などの五箇龍寺を造ったとあることである。「俗云」とあるように、伝聞記事ではあるものの、これらの寺の造立に義淵がどこかで関わっていたのだろう。龍蓋寺は岡寺と呼ばれるが、その呼称は義淵が岡連の姓を与えられたことによる。『今昔物語集』にも、「義淵僧正始造龍蓋寺語」（巻十一・三八）と題する話が見える。

そこで、『薬師寺縁起』に話を戻す。そこには、修円（七七一～八三五）が大津皇子のために龍峯寺（掃守寺《かもり》）を建てたことが見えている。しかし、龍峯寺は異説もあるが五箇龍寺の一つであって、その主語は義淵であるべきだろう。『薬師寺縁起』は、どうやら義淵の話に修円を割り込ませたらしい。さらに興味深いのは、吉野の龍門寺の縁起が、『薬師寺縁起』ときわめてよく似た伝承を伝えていることである。醍醐寺本『諸寺縁起集』所収の『龍門寺縁起』が「有抄物云」として引用する話である。それによると、義淵僧正に師事した「皇子」が怨念を抱いて大蛇と化し、ために京中が騒動して外出不能となったので、勅命によって義淵が大蛇を降伏し、後日その菩提を弔うため建立したのが龍門寺であったとある。あきらかに『薬師寺縁起』と共通する内容をもつ。この「皇子」とは大津皇子のことであろう。

しかし、『薬師寺縁起』では、建てられた寺が龍峯寺とされる。これをどう考えるべきか。実は、二上山の麓に加守《かもり》廃寺跡があり、現在は四天王堂という小堂が建つ。そこが、龍峯寺の跡とされ、近年発掘も行われたらしい。おそらく大津皇子の墓も、もともとこの付近にあったものと想像される。加守廃寺の加守は掃守《かもり》に等しく、本来掃守氏の氏寺であったらしい。それが龍峯寺となり、現在は廃寺となったものと思われる。その龍峯寺の建立には、義淵が関係しており、そこから悪龍と化した大津の霊を鎮めたという話が生まれたのだろう。龍蓋寺（岡寺）にも、本堂前に龍蓋池という小池があり、義淵が祟りをなす悪龍を法力によって封じ込め、大石で蓋をしたので、それが寺名となったとする伝承が伝えられている。「龍」字を名にもつ五箇龍寺を建立したことが、反対に義淵の悪龍調伏の伝承を生む契機になったのかもしれない。

それでは、『薬師寺縁起』になぜ修円の名が見えるのか。修円は、宝亀二年（七七一）の生まれで、義淵とは違い、大津皇子とは生存年代が重ならない。俗姓は小谷氏。興福寺に入って賢璟《けんけい》の弟子となり、のちその別当となった。師の賢璟と同様、桓武天皇の護持僧をつとめたらしい。修円はまた賢璟の創建した室生寺《むろうじ》の経営にもあたったらしく、同寺には修円廟という小堂が残されている。室生寺の傍らには龍穴神社が祀られているが、この寺は本来龍神信仰と深く結びついた寺であり、賢璟・修円が桓武の護持僧とされたことも、龍神を祀る秘法・験力が評価されたためであったと考えられる。桓武は、皇太子時代から、井上《いのえ》内親王《ないしんのう》、他戸《おさべ》親王《しんのう》の、即位後は早良《さわら》親王《しんのう》の怨霊の祟りに悩まされており、賢璟・修円の護持僧としての役割は、こうした怨霊の鎮撫をはかることだったと思われる。したがって、『薬師寺縁起』における義淵と修円の混同は、二人がともに龍との結びつきをもったこと、また怨霊鎮撫にあずかったところに生じたものらしく、さらには二人が法相宗《ほっそうしゅう》の僧であったことも、その結びつきを促す要因となったと思われる。

大津皇子と義淵の関係が、実際にはどのようなものであったのかはわからない。しかし、義淵との関係を抜きにしても、おそらく怨霊となった大津の祟りは広く畏れられていたのだろう。それでは、なぜ『薬師寺縁起』が、こうした大津の祟りを記すのか。それは、薬師寺そのものが、繰り返すように、天武皇統を守護する寺であり、それゆえ大津の鎮魂にも深く関係した寺であったからである。天武皇統の安泰と繁栄の陰で、政争の犠牲となり、非命に倒れた皇子女の鎮魂をはかる役割が、この寺にもとめられたのである。

薬師寺には、伝大津皇子座像（重文）という、十四世紀前半の作と思しき彩色木像が存在する。この座像は、はじめ寺の西方にあった龍王社（大津龍王宮社・大津宮とも呼ばれた）に安置されていたらしく（『奈良六大寺大観 薬師寺』岩波書店）、「悪龍」となった大津の慰霊にかかわるものであったらしい。さらに、薬師寺境内には若宮社と呼ばれる小社があり、社伝によればその祭神は大津であるという。若宮とは、はげしく祟る霊魂を神として斎《いわ》いこめたもので（『民俗学辞典』東京堂出版）、御霊信仰とも深いつながりをもつ。この若宮社の存在も、大津の鎮魂につながる薬師寺のありかたを示している。『薬師寺縁起』によれば、金堂の建つ場所はもと龍池であり、そこに棲む龍を勝間田《かつまた》の池に移した跡を埋め立てたものという。金堂の建物自体、龍宮の様式を模したものといわれるが、こうした伝承も「悪龍」と化した大津の存在と無関係ではないと思われる。

こうした大津皇子怨霊説がつよく主張されるようになるのは、薬師寺が現在の地に移されて以後、おそらく天平年間に入ってからだと思われる。

最初にも述べたように、いまの薬師寺は怨霊鎮魂の寺と呼ばれることを迷惑がる意識がつよいが、歴としたこの寺の縁起にそのことが書かれている以上、その事実を否定することはできないのではないかと思う。

＊注1　「呼ぶ」とは、大声を発する（叫ぶ）ことだろう。このような意味の「呼ぶ」は、現代にも使用例がある。国会の議事録の慣用語らしく、「『異議無し』『議事進行に関係がないぞ』『議事進行』と呼ぶ者あり」などとある。

二、藤原広嗣の怨霊譚

◉藤原広嗣という人物

ここでは、天平十二年（七四〇）、謀反の嫌疑により斬殺された藤原広嗣《ふじわらのひろつぐ》の話を取り上げる。

奈良市高畑《たかばたけ》町に新薬師寺がある。天平十九年（七四七）、光明《こうみょう》皇后が聖武天皇の病平癒を願って建立したと伝えられる寺である。その傍ら、寺の入口の左手に、鏡神社という小社が建つ。その祭神が藤原広嗣である。この神社は、佐賀県唐津市鏡の地に鎮座する鏡神社を本社とするが、社伝によれば、広嗣の霊の祟りを鎮めるとともに、新薬師寺の鎮守として、大同元年（八〇六）、この地に勧請《かんじょう》されたものという。

藤原広嗣は、藤原不比等《ふひと》の孫、式家を立てた宇合《うまかい》の長子で、早くから栄達が期待されていた。ところが、天平九年（七三七）、当時政権の中枢にいた不比等の四子（武智麻呂《むちまろ》―南家・房前《ふささき》―北家・宇合―式家・麻呂―京家）が相次いで疫病（天然痘）のために薨じてしまう。代わって政権の筆頭の座についたのが、橘諸兄《たちばなのもろえ》（六八四～七五七）である。諸兄はもと葛城《かずらき》王という皇族だった。台閣内では参議の一員に過ぎなかったが、上位にいた人びとがみな薨じてしまったため、思いがけずその首班の位置に就くことになった。

諸兄が実権を握ったあと、それへの反撥を強めたのは、足場を失った不比等の四子の子どもたちである。中で具体的な行動を起こしたのが宇合の子、当時大宰小弐《だざいのしょうに》の地位にあった広嗣であった。

天平十年（七三八）十二月四日、当時従五位下であった藤原広嗣は、突然、大宰小弐に任じられる。大宰府の次席の次官である。この年四月、広嗣は大養徳守《やまとのかみ》（大和守）に任じられたばかりであったから、この処遇に対して、広嗣は大きな不満を抱いたらしい。この時、上席の次官である大弐《だいに》に任じられたのは、高橋安麻呂《たかはしのやすまろ》である。だが、安麻呂の場合は遥任であり、直接任地に赴くことはなかった。大宰府の長官を帥《そち》という。広嗣の父宇合は、薨ずるまでこの地位にあったが（これも遥任）、宇合の薨後は空席のままだった。したがって、広嗣は上席者がいないまま、つまり実質的には帥の代行者として大宰府に赴いたことになる。

大宰府は、その所在国である筑前国を含む九州九国と、壱岐《いき》・対馬《つしま》などの島々を統括する役所で、軍事的機能をもち、「遠《とほ》の朝廷《みかど》」と呼ばれたように、きわめて大きな権限が付与されていた。それゆえ、この人事を左遷と見てよいかどうかは、たしかに問題となる。広嗣が不満を抱いたのは、むしろ中央政界から意図的に遠ざけられたと感じたからだろう。『万葉集』には、広嗣の歌が一首だけ残されている。桜の花を娘子《おとめ》に贈った際に、娘子と交わした贈答歌がそれである。

藤原朝臣広嗣《ふぢはらのあそみひろつぐ》の桜の花を娘子《をとめ》に贈れる歌一首

この花の一枝《ひとよ》のうちに百種《ももくさ》の言《こと》そ隠《こも》れるおほろかにすな　（巻八・一四五六）

娘子の和《こた》へたる歌一首

この花の一枝《ひとよ》のうちは百種《ももくさ》の言《こと》持ちかねて折らえけらずや　（巻八・一四五七）

訳　藤原朝臣広嗣が桜の花を娘子に贈った歌一首

この花の一枝の中には、ありとあらゆる言葉がこもっている。いい加減に扱わないでくれ。

娘子が答えた歌一首

この花の一枝の中とやらは、そのありとあらゆる言葉を持ちきれなくて、折れてしまったのではないか。

「一枝」の原文は「一与」。江戸時代前期の国学者である契沖《けいちゅう》による注釈書である『万葉代匠記』には「一与トハ今按葩《ハナビラ》ヲ云歟《カ》……若《モシク》ハヨトエト通ズレバ一枝歟」とある。最初の説のように、「一与」を花弁と解する余地もあるが、娘子の歌に「折らえ」とあるから、「一枝」と解するのがよい。ここには、男女間の機知に富んだやりとりが見られる。届けられた枝が実際にも折れていたのかもしれないが、男の歌をたくみに切り返すのが、歌垣《うたがき》から引き継がれた女歌《おんなうた》の歌い口だった。上三句など、ほとんどオウム返しである。「おほろかにすな」という広嗣の尊大な命令口調に対する反撥もあっただろう。この娘子がどのような人物であったのかは明らかでない。もっとも、いま広嗣の歌に尊大さを見たが、まったく違った評価もある。鏡神社の由緒書（「鏡神社小誌」）には、「一枝の桜に万斛《ばんこく》の思ひを籠めて贈られた、若き日の広嗣公の歌。純情真率の情溢《あふ》れるばかりで、万葉集中に於ける優作である」と説かれている。「尊大さ」と述べたのは、言い過ぎであるかもしれない。

◉藤原広嗣の乱

そこで、広嗣の乱である。『続日本紀《しょくにほんぎ》』によると、天平十二年（七四〇）八月二十九日、広嗣は大宰府から上表文を奉り、天地の災を示して、橘諸兄の側近であった玄昉《げんぼう》と吉備真備《きびのまきび》（六九五～七七五）とを除くことを要求した。『松浦廟宮本縁起《まつらびょうぐうほんえんぎ》』にこの時の上表文とされるものが載せられているが、孝謙天皇と聖武天皇とを取り違え、また玄昉と道鏡を結びつけるなど混乱が見られ、後世の偽文であることは明らかである。九月三日、都に上表文が到着する。朝廷はただちにこれを謀反の意志の表明と断じ、広嗣鎮定のため、大野東人《おおののあずまひと》を大将軍に任じ、軍士一万七千人の動員を五道（東海・東山・山陰・山陽・南海道。北陸・西海道を除く五道）に通達した。九月二十一日、大野東人は関門海峡に達し、次々と到着する諸道の軍士を編成し、また長門《ながと》国豊浦郡の少領に命じ、四十人の精兵を授けて海峡を渡らせ、全軍の上陸地点を確保させた。翌二十二日、東人は勅使佐伯常人《さえきのつねひと》らを四千人の軍士とともに渡海させ、豊前《ぶぜん》国企救《きく》郡の広嗣の板櫃《いたびつ》の鎮《ちん》（兵営）を襲わせた。板櫃は、現在の北九州市小倉区の到津《いたつ》。関門海峡を守る要衝である。二十九日、全九州の官人・百姓《はくせい》にあてて、次のような勅が発せられた。

逆人《げきじん》広嗣は小来《もとより》凶悪にして、長《ひととな》りて詐姦《さかん》を益す。その父故式部卿（宇合）常に除き弃《す》てむと欲《す》れども、朕《われ》許すこと能《あた》はず、掩《おほ》ひ蔵《かく》して今に至れり。比《このころ》、京の中《うち》に在りて親族《うがら》を讒《しこ》ぢ乱す。故に遠きに遷さしめてその心を改むることを冀《ねが》ふ。……広嗣を斬殺して百姓《はくせい》を息《やす》めば、白丁《はくてい》（無位無官の公民）には五位已上を賜ひ、官人には等《しな》に随ひて加へ給はむ。（『続日本紀』巻十三・聖武天皇）

この勅によれば、広嗣が大宰少弐に任じられたのは、讒言《ざんげん》などの行為を行ったためであり、「遠きに遷さしめて」とあるように、左遷の意味をもつ措置であったことになる。しかし、先にも述べたように、次席の次官とはいえ、大宰府の実質的な最高責任者の地位である以上、勅の文言を額面通りに受け取るわけにはいかない。何より、これが「逆人広嗣」を指弾する目的をもつ勅であったことを考えるべきだろう。

広嗣の乱に戻る。十月九日、広嗣の軍一万騎は東進して板櫃川に到った。ここで勝敗の帰趨を定める大規模な戦闘が行われ、敗れた広嗣は逃亡する。五島列島を経て国外への脱出を試みようとしたらしい。十月二十三日、肥前国松浦郡値嘉島《ちかのしま》（五島列島の古い総称）で広嗣は捕らえられた。値嘉島から船を出し西に向かったものの、風が変わり、ふたたび値嘉島に吹き戻されたところを捕らえられた。十一月一日、広嗣は肥前国松浦郡で斬刑に処せられた。以上が広嗣の乱の顚末《てんまつ》である。

ところで、この広嗣の乱の最中《さなか》、聖武天皇は通常では理解しがたい行動を取っている。伊勢への行幸を突如企てるのである。『続日本紀』によると、天平十二年（七四〇）十月二十六日条に「造伊勢国行宮使《あんぐうし》を任ず」との記事が見えるから、この時点で行幸の具体的準備が始まっていることが知られる。同じく十月二十六日、聖武は広嗣討伐の責任者大野東人に対して、次のような勅を発している。

> 朕《われ》、意《おも》ふ所有るに縁《よ》りて、今月の末暫《しまら》く関東《せきのひむがし》（鈴鹿関《すずかのせき》・不破関《ふわのせき》の東）に往かむ。その時に非ずと雖《いへど》も、事已《や》むこと能《あた》はず。将軍これを知るとも、驚き怪しむべからず。（『続日本紀』巻十三・聖武天皇）

すでに述べたように、十月二十三日に広嗣は捕縛されており、実際には乱は終熄しているが、聖武はまだその事実を知らされていない。したがって、聖武の意識の中では、乱は鎮定されないままだった。それにしても、国家の大事を差し置いて、なぜ聖武は行幸を急ぐのか。この勅を九州で受け取った大野東人は、「将軍これを知るとも驚き怪しむべからず」という記述に接して、唖然としたに違いない。十月二十九日、聖武は平城京を出駕。この行幸には、元正《げんしょう》太上天皇、光明皇后も同行したらしい。十一月二日、伊賀国を経て、伊勢国の河口の行宮《かりみや》に到着する。一行は、この地に十日間滞在する。河口の行宮は、現在の三重県一志郡白山町川口の地。雲出川《くもずがわ》の南岸にあたる。滞在中の十一月三日、聖武は広嗣捕縛の報に接した。広嗣処刑の報を得たのは、翌四日である。これは十月二十九日付けの報告だから、捕縛の報が十一月三日に届いたとすると、北九州から伊勢の河口までの約七百キロを五日四晩で連絡したことになる（ちなみに、忠臣蔵の赤穂《あこう》事件では、三月十四日に浅野内匠頭《たくみのかみ》が刃傷・切腹、それを知らせる急使が赤穂に到着したのは三月二十日のこととされる。この場合は六日を要している）。聖武は、その後も美濃《みの》・近江《おうみ》・山背《やましろ》へと行幸の旅を進め、十二月十五日、恭仁京《くにきょう》の地（山背国相楽郡《そうらくぐん》。現在の京都府木津川市加茂のあたり。盆地の中央を木津川〈泉川〉が流れる。「百人一首」の「みかの原わきて流るる泉川いつ見きとてか恋しかるらむ」〈藤原兼輔《かねすけ》〉の「みかの原」の地）に到る。聖武は、そこを都と定め、ただちに都城の造営を命じている。翌天平十三年（七四一）正月、聖武は恭仁京において朝賀を受ける。その後、一時難波京《なにわきょう》を皇都とするものの、天平十七年（七四五）五月、再び平城京を都とするまで、聖武は五年の間、平城京には戻らない。世に言う聖武の大彷徨《だいほうこう》である。

聖武の伊勢行幸の理由については、歴史学者の間にも定説はない。伊勢神宮への戦勝祈願とも思えるが、河口の行宮での滞在のように、一カ所に十日以上も留まったり、その滞在中に遊猟を行ったりもしている。遊楽的な要素も見られ、差し迫った危機意識はまったく感じられない。いずれにしろ、聖武の行動の理由は謎のままである。

●怨霊となった広嗣

広嗣の乱に話を戻す。乱の歴史的評価については、新日本古典文学大系『続日本紀　二』補注に詳しいので、それを紹介するにとどめる。

広嗣の乱は、大軍が動員されて実戦が展開したという点では、七十年近く昔の壬申の乱以来の内乱であったし、首謀者が藤原一族、それが光明皇后の甥だったことも当時の朝廷を甚だしく動揺させ、数年来猖獗《しょうけつ》を極めた天然痘の惨禍とともに、この乱がやがて国分寺や東大寺が造営される原因の一つとなったことは確かである。だが乱の直接の契機は、朝廷から疎外された首謀者藤原広嗣の個人的な不満にあり、大規模な内乱に展開したのも、広嗣が実質上の長官として着任した大宰府が……大きな権限を与えられていたために、これを利用して大軍を動員することができたためであり、乱そのものの政治的構造はいわば単純であった。

（新日本古典文学大系『続日本紀　二』補注）

要を得た説明であり、付け加えるところはない。「乱そのものの政治的構造はいわば単純であった」というのも、その通りであろう。しかしながら、問題とすべきは、そうして斬刑に処せられた広嗣が、後に怨霊として畏怖されるようになったことである。『松浦廟宮本縁起』がその事実を記す。

この縁起は、後代のさまざまな伝承を取り入れた形跡があるが、この中に怨霊と化した広嗣を、本来政敵であるはずの吉備真備《きびのまきび》が鎮めたとする伝承が見えている。松浦廟宮とは、佐賀県唐津市鏡の地に鎮座する鏡神社のこと。領巾《ひれ》振り伝説で知られる鏡山（領巾麾《ひれふり》の嶺）の麓にある神社である。この神社は広嗣を祭神とするが、現在は一宮に神功皇后《じんぐう》を、二宮に広嗣を祀っている。ただし、本来の祭神は広嗣のみで、神功皇后は後から祀られたと思《おぼ》しい。一宮、二宮の位置もそれを示している。すなわち、鳥居正面に位置するのが広嗣を祀る二宮であり、神功皇后を祀る一宮はその脇に位置している。この配置はあきらかに不自然である。もともとは、広嗣の霊を鎮める目的で建てられた神社であったことが、ここからわかる。

縁起によると、刑死した広嗣の祟りによって、臣下公卿の妖死するもの多数に及んだため、朝議の結果、吉備真備に命じて広嗣の霊を鎮撫させることにしたという。政敵である真備がなぜ広嗣の鎮撫にあたったのか理由は不明だが、縁起によれば、真備は広嗣の師であり、真備の「一日為レ師。終身為レ父。一字千金。二世恩重」という言葉によって、広嗣の霊は鎮められたという。この「一字千金」とは、怨霊を鎮める際の呪語であったらしい。「一、悲劇の皇子と薬師寺」でも紹介したが、大津皇子《おおつのみこ》の怨霊を義淵《ぎえん》僧正が鎮める際、やはりこの「一字千金」の言葉を用いている（二六八ページ）。「一日でも師弟の関係を結べば、終身の父子関係と同様であり、その恩の重さは二世にわたる」とあり、「一字千金」はそれを喩えた言葉らしい。

『松浦廟宮本縁起』には、さらに次のような伝承が記されている。鏡神社は、天平十七年（七四五）、聖武天皇の叡慮によって建てられたとする伝承である。これが事実であるなら、広嗣刑死の直後から、その怨霊の祟りが畏怖されていたことになる。縁起の記事には不審な点も残るが、この天平十七年創建説は、まんざらの浮説とも思われない。それというのも、以下に示すような太政官符が残されているからである。

応レ令レ常二住肥前国松浦郡弥勒知識寺僧五人一事

右得二大宰府解一称。観音寺講師伝灯大法師位光豊牒称。依二太政官去天平十七年（七四五）十月十二日謄勅符一。件寺始置二僧廿口一施二入水田廿町一。自レ爾以来年代遥遠緇徒（僧侶）死尽。寺田空存修行跡絶。望請。置二度者五人一令レ修二治彼寺一。即鎮二国家一兼救二遊霊一者。府依二牒状一謹請二官裁一者。右大臣宣。宜丁選乙心行無レ変精進不レ倦。堪下住二持仏法一鎮中護国家上之僧甲以令丙二常住一。

承和二年（八三五）八月十五日

（『類聚三代格《るいじゅうさんだいきゃく》』巻二）

承和二年（八三五）の太政官符である。肥前国松浦郡の弥勒知識寺《みろくちしきじ》の荒廃を修治させるため、五人の僧の任用を求めた大宰府の解《げ》（上申書）に対して発せられた官符である。ここで注目されるのが、かつてこの寺には、僧二十人が置かれ、また水田二十町が施入されていたとあることで、その事実は「天平十七年十月十二日」の「勅符」に記載されていたとある。さらに、今回の僧の任用も、「鎮㆓国家㆒兼救㆓遊霊㆒」ところにあるとも明記されている。「勅符」の存在が事実なら、聖武天皇の意志によって弥勒知識寺が建立されたことになる。しかも「救㆓遊霊㆒」とある以上、広嗣の亡魂を鎮めるためであったことは疑いえない。ならば、縁起が説く鏡神社の創建譚も、これと結びつけて理解することができる。

弥勒知識寺と鏡神社の関係には不明な点もあるが、当時の神仏習合の実態を考えると、鏡神社に弥勒知識寺が併存していた可能性も考えられる。「知識寺」とあるから、広汎な唱導活動によって、財物の喜捨を集め、それを知識（信者が金品を寄進すること、またその寄進者）として寺の造営がなされたらしいことがわかる。広嗣の怨霊の祟りがこの地域一帯に広く畏れられていたことが、寺の造営の大きな理由であり、それゆえに知識結《ちしきゆい》のような組織が形成されて、この寺が完成したのだろう。聖武が僧二十人と水田二十町を施入したというのも、聖武自身にも広嗣の怨霊への畏れが自覚されていたためであったに違いない。

◉玄昉悪死の伝承と広嗣

それでは、広嗣の霊の祟りとはどのようなものであったのか。それを示す伝承をいくつか見ておこう。まず広嗣の政敵玄昉《げんぼう》が、広嗣の霊の祟りによって、筑紫観世音寺《つくしかんぜおんじ》に左遷され、その地で死んだとされる伝承である。筑紫観世音寺は、現在も太宰府市に所在する。大宰府政庁の跡である都府楼跡《とふろうあと》から少し東に行ったところにある。国宝の梵鐘（京都妙心寺の梵鐘と同じ鋳型）をはじめ、重要文化財の仏像が数多く収蔵されている宝蔵がある。寺域の北側に、玄昉の墓が残る。

玄昉は、もともと義淵《ぎえん》の弟子で、法相宗《ほっそうしゅう》の僧。入唐学問僧として、遣唐使とともに渡唐、在唐十八年に及んだ。帰国後、聖武天皇の信頼を受け、さらに吉備真備とともに、橘諸兄政権の側近となった。人格的にも批判されるところがあったというが、それも広嗣から指弾される理由だったかもしれない。その後、藤原仲麻呂《ふじわらのなかまろ》によって、筑紫観世音寺別当に左遷、そこで死を迎えることになる。

その玄昉の死だが、『続日本紀』天平十八年（七四六）六月十八日条に、

> 是《ここ》に至りて、徒所《としょ》（配流先）にして死ぬ。世に相伝へて云はく、「藤原広嗣が霊の為に害《そこな》はれぬ」といふ。
>
> （『続日本紀』巻十三・聖武天皇）

とある。「世に相伝へて云はく」とあるものの、『続日本紀』という正史に記されていることの意味は重い。玄昉の死は、当時、実際にも広嗣の霊の祟りと見られていたのだろう。さらに時代が下り、『扶桑略記《ふそうりゃくき》』あたりになると、玄昉の死はさらに誇張されて語られるようになる。

> 玄昉法師為㆓大宰小弐藤原広継之亡霊㆒、被㆑奪㆓其命㆒。広継霊者、今松浦明神也。……流俗相伝云、玄昉法師、大宰府観世音寺供養之日、為㆓其導師㆒、乗㆓於腰輿㆒供養之間、俄自㆓大虚㆒捉㆓捕其身㆒、忽然失亡。後日、其首

落二置于興福寺唐院一。
（『扶桑略記』第二・聖武・天平十八年（七四六）六月五日条）

玄昉は、筑紫観世音寺の供養に際して、導師として腰輿《ようよ》（前後の轅《ながえ》を担い手が腰のあたりで支える輿《こし》）に乗っていたところ、突然大空からその身を捕捉され、忽然として姿を消したが、後日、その首が奈良の興福寺唐院に落ちたとする記事である。同様の伝承は、『平家物語』『源平盛衰記《げんぺいじょうすいき》』『元亨釈書《げんこうしゃくしょ》』等にも伝えられる。ここでは『平家物語』を引いておこう。

> 天平十六年六月十八日、筑前国《ちくぜんのくに》見かさの郡《こほり》大宰府観世音寺、供養ぜられける導師には、玄房（玄昉）僧正とぞ聞こえし。高座にのぼり、敬白《けいびやく》の鐘うちならす時、俄《にはか》に空かきくもり、雷《いかづ》ちおびたゝしう鳴ッて、玄房の上におちかゝり、その首をとッて雲のなかへぞ入りにける。……同天平十九年六月十八日、しやれかうべに玄房といふ銘をかいて、興福寺の庭におとし、虚空に人ならば千人ばかりが声で、どッとわらふ事ありけり。興福寺は法相宗の寺たるによッて也《なり》。彼僧正の弟子共是《これ》をとッて塚をつき、其《その》首をおさめて頭墓《づはか》と名付けて今にあり。是則《これすなはち》広嗣が霊の致すところ也。是によッて彼《かの》亡霊を崇《あがめ》られて、今松浦の鏡の宮と号す。
> （『平家物語』巻七・還亡《げんばう》）

ここに見える「頭墓《づはか》」は、一般には頭塔《ずとう》の名で呼ばれている。奈良市の高畑町にあり、天平石仏十三体が残る土塔の跡である。以前は荒廃していたが、近年整備されて土塔としての姿が明瞭になった。なお、奈良には、玄昉の遺骸がバラバラになって興福寺の境内などに落ちたとする口碑が伝えられており、腕（かいな）は肘塚《かひな》町

(奈良市中心部の南端、JR桜井線「京終《きょうばて》」駅付近)に、眉《まゆ》と眼《め》は大豆山《まめやま》町(近鉄奈良駅の北、奈良女子大学付近)に飛来したとされる(一種の語呂合わせで、こじつけも甚だしいが)。実際には、玄昉の墓は観世音寺にあるので、荒唐無稽な話ではあるが、風聞としてこうした話が伝えられていたのだろう。

なお、広嗣の伝承をまとめる意味で、『今昔物語集』の記事も見ておこう。「玄昉僧正、唐にわたり法相を伝へたる語《こと》」(巻十一第六話)である。

その時に、藤原の広嗣と云ふ人有りけり。不比等の大臣《おとど》の御孫《おほむまご》なり。式部卿宇合《うまかい》と云ひける人の子なれば、品《しな》も高く人様《ひとざま》も吉《よ》かりければ、世に用ゐられたる人にてなむ有りける。その中に、心極めて猛《たけ》くして、智《さと》り有りて万《よろづ》の事に達《いた》れりければ、吉備《きび》の大臣《おとど》を以つて師として、文《ふみ》の道を学びて、身の才賢《ざえ》くして、朝《てう》に仕へて右近の少将に成りにけり。(以下、謀反・鎮定ノ次第ヲ記シテ)その後、広嗣悪霊と成りて、且《かつ》は公《おほやけ》を恨み奉り、且は玄昉が怨みを報ぜむと為《す》るに、彼の玄昉の前に悪霊現じたり。赤き衣《きぬ》を着て冠《かうぶり》したる者来たりて、俄《には》かに玄昉を爴《つか》み取りて空に昇りぬ。悪霊その身を散々に爴み破りて落としたりければ、その弟子共有りて、拾ひ集めて葬《さう》したりけり。その後、悪霊静かなる事無かりければ、天皇極めて恐ぢさせ給ひて、「吉備の大臣は、広嗣が師なり。速《すみや》かに彼の墓に行きて、誘《こしら》へをこつるべきなり」と仰せ給ひければ、吉備宣旨を奉《うけたまは》り、西に行きて広嗣が墓にして、誘《こしら》へ陳じけるに、その霊して、吉備殆《ほとほと》しく鎮《しづ》めらるべくなりけるを、吉備陰陽《おんやう》の道に極めたりける人にて、陰陽の術を以ちて我が身を怖れ無く固めて、懃《ねむごろ》にをこつり誘《こしら》へければ、その霊止《とど》まりにけり。その後、霊、神と成りて、その所に鏡明神と申す、是《これ》なり。彼の玄昉の墓は今に奈良に有りとなむ語り伝へたるとや。

(『今昔物語集』巻十一第六話「玄昉僧正、唐にわたり法相を伝へたる語」)

ここにも、吉備真備が広嗣の師であり、その霊が真備によって鎮められたことが見えている。先にも述べたが、悪霊はどうやら師恩の呪力によって鎮められるとする観念があったらしい。次章で改めて述べるが、皇太子の地位を剝奪されて憤死した早良親王《さわらしんのう》の霊が、やはり生前の師であった善珠《ぜんじゅ》によって鎮められるのも、師恩による鎮撫という伝承の類型性を示している。

吉備真備の墓と伝えられる古墳（吉備塚）が、奈良教育大の構内にある。先年発掘が行われた結果、その副葬品から六世紀初頭の武人の墓らしいことが想定（奈良教育大学「吉備塚古墳の調査」、平成十八年三月）されているから、実際には吉備真備の墓とは考えられない。しかし、これが頭塔と同様、奈良市の高畑町に所在していることは、この地における伝承の広がりを感じさせる。藤原広嗣の怨霊は、さまざまな屈折をこの地に強いていたらしい。

なお、余談になるが、鏡神社の別社に式内社赤穂《あこう》神社があり、これは新薬師寺のやや西北、志賀直哉旧居にほど近いところにある。その関係で、新薬師寺の門前右手に、近年十市皇女《とおちのひめみこ》を摂社として祀っている。急死した十市は赤穂《あこう》の地（奈良市高畑町）に葬られたとあるから、その縁であろう。十市皇女は、大海人皇子《おおあまのみこ》（天武天皇）と額田王《ぬかたのおおきみ》の間に生まれた皇女で、天智天皇の子大友皇子の妃となった。壬申の乱は、父と夫の争いであったことになる。乱後、父に引き取られたが、その後、天武天皇七年（六七八）、急死する。急病説、自殺説、三輪山の神の祟りと見る説などがある。異母兄の高市皇子《たけちのみこ》（天武天皇の長子）との恋愛関係もあったらしい。波乱の生涯を送った女性である。

以上が、藤原広嗣の怨霊譚だが、その背景にあるのは、一種の政治不安であっただろう。天平年間以降、さまざまな怨霊譚が語られるようになっていくが、その端緒は、長屋王の変あたりにあったと推測される。長屋王の謀反事件の翌年、天平二年（七三〇）九月、安芸《あき》・周防《すおう》国の私度僧集団（私度僧は、私的に得度したと主張する民間宗教者で、非合法の存在として、律令政府の弾圧の対象とされた）が「妄《みだ》りに禍福《かふく》を説き」「死魂を妖祠」して多くの人を教導していたことが、『続日本紀』に見える。『日本霊異記』中巻第一縁には、謀反の疑いによって自死させられた長屋王の遺骨が土佐国に漂着し、その発する悪気のために、多数の百姓が死んだことが記されている。疫病の流行が背景にあるのだろうが、それを長屋王の霊の祟りと説明したのである。疫病の流行は社会不安を生むから、民間の宗教運動者はその不安をたくみに利用することで、布教活動を展開した。先にも触れた大津皇子の怨霊譚も、薬師寺の平城京への移転が契機となっているらしいから、天平年間に入って語り広められた可能性が高い。ならば、藤原広嗣の怨霊譚も、それらと同時期のものと見てよいだろう。

これらの怨霊は、すべて政争の犠牲者である。それゆえ、怨霊が畏怖されるのは、政争に直接かかわりをもつ宮廷社会の内部に限定されるはずである。だが、それへの畏怖は、民間社会にまで及んでいる。そこには、不安定な政治が社会の混乱を引き起こし、衆庶の生活が脅かされているような現実がある。養老から天平期にかけての私度僧集団の活動は、そうした状況の反映にほかならない。藤原広嗣の怨霊譚も、そうした流れの中で把握されるべきだろう。

三、秋篠寺の建立と早良親王

◉桓武天皇即位の裏事情

最後に、秋篠寺《あきしのでら》建立にまつわる早良親王《さわらしんのう》（七五〇〜七八五）の怨霊譚を見ていきたい。

秋篠寺は、奈良市の中心部からやや北西に所在する寺で、寄棟《よせむね》の線の美しい本堂（国宝）と伎芸天像（重文）で知られている。この寺がいつどのようにして建立されたのかは、実はよくわからない。秋篠寺の名が正史の上に初めて現れるのは、『続日本紀』宝亀十一年（七八〇）六月五日条であるが、そこには、光仁《こうにん》天皇の勅によって、百戸の封戸をこの寺に施入したことが見えている。ならば、創建はそれ以前にさかのぼるだろう。近世の偽書らしく、信頼はおけないものの、「興福寺官務牒疏《かんむちょうそ》」には宝亀七年（七七六）創建とある。その頃の建立と見てよいだろう。

秋篠寺の開基は、善珠《ぜんじゅ》僧正（七二三〜七九七）とされる。もっとも、それを伝えるのは後代の資料で、同時代のものには見えない。しかし、善珠が開基であったことは、ほぼ間違いない。その理由は、秋篠寺が、桓武《かんむ》天皇（七三七〜八〇六）とその皇子安殿《あて》親王（平城《へいぜい》天皇）の父子に祟る怨霊鎮魂の役割をもつ寺とされたらしいからである。なお、秋篠寺の寺域外（もともとは寺域内であろう）に、善珠僧正の廟（墓）が残る。

そこで、まずは鎌倉時代の説話集『古事談《こじだん》』第三に所載される次の記事を見ることにしたい。『扶桑略記《ふそうりやつき》』延暦十六年（七九七）正月十六日条の記事もほぼ同内容を伝えるが、ここでは便宜上、『古事談』の記事を見ることにする。

桓武天皇の御時、早良《さはら》太子春宮を廃せられたる時、その事を祈請《きせい》せむがため、諷誦《ふじゆ》を諸寺に行はる。僧等、皇犯を恐れ奉り、一人として申し上ぐる僧無し。ここに、大和の国秋篠寺の諷誦の住僧善修（善珠のこと、『扶桑略記』には「興福寺沙門善珠」とあり、当時菅原寺に住していたとある）、（早良親王の）御使に申して云《い》はく、「他寺の僧等は申し上げずといへども、当寺の御諷誦に至りては、啓白《けいびやく》し畢《をは》んぬ。ただし、この御祈請の事は、先世の宿業に答ふるところ、遁《のが》れしめ給ふべからず。しかれども、悪執《あくしふ》を貽《のこ》さしむべからず。あなかしこ、あなかしこ。この由《よし》必ず必ず申さしむべし」と云々《しかしか》。すなはち太子、罪科に行はれ了《をは》んぬ。現身に悪霊と成り、天皇に付き悩まし奉る。これにより有験《うげん》の僧徒を以ちて加持し奉るといへども、さらに効験《かうけん》あること無し。時に善修大徳を召す。加持し奉るに及ばずといへども、『心経』少々読みて、太子をねぎて云はく「さればこそ申し候ひしか。無益《むやく》の事なり。早く悪執をとらかして、生死《しやうじ》を離れしめ給ふべし」と云々《しかしか》。よりて帝の御悩立ちどころに平癒し、永く発《おこ》り給はずと云々《しかしか》。（『古事談』巻第三・七）

背景がきわめて複雑な話である。この記事のあらましは以下の通り。桓武天皇の皇太子（皇太弟）であった早良《さわら》親王に廃太子の処分が下されようとした際、さまざまな寺にその中止を祈願する諷誦文《ふじゆもん》を読んでくれるよう頼んだものの、どの寺も後難を恐れて、その頼みを聞かなかった。唯一、善珠だけがその頼みを聞いて、諷誦文を唱えた。しかし、結果として早良親王は廃太子となり、罪科を負って死ぬ。親王は悪霊となり、桓武天皇を悩ませる。しかし、善珠が加持祈禱をすると、その悪霊の祟りが鎮められた、とする内容である。

だが、これだけでは、この話の裏にある事情はわからない。そこで、やや煩雑になるが、その経過について記してみたい。

桓武天皇の父は光仁天皇だが、事の発端はその即位にまでさかのぼる。そもそも、聖武天皇の皇統は、その娘である称徳《しょうとく》天皇で途絶えることになる。光明《こうみょう》皇后腹に跡継ぎの男子が残らなかったためであり、その結果、娘の阿倍皇女《あべのひめみこ》が孝謙《こうけん》天皇として即位することになった。この女帝の即位が、後継者問題をますます紛糾させることになる。藤原仲麻呂《ふじわらのなかまろ》によって擁立された後継者淳仁《じゅんにん》天皇は位を廃され、孝謙太上天皇が、再度称徳天皇として即位（重祚）する。しかし、後継者不在の問題は、先延ばしされたに過ぎない。

その後、道鏡政権の誕生などの紆余曲折はあったものの、称徳天皇の崩後、光仁天皇が即位することになる。光仁天皇の父は、志貴皇子《しきのみこ》（天智天皇の皇子）で、これにより皇統は天武系から天智系へと切り替わる。光仁天皇の即位に際しては、藤原式家の百川《ももかわ》（七三二〜七九）の策謀があったとされる。

光仁天皇は、即位後井上《いのえ》内親王（聖武天皇の皇女）を皇后とした。さらに、その皇后腹の他戸《おさべ》親王が皇太子に立てられる。他戸は、女系によるとはいえ、天武系の血も享《う》けていることになる。ところが、この母子の地位が廃される事態が生ずる。宝亀三年（七七二）三月、光仁天皇を呪詛したとして、井上皇后がその地位を奪われ、同年五月、他戸親王も皇太子の地位を廃される。母子は大和国宇智郡の没官宅《もつかん》（官位等を没収された官人が住んでいた邸宅）に幽閉され、三年後の宝亀六年（七七五）四月二十七日、同日に卒《しゅっ》した。同日の死はいかにも不自然であり、服毒自殺あるいは暗殺が疑われるとされる。

廃太子された他戸親王に代わって立太子したのは、百済《くだら》系の出自をもつ高野新笠《たかののにいがさ》から生まれた山部親王（後の桓武天皇）である。高野新笠の父は和乙継《やまとのおとつぐ》。和氏は百済の武寧王《ぶねいおう》（四六二〜五二三）の子孫とされる。右の一連の事件の背後の事情は不明だが、『公卿補任』宝亀二年（七七一）の藤原百川《ももかわ》の記事に、「奇計」を用いて他部親王を廃太子し、山部親王を皇太子にしたとある。山部親王のために尽力したともあるから、この裏で式家の百川が暗躍していたのは間違いない。おそらく百川が山部親王と結び、その上で光仁天皇をも惑わすような巧みな術策を用いて、井上・他部母子の追い落としを計ったのだろう。

天応元年（七八一）四月、光仁天皇は譲位、山部親王が即位する。桓武天皇である。この時、光仁天皇のつよい意向で、山部親王の同母弟、早良親王が皇太弟に立てられた。桓武天皇より十二歳年下になる。もともと早良は、年少の頃に出家しており、「親王禅師」と呼ばれていた。それゆえ、皇太弟となる際には還俗*注1した。

桓武の即位後も、皇位継承をめぐる混乱は続く。おそらくは、天武系皇統、直接には聖武天皇の血筋につながる者が皇位を継ぐべきだとする意見が、朝廷内部にもつよく存在したのだろう。

これより以前だが、聖武天皇の御落胤を名告る者が現れ、虚偽として処断された事件もあった。

> 一《ひとり》の男子有り。自ら聖武皇帝の皇子にして、石上朝臣《いそのかみのあそみ》志《し》斐《ひ》弖《て》が生む所と称《まう》す。勘《かむが》へ問ふに、果たして誣罔《ふまう》（いつわり）なり。詔《みことのり》して遠流《をんる》に配したまふ。
>
> （『続日本紀』巻第二十七・称徳天皇・天平神護二年（七六六）四月三十日条）

この事件が起こったのは、称徳朝の末年、道鏡政権の絶頂期にあたる。称徳女帝の後継者問題が燻り続けていた時期である。そこに、聖武天皇の御落胤を名告る男子が現れたというのは、いかにもあるべきことといえる。

これが、事実「誣罔」であったのかどうかは、わからない。

聖武天皇の血筋につながる者を後継者に求める動きは、桓武天皇の即位後にも続く。藤原式家と対立する勢力がそこに荷担していたらしい。その現れが、桓武天皇の即位の翌年、すなわち延暦元年（七八二）閏正月の氷上《ひかみの》川継《かわつぐ》の変である。氷上川継の父は、天武天皇の皇子新田部皇子《にいたべのみこ》の子の塩焼王《しおやきおう》、母は聖武天皇の娘の不破内親王《ふわないしんのう》だから、氷上川継は天武系皇統の血を色濃く受け継いでいることになる。血筋としては、桓武にまさる。そもそも、氷上川継の兄の志計志麻呂《しけしまろ》も、それ以前、先の聖武天皇の御落胤事件が起こった三年後、神護景雲《じんごけいうん》三年（七六九）五月、称徳天皇を呪詛した罪によって土佐国に配流されている。この事件は、後に誣告《ぶこく》であったことが明らかになるが、皇位継承をめぐる不満が朝廷内部に鬱積していたことの証左ともいえる。そこで、氷上川継の変だが、この事件の場合も具体的な事実がどこまであったのかは不明とされる。とはいえ、クーデターの計画が露見した結果、川継や不破内親王は流罪とされ、また数十名の官人がこれに連座する。朝廷内部から、反対派勢力の一掃を狙った藤原式家側の策謀と見てよいだろう。

◉早良親王の憤死

一方、桓武と皇太弟である早良親王との関係にも隙間が生じてくる。桓武には皇后藤原乙牟漏《おとむろ》（式家の宇合《うまかい》の孫、良継《よしつぐ》の娘）との間に生まれた安殿《あて》親王（後の平城《へいぜい》天皇）がおり、桓武はこれに皇位を譲りたいと願っていたからである。このあたりの人物関係は、壬申の乱の構図と瓜二つである。壬申の乱は、天智天皇が実子である大友皇子に皇位を譲りたいと考え、皇太弟であった大海人皇子（後の天武天皇）を吉野に引退させたところに端を発しているからである。天智と大海人が同母の兄弟（父は舒明《じょめい》天皇、母は斉明《さいめい》天皇）であることも、桓武と早良の場合と同様である。

さて、この間、桓武の政権を支えていた式家の藤原百川が薨ずる。その後の式家の中心となったのは、百川の甥の藤原種継《たねつぐ》（七三五〜八五）である。種継も桓武天皇からきわめて重用された。種継は、長岡京遷都を主導した人物とされる。平城京から長岡京への遷都がなぜ企図されたのかについては諸説あるが、盆地である平城京よりも、淀川に面し、水運の便にすぐれた長岡京を選んだとするのが通説とされる（変わったところでは、大仏建立の際、その鍍金《めっき》に使用した水銀アマルガムによる水銀中毒の蔓延が遷都の原因であったとする説もある。現在はほぼ否定されているようだが、鍍金作業に直接従事した人びとに害がなかったとはいえないように思う）。旧名では乙訓《おとくに》郡、現在の向日《むこう》市、長岡京市のあたりになる。長岡京の造営にあたっては、平城京・難波京の建造物を移築した。とりわけ政務の中心となる大極殿《だいごくでん》や朝堂院は難波宮の建物をそのまま移築したとされる。長岡京の造営は、延暦三年（七八四）六月に始まり、十一月には天皇は長岡京に遷御している。翌延暦四年（七八五）正月には、大極殿で正月の朝賀の儀が行われている。ところが、この年九月、造長岡宮使長官として、長岡京の造営を督励していた藤原種継が現地を視察中に何者かによって射殺される。種継は、当時四十九歳。犯人は大伴継人《おおとものつぐひと》、同竹良《たけら》らであったため、それに連座して大伴氏を中心とする保守派——反藤原式家の勢力が摘発・連座させられることになった。

ついでながら、藤原氏は、式家に限らず、基本的には革新派であり、大陸の先進文化を積極的に受容して、中国的な律令制＝官僚システムを推進しようとする立場の氏族である。一方、大伴氏を中心とする保守派は、伝統的な大君＝天皇とのミウチ関係を重視しようとする意識がつよく（大伴氏などは、大君の親衛隊としての矜持をずっと持ち続けることになる）、それを支えとして大君に奉仕しようとする立場だから、官僚システムよりは家柄を重視しようとする姿勢がつよい。両者は相容れるはずはなく、しかもこうした場合、革新派が優位をしめることになるのは、歴史の常である。

種継の暗殺は、直接的には長岡京への遷都に対する反対の意思表示であっただろう。当時の大伴氏の中心人物大伴家持《やかもち》は、鎮守府将軍として多賀城（宮城県仙台市のやや北、東北経営の軍事・政治上の拠点）にいたが、この事件の二十日ほど前に薨じていた。ところが家持は、事件の首謀者の一人とみなされ、その葬儀も許されず、官位姓名剝奪の処分を受けることとなった（子の永主《ながぬし》は隠岐《おき》国へ配流）。

種継の暗殺事件で重要なのは、早良親王が連座させられたことである。これには、家持が鎮守府将軍とともに兼ねていた東宮大夫《とうぐうだいぶ》（東宮坊の長官）の職が意味をもつ。種継暗殺の謀略が東宮坊を中心に立てられたとする構図が、意図的に仕組まれたからである。早良親王は、ただちに乙訓寺《おとくに》（京都府長岡京市）に幽閉され、皇太弟の地位を剝奪された。その上で、早良は淡路島（兵庫県）に配流されることになった。皇太子には、かねての計画通り、桓武の子である安殿《あて》親王が立てられる。

乙訓寺に幽閉された早良親王は一切の飲食を断つこと十余日、淡路島への配流の途中、憤死する。遺骸はそのまま淡路に流され、塚に葬られた。先に見た『古事談』（『扶桑略記』も同様）の記事の前半は、事実かどうかは不明ではあるが、この時のことになる。善珠のみが、早良助命のために諷誦を行なったというのである。

ここで早良が一切の飲食を断って憤死したとあることが問題となる。むろん自死の行為には違いないが、これは意図して怨霊となるための一つの方法だった。一切の飲食を断つとは、餓死することだが、古代においては餓死がもっとも苦しく、悲惨な死に方であると考えられていた。峠などで飢えて行き倒れた旅人の霊が「ひだる神」となって、他の旅人に祟る例が各地に見られるが、これも餓死が怨霊と結びつく例と見てよい。説話の世界のことだが、次のような話もある。葛木金剛山の聖人《しょうにん》が、文徳《もんとく》天皇の女御で清和《せいわ》天皇の母である染殿后《そめどののきさき》（藤原明子）に一目惚れして狼藉に及んだため捕らえられたところ、一切の飲食を断って自死し（「もとの願ひのごとく鬼にならむと思ひ入りて、物を食はざりければ、十余日を経て飢ゑ死にけり」とある）、鬼となって天皇の面前で染殿后を犯したという話（『今昔物語集』巻二十第七話）である。これも餓死することが、祟り神となって思いを遂げる一つの手段であったことを示している。

餓死することで怨霊となった早良の霊は、桓武天皇と新たに皇太子となった安殿親王の父子に祟ることになる。しかも、桓武即位の際、死に追いやった井上皇后・他戸親王などの霊も、やはり怨霊となってこの父子に祟った。そうした中、この父子周辺の女性たちが次々と死んでいく。延暦七年（七八八）五月には、百川の娘で桓武の夫人であった藤原旅子が、その翌年十二月には、桓武・早良の生母であった皇太后高野新笠が、さらにその翌年、延暦九年（七九〇）閏三月には、安殿の母である皇后藤原乙牟漏が、相次いで鬼籍に入った。そして、この頃から安殿の体調に異常が現れる。延暦十年（七九一）十月以降、安殿には不予のことが続き、卜占の結果、早良の祟りであることが判明、朝廷は謝罪の使者を淡路島の墓に派遣している（『日本紀略』延暦十一年（七九二）六月十日条）。その後も、早良らの祟りは続くので、延暦十九年（八〇〇）七月、桓武は早良に崇道《すどう》天皇の号を与え、また井上内親王を皇后の地位に復し、淡路島に所在する早良の墓を山陵とする詔を発している（『日本後紀』）。なお、藤原種継暗殺事件に連座して官位・姓名を剝奪された大伴家持らも、大同元年（八〇六）、本位に復された（『日本紀略』）。

◉善珠と秋篠寺

そこで、善珠である。善珠はすぐれた加持僧・祈禱僧として、早良親王の祟りを鎮めることができたらしい。

先に示した『古事談』の記事の後半部は、よくそのことを示している。『古事談』のもとは、先にも述べたように、『扶桑略記』延暦十六年（七九七）正月十六日条だが、そこには、善珠が『大般若経』を転読して、早良の亡魂を鎮めたので、その験によって僧正に任じられたとある。

ところが、善珠は、僧正に任じられた直後、四月二十一日に卒去してしまう。『日本紀略』には、

> 僧正善珠卒《しゆつ》す。年七十五なり。皇太子（安殿）、其の形像を図《えが》きて秋篠寺に安置す。（『日本紀略』）

とある。安殿が善珠の画像を秋篠寺に安置したというのである。この記事について、直木孝次郎氏は、「善珠が早良親王の祟《たたり》から安殿皇太子をまもるために修法していたことと関係があるだろう。善珠は死んでも、なお生けるがごとく秋篠寺にあって皇太子のための修法をつづけるように、というねがいをこめて、善珠の像が作られたものと思われる」（直木孝次郎『奈良時代史の諸問題』塙書房）と述べている。その理解があたっていよう。

これに関して注目すべき説話が『日本霊異記』下巻第三十九縁に見える。「智と行と並びに具《そな》はれる禅師《ぜんじ》、重ねて人の身を得て、国皇《こくわう》の子に生《うま》れし縁《えに》」と題する話である。やや長いが引用する。

> 尺《しやく》（釈）善珠禅師は、俗姓跡《あと》の連《むらじ》なりき。母の姓を負ひて、跡の氏と為《な》りき。幼き時に母に随ひて、大和の国山辺《やまのべ》の郡《こほり》磯城嶋《しきしま》の村に居住《すまひ》せり。得度して精《ねもこ》ろに懃《つと》めて修学《しゆがく》し、智と行と双《ならび》に有りき。皇臣《わうしん》に敬せられ、道俗に貴《たふと》ばる。法を弘め人を導きて、行業《ぎやうごふ》とせり。是《ここ》を以って天皇、其の行徳を貴び、僧正に拝任したまふ。彼《そ》の禅師の顊《おとがひ》の右の方《かた》に、大きなる黶《ふすべ》（ほくろ）有りき。平城《なら》の宮に天の下治めたまひし山部《やまべ》の天皇（桓武）

の御世の、延暦十七年の比頃《ころほひ》に、禅師善珠、命終《みやうじゆ》の時に臨みて、世俗《よのひと》の法に依りて、飯占《いひうら》を問ひし時に、神霊《たましひ》、卜者《かみなぎ》に託《くる》ひて言はく「我、必ず日本の国の王の夫人《ぶにん》丹治比《たぢひ》の嬢女《をみな》の胎《はら》に宿り、王子に生《うま》れむ。我が面《おもて》の黶《ふすべ》著きて生れむを以つて、虚実を知るべし」といふ。命終の後、延暦十八年の比頃《ころほひ》に、丹治比の夫人、一《ひとり》の王子を誕生《う》みたまふ。其の顊《おとがひ》の右の方に黶著くこと、先の善珠禅師の面の黶の如《ごと》し。失《う》せずして著きて生る。故《そゑ》に、名《なづ》けて大徳《だいとく》の親王《みこ》と号《まう》す。然《しか》して三年許《みとせばかり》を経て、世に存《あ》りて薨《みまか》りたまひき。向《さき》に飯占を問ひし時に、大徳の親王の霊《たましひ》、卜者《かみなぎ》に託《くる》ひて言《のたま》はく「我は、是れ善珠法師なり。暫《しまら》くの間、国王の子に生るらくのみ。吾が為に香を焼《た》きて供養せよ」と者《のたま》ひき。是《こ》の故に当《まさ》に知れ、善珠大徳、重ねて人の身を得て、人王《にんわう》のみ子に生れしことを。内教に言はく「人家々《ひといえいえ》なり」と者《い》へるは、其《そ》れ斯《こ》れを謂《い》ふなり。是《こ》れも亦奇《またあや》しく異《めづら》しき事なり。

（『日本霊異記』下巻・三十九縁）

末尾のまとめにもあるように、不思議な話というほかはない。善珠が死に臨み、皇子として生まれることを約束し、実際に桓武天皇の皇子、大徳親王《だいとくしんのう》として生まれ変わったという話である。あごの右のほくろが、その証拠であったとされる。

ここで注意すべきは、「飯占《いひうら》」である。ここでの「飯占」は、死の直前に行われているように記されているが、実際には死後に行われたのだろう。仏教の輪廻転生《りんねてんしょう》の考えが浸透すると、死後どのような世界に転生するかが切実な問題とされた。そこで、それを知るための手段として「飯占」が行われた。「飯占」は飯の炊け具合によって判断する占いというが、その具体的な方法はよくわからない。ここに「卜者《かみなぎ》」が関与していることも注意される。「卜者」は、シャーマン的な巫者と見てよい。

なお、善珠の俗姓が「跡《あと》の連《むらじ》」であることも興味を引く。「跡」は「阿刀」とも記す。善珠の師の玄昉《げんぼう》も、同氏の出自である。後文には「跡の連」は母方の氏とある。一部には、玄昉が皇太夫人藤原宮子と密かに通じ、生まれたのが善珠であったとする風説も流布していた(『扶桑略記』延暦十六年(七九七)正月十六日条、『元亨釈書』など)。事実とは思われないが、善珠が同じ出自の玄昉から興福寺で法相宗《ほっそうしゅう》の教学を授かり、また加持・祈禱僧の験力を受け継いでいたのは確かであるらしい。

善珠が生まれ変わったとされる大徳親王は実在で、桓武天皇の第十一皇子。『日本紀略』では、延暦二十二年(八〇三)十月二十五日、六歳で薨じたとある。とすれば、その誕生は延暦十七年(七九八)で、『霊異記』とは一年の違いを見せる。『霊異記』では、三歳で薨じたとあるから、この点も異なる。『日本紀略』は、善珠の死を延暦十六年(七九七)としており、そこも延暦十七年とする本話とは異なる。ただし、善珠の死の一年後に大徳親王が生まれたとする構図は変わらない。

そこで、なぜこのような話が生まれたのかが問題となる。すでに述べたように、早良親王の怨霊の祟りを鎮めた善珠の霊験は、桓武・安殿の父子の深い信頼を得ていたが、それだけに善珠の死はこの父子に大きな衝撃を与えたに違いない。安殿によって、善珠の画像が秋篠寺に安置されたというのも、先にも述べたように、その画像が生ける善珠に代わって安殿を守護することを期待したからだろう。

ならば、こうした善珠の転生譚が生まれたとしても不思議ではない。ただし、『日本霊異記』は民間の仏教説話集だから、これがそのまま当時の宮廷内部で語られていた話であるとは考えにくい。むしろ、民間で語られた浮説(流言)の類と見るべきだろう。とはいえ、こうした伝承が語り出されるような不気味な雰囲気が、宮の内外に漂っていたこともまたたしかであろう(原田行造『日本霊異記の新研究』桜楓社)。

秋篠寺には、あきらかに桓武・安殿の父子を守護する役割が期待されていた。それは、桓武の三十五日忌の法会が、東大寺・西大寺・薬師寺などの古く由緒ある諸大寺をさしおいて、秋篠寺と大安寺のみで行われている事実を見てもあきらかである。直木孝次郎氏によると、東大寺・西大寺・薬師寺などが天武系の諸天皇の建立になる寺であるのに対して、秋篠寺と大安寺は非天武系の寺と見るべきだという（直木孝次郎『奈良時代史の諸問題』）。

なお、秋篠寺の南門前には、早良親王以下の怨霊を祀る「八所御霊社」が存在する。さらに同寺には、雷の石・雷の臍《へそ》と呼ばれるものが保存されており、怨霊の雷神信仰化を物語るものがあるという。

なお、善珠は、右のように、桓武・安殿の父子から重用されたが、そのありかたを世俗におもねるものとして玄賓《げんぴん》（?〜八一八）が批判した話が『閑居友《かんきよのとも》』に伝えられている。以下は余談になるが記しておく。

玄賓は、もともと興福寺の僧であったが、名利を嫌い、三輪山の麓に庵を構えて隠遁、さらには伯耆国《ほうき》に、また大僧都に任じられてしまったことを耳にして備中国の山中に遁れたとされる。やや後の時代、平安時代中期の増賀《ぞうが》（九一七〜一〇〇三）とともに、中世の隠遁僧からは、理想像として仰がれた（中世になると、出家して寺に入っても、その世俗的なありかたに耐えられず、そこを出て隠遁生活を送る僧が現れるようになる。そのような僧の理想像が前代の玄賓や増賀とされた）。増賀は多武峰《とうのみね》に隠遁したので、多武峰の聖とも呼ばれる。増賀も名利をひどく嫌ったが、その振る舞いはあまりにも極端すぎて、説話の中のこととはいえ、ほとんど狂気すれすれの奇行に近い。関白藤原頼忠《よりただ》の娘藤原遵子《じゅんし》は、円融《えんゆう》天皇の皇后であったが、後に出家して尼となる際、増賀を受戒の師として招いたが、その折の増賀の行動は、物狂いのふるまいそのものといえる。*注2

玄賓が善珠を批判した話に戻ると、『閑居友』に、次のような話が見える。善珠が僧正に任じられ、そのお礼を宮中に言上した帰り、雨の降る中、興福寺の僧坊にびしょ濡れになりながら戻って来たものの、玄賓がなかなか戸を開けてくれず、その恨み言を言った善珠に対して「いたくよき振る舞い好む人は、またわびしき目にも遇へば思ひも知り給へかしとて、遅くあくるぞかし」と答えたという話である。なお、三輪山の麓、山辺道《やまのべのみち》の途中に、その庵の跡がいまも玄賓庵として残る。もっとも、もともとの所在は大三輪神社の神域内にあり、後に移したものという。

なお、『閑居友』は、この記事に続けて、善珠について、「いみじきおこなひ人」であるとし、弥勒菩薩の住む兜卒天《とそってん》の内院に往生した人だとしている。ただし、生前、興福寺の僧坊の壁に唾を吐きかけたので、内院から帰され、湯に沸かした名香で壁を洗った後、改めて内院に往生したとある。唾を吐きかける行為が何を意味していたのかは不明である。『閑居友』によれば、その壁は近い頃まで香ばしさが残っていたという。

◉怨霊譚三題のおわりに

以上、「万葉樵話・番外編」として、三つの怨霊譚、すなわち大津皇子・藤原広嗣《ひろつぐ》・早良親王《さわらしんのう》の怨霊譚をながめてきた。

藤原広嗣・早良親王の怨霊譚は、どちらも奈良時代の政治状況を背景に生まれたと見てよい。怨霊は後に御《ご》霊《りょう》と呼ばれるようになり、御霊会《ごりょうえ》のような祭りも営まれるようになるから、こうした怨霊が畏怖されるようになるのは、平安期に入ってからだとする理解が、これまでの通説的な見方であった。しかし、怨霊への畏怖は、もっと早い時期に始まっていたと考えなければならない。聖武天皇の時代、天平という時代がその画期になる。

すでに持統天皇の時代、謀反の疑いを受けて殺された大津皇子は、すでに祟り神として意識されていたらしい。大津の屍《しかばね》が二上山《ふたかみやま》に「移葬」（『万葉集』巻二・一六五題詞）されたのは、草壁皇子の死をその祟りと見たからに違いない。大津皇子が怨霊として明確に意識されるようになるのも、やはり聖武天皇の時代だった。その端緒は、長屋王の変あたりにあっただろう。藤原広嗣の怨霊譚も、それとほぼ同時期に流布されるようになったと見てよい。

奈良時代の末から平安時代の初めにかけて、政争の犠牲者はさらに増えていくが、そうした中で、御霊《ごりょう》信仰が生み出される。貞観五年（八六三）五月二十日、神泉苑で最初の御霊会が催されるが、御霊の筆頭に位置づけられたのが、崇道《すどう》天皇すなわち早良親王だった（『日本三代実録』）。

平安時代は、こうした怨霊、あるいは生霊《いきりょう》や死霊《しりょう》が跋扈《ばっこ》する時代でもあったが、その端緒は、すでに奈良時代にあった。そのことを最後に確認しておきたい。

＊注1　醍醐寺本『諸寺縁起集』所収『大安寺碑文』に見える「皇子大禅師」は、早良親王のことという。この碑文には「宝亀六年四月十日作」とあるものの、これを偽作と見る説が有力とされていた。東野治之氏は、この内容をつぶさに検討し、この碑文には「皇子大禅師」＝早良親王が止住することで大安寺の繁栄がもたらされたことを顕彰する意味合いが認められることを指摘し、その上でこの碑文が宝亀六年あたりに作られたと見てよいことを明らかにした（東野治之「古碑の真贋」『よみがえる古代の碑』歴博ブックレット⑦）。還俗以前の早良親王の姿をうかがうことのできる貴重な史料ということになる。

＊注2　遵子が出家する際、受戒の師として招かれた増賀は、「私をお招きになったのは、私のきたなき物（陰茎）が大きいとお聞き及びになったからなのか。いまは練絹のようにくたくたと成ってしまったものを」と言い放ったり、退出時には、「自分はすっかり老齢になって下痢気味で、もはや耐えられない」と言って、西の対《たい》の簀子《すのこ》から尻を突き出して、下痢便を音高くひりちらしたり、といった振る舞いに及んだことが、『今昔物語集』『宇治拾遺物語』に記されている。

おわりに　古典を学ぶ意味

◉古典を学ぶ意味はどこにあるか

本書を閉じるにあたり、現代において古典を学ぶ意味がどこにあるのかについて記してみたい。

近年、文学部の学問、人文学に対する風当たりがすこぶるつよい。人文学無用論が声高に叫ばれたりもしている。中でも、文学研究にその鉾先《ほこさき》が向けられている。

そうした動きは、いまや国語教育にまで及ぼうとしている。事実、教育の場で文学を教えることの大切さが、次第に失われつつあるように感じられる。とりわけ、古典の教育への軽視が際立つ。実生活には役立たないというのが、その理由であるらしい。

しかし、ほんとうにそうなのか。人文学無用論に対する反論は、何度か試みてはいるが（塩村耕編『文学部の逆襲』〈風媒社〉、江藤茂博編『文学部のリアル、東アジアの人文学』〈新典社〉に、そうした反論を寄せた）、もどかしいことながら、議論を仕向けたい相手である新自由主義《ネオリベラリズム》の推進者（これまで公権力が担ってきた役割を民間に委ね、経済活動の諸規制を緩めようとするような主張を中心とするのが新自由主義。その流れがいまや公教育であるべき中等教育から高等教育にまで及ぼうとしている。そこから文学部不要論、人文学無用論が生まれる）には、まったく届いていない。そうした残念な状況ではあるが、ここではそれへの反論の一助として、古典を学ぶ意味がどこにあるのかについて、少しばかり述べてみたい。

ごく大づかみにいうなら、私たちが生きているこの世界のありかたが、古い時代といまとでは大きく異なっており、古典を学ぶことによって、その違いについて考えることができるようになる。それが、古典を学ぶもっとも大きな意味の一つなのではあるまいか。

◉世界の捉え方の違い

世界のありかたが異なっているといま述べたが、むしろ世界の捉え方の違いといったほうがよいかもしれない。現代の私たちは、私たち人間を中心にして、すべての物事のありかたを考える。しかし、古代の人びと――ここでは、『万葉集』の時代を念頭に置いているが、古代の人びとは、そうした人間を取り巻く自然、それを神の意志の現れと捉え、人間はそうした自然の中で生きているのだと考えた。

そのことを、自然現象を表す言葉によって検証してみよう。葉の上などに露が降りることを「露置く」という。いまの学校文法では、「露」を主語、「置く」を述語の動詞と捉える。自動詞・他動詞という言い方を用いるなら、この場合は自動詞になる。それでは、「(机の上に)本を置く」といった場合は、どうなるだろう。こちらは学校文法の説明だと他動詞になる。しかし、同じ「置く」が、自動詞にも他動詞にもなるというのは、見方を変えるとおかしい。実は、自動詞・他動詞というのは、西洋語の概念(実は主語という概念も)による区別であり、日本語ではそうした区別をもたないのが本来だった。「露置く」の場合も、「本を置く」と同じように、何か大きな存在が「露」を「置いた」。もともとはこのように捉えていたのだろう。木下正俊氏は、類似の動詞、たとえば「波寄す」「風吹く」などを例に、広く自然現象や人体などの、自分の意志ではどうすることもできないような、いわば不随意現象を表現するに当たって、何かそのような作用を起こすものがあるのだ、と考えることが、かなりあったと知られる。……「波寄す」「風吹く」などの表現は、「神」が「波をして寄らしむ」「風をして吹かしむ」と考えた古代的思考の産物と言ってよいのではないか。

（木下正俊『萬葉集語法の研究』塙書房）

と説いているが、このような理解に立つのがよいように思われる。

◉季節は向こう側の世界からやって来る

いまでもそうした感覚が残っているのかもしれないが、春や秋といった季節も、この世界に、どこからか、おそらくは向こう側の世界、神の世界からやって来るものと考えられていた。春になると梅や桜の花が咲き、秋が深まると木々の葉が色づく。こうした現象は、この世界にいつのまにか忍び寄った季節の霊威《れいい》が、花や葉に依《よ》り憑《つ》き、その結果、花が咲いたり、木々の葉が色づくと信じられていたのである。

木の葉の色づき、紅葉は、理科の学習の中で、気温が下がると、葉の色素が変化し、それで赤や黄になるのだと説明される。しかし、そうした理屈を知らなければ、もともと青かった葉が、誰も手を触れないのにその色を変化させていくのは、たしかに不思議な現象であるに違いない。古代の人びとは、それを秋という季節の霊威が木々の葉に宿り、それで色づくのだと考えた。紅葉は、山の頂きから麓《ふもと》へ、そして人びとの住む村里《むらざと》へと徐々に下りていく。山の頂きは気温差が大きいから、紅葉が早く始まるのは自然なことではあるが、しかし、古代の人びとは、山の頂きは神の世界に近いから、それゆえ早く色づくのだと考えた。その色づきが村里にまで及ぶことで、季節の霊威の訪れるさまを視覚的にも実感することができた。

季節がやって来ることを、「春」「秋」の場合、「春立つ」「秋立つ」という。この「立つ」だが、霊的な存在がありありと現れ出るという意味がある。「月立つ」「風立つ」「波立つ」などの例が思い浮かぶ。「月立つ」は新月が現れ出ること、「風立つ」は、風の吹き始めることをいう。その背後には、やはり霊的な力が感じ取られていた。「波立つ」だが、そもそも波は遠い異世界から、この世界にやって来るものとされていた。この世界には存在しない不思議なものが、岸辺に打ち寄せられることがあり、古代の人びとはそれを異世界から波に運ばれて流れ着いたのだと考えた。そうした波が起こることを「波立つ」と呼んだのである。ここにも霊的な力への畏怖の念が見えている。

季節の「春立つ」「秋立つ」を、二十四節気の「立春」「立秋」の訳語と見る向きもあるが、これは誤っている。「夏立つ」「冬立つ」という言い方が存在しないことからも、それは明らかである。和語としての「立つ」の意味を重視しなければならない。なお、古代においては、季節の基本は「春」「秋」にあり、「冬」は「春」を迎えるための長い準備（隠《こも》り）の期間、「夏」は暑熱の特別な期間とされた。四季が均等かつ対等なものになるのは、より時代が下ってからのことになる。

◉昼と夜、アシタとユフへ

昼や夜も、季節と同じく、どこか別の世界から訪れて来るものと考えられていた。その昼や夜だが、私たちはこれを時間として理解している。しかし、もともとは時空、つまり時間と空間をあわせもつ世界としてあったと見なければならない。さらに大事なのは、古代の人びとが、昼は人の世界、夜は神の世界と、はっきりと区別していたことである。夜が神の世界だというのは、説明が必要かもしれない。この場合の神とは、人間ならざるもの、魔物や妖怪の類、悪鬼・悪霊などの恐ろしいモノたちを含むからである。夜は、そうしたモノたちが跳梁《ちょうりょう》・跋扈《ばっこ》する世界としてあった。そこで、人は家の中にじっと逼塞《ひっそく》して、夜の明けるのを待った。

昼と夜の交替だが、徐々に移り変わるものとされていた。朝の気配が少しずつ入り込み、気づいてみたら朝になっていた、というのが実際のところだっただろう。夜もまた同様である。

昼と夜のはざまは、アシタ（朝）、ユフヘ（夕）と呼ばれた。昼の世界と夜の世界が交錯し、少しずつ入れ替わる時間帯だから、そこでは異常なことが起こる。その時間帯をカハタレ（彼は誰）、タソカレ（誰そ彼）と呼んだ。この二つの言葉は、すでに『万葉集』にも見えている。

たそかれと我《われ》をな問ひそ九月《ながつき》の露に濡れつつ君待つ我《われ》を　（巻十・二二四〇）

訳「誰かあれは」と、私を問いただすな。九月の露に濡れながらあの方を待っている私を。

暁《あかとき》のかはたれ時《どき》に島陰を漕《こ》ぎにし船のたづき知らずも　（巻二十・四三八四）

訳 明け方の薄暗い時分に島陰を漕ぎ去って行った船の行方も知れないことだ。

一首目は「柿本人麻呂歌集《かきのもとのひとまろかしゅう》」の歌、二首目は防人歌《さきもりうた》である。夕暮、明け方に怪しい人影に出合ったりすると、それに向かって正体を問いただす必要があった。その言葉が「たそかれ（誰そ彼）」「かはたれ（彼は誰）」である。

一首目は、女が外で草の陰などに隠れて男を待っているのだろう。その姿を誰かが見つけても咎《とが》め立てするなと歌っている。二首目は、これからの前途の不安を、薄明の中、遠く漕ぎ去る船の行方に重ねた歌。「暁《あかとき》」は「明時《あかとき》」で、午前四時前後を指すから、その時分がカハタレ時だったことがわかる。

アシタとユフへは、どちらも夜と昼とのはざまの時間帯だが、ユフへがよりつよく意識された。その理由は、家に戻るのがつい遅れてしまった人間と、早々と現れ出たモノたちとが遭遇するのが、このユフへだったからである。この感覚は、夕方遅くまで外で遊んでいると、「人さらいに掠《さら》われるよ」などと注意されることがあったように、ごく近年まで残っていたように思われる。芥川龍之介の『トロッコ』などは、そうした夕暮れの恐ろしさを背後に置いて読むべきだと、私などは思っている。

一方、カハタレ時は、むしろ異界のモノたちの退場する時間帯として、よりつよく印象づけられていた。一番鶏が鳴くと、慌てふためいて退散する鬼の姿を描いた民話「こぶとり爺さん」などを見ると、そのことはあきらかだろう。

その一番鶏だが、日の出の二時間ほど前に鳴くという。人間にとっては、まだ真っ暗闇の夜のうちである。そこで、古代の人びとは、次のように考えた。鶏は、夜の世界の中にひそかに忍び寄る朝の気配を察知して鳴くのではないか、と。そこに、人は鶏の不思議な能力を感じ取ったに違いない。

朝の気配は、遠くの方から、少しずつ人里に近づいて来る。『古事記』に、「八千矛《やちほこ》の神の神謡」と呼ばれる歌謡がある。八千矛の神（出雲《いずも》の神、大国主神《おおくにぬしのかみ》の別名とされる）が、越《こし》の国（北陸地方）の沼河比売《ぬなかわひめ》のもとに求婚に赴いた際、比売がなかなか戸を開けてくれず、思わず夜が明けてしまったのを怨んで詠んだ歌である。

二

（八千矛の神が）　—　（八千矛の神が）

嬢子《をとめ》の　寝《な》すや板戸を
押そぶらひ　我《わ》が立たせれば
引こづらひ　我《わ》が立たせれば
青山に　鵺《ぬえ》は鳴きぬ
さ野つ鳥　雉《きぎし》は響《とよ》む
庭つ鳥　鶏《かけ》は鳴く
………

嬢子が　お休みになっている家の板戸を
押し揺さぶって　私がお立ちになっていると
何度も引っ張って　私がお立ちになっていると
青山で　鵺は鳴いた
野の鳥　雉は声を響かせる
庭の鳥　鶏は鳴く

（記二）

ここにはいくつかの鳥が現れる。鵺《ぬえ》はトラツグミのことで、夜口笛を吹くように悲しげに鳴く。一方、雉《きぎし》と鶏《かけ》は、夜明けを告げる鳥とされる。注意したいのは、鵺・雉・鶏が、山→野→庭の順序で並べられ、朝の気配が少しずつ人里に近づいてくるさまを表現していることである（古橋信孝『古代の恋愛生活』ＮＨＫブックス）。朝はそのようにして遠い彼方の世界から、この世界にやって来た。このありかたは、春や秋の季節が到来するのと同様である。なお、「庭つ鳥」だが、古老の中には、いまもニワトリでなくニワットリと呼ぶ者もいる。語源どおりなので、感心した覚えがある。

◉「朝戸」という言葉

「朝戸《あさと》」という言葉があることもここで紹介しておきたい。朝開く戸の意で、男の朝帰りに開く女の家の戸をいう。

朝戸を早くな開けそあぢさはふ目が欲《ほ》る君が今夜《こよひ》来ませる

（巻十一・二五五五）

訳 朝の戸を早く開けるな。あじ鴨を捕らえる網の目ではないが、目に触れて逢いたく思うお方が今夜おいでになっていることだ。

この歌からわかるのは、「朝戸」を開くまでは、家の内ではまだ夜が続くものとされていることである。男は、夜が明ける前に女のもとを辞去するのが、当時の恋愛の約束だった。だが、「朝戸」を開けないうちはまだ夜が続いているのなら、「朝戸」を開けなければよい。これは、女の歌だから、侍女などに命じて、「朝戸」をそんなに早く開けるなと歌ったのだろう。いつまでも男を引き留めておきたいとする女の心根がよく現れた歌である。「朝戸」を開けば、朝の気配は家の内に入って来る。「朝戸」に見えるこうした想像力、戸を隔てた内と外とで世界が異なるとする捉え方は、なかなか興味深い。

◉神の本質は祟《たた》るところにある

最初にも述べたように、古代の人びとは、自分たちの住む世界を囲む自然を神の意志の現れとして捉えていた。ここで注意すべきは、そうした自然は、一方でとてつもなく恐ろしいものとしてあったことである。自然は、人びとに恵みを与えてくれるものの、時として大きな災いをもたらした。そうした災いも、古代の人びとは、やはり神の意志の現れ、神の霊威《れいい》の現れと見た。私たちは、神というと、願いを叶えてくれるやさしい存在と考えがちである。だが、神の本質は、災いをもたらすところ、つまり祟《たた》るところにある。日照りや大雨が何日も続いたり、夏に寒さが続いたら、農作物はたちまち不作になり、その結果、飢饉《ききん》が起こる。そうした時に疫病が流行すれば、さらに甚大な被害をもたらす。

古代の人びとは、こうした災いを、すべて神の祟りの結果であると考えた。そこで、そうした祟りが起こらぬよう、人びとが無事に生活が送れるよう、ひたすら神に祈った。そこに祭りが営まれる根本的な理由がある。何もせずに平穏無事な生活が送れるなら、神を祭る必要などない。祟るからこそ祭るのである。これが基本である。

◉野や山は神の領域

人びとが住む空間である村里《むらざと》、その村里を囲む野や山は神の世界、神の領域と考えられた。そうしたところに、勝手に人が入り込むことは許されなかった。そこに人が入り込むことは、ケガレをもたらし、それが祟《たた》りを引き起こすと考えられたからである。

とはいえ、人は生活のため、時には野や山に入らなければならない。そうした際には、そこに入る前に神に祈り、その許しを得る必要があった。たとえば、家を建てるため、材木を山から切り出す際には、山の神を祭って、その許しを得た。山に入っても、決して余計なものは取らなかった。必要なものを、必要な範囲で、文字通り頂戴したのである。

そのことがよくわかる歌が『万葉集』にある。越中《えっちゅう》国守であった大伴家持《おおとものやかもち》が、業務視察のため、国内諸郡を巡行した際に、能登《のと》半島の能登島《のとじま》を見て詠《よ》んだ歌である。能登半島は造船が盛んで、能登島からも船材となる良材が伐《き》り出された。当時の越中は、現在の富山県だけでなく能登半島も含んでいた。

〓 鳥総《とぶさ》立て船木《ふなき》伐《き》るといふ能登《のと》の島山　今日見れば木立《こだち》繁《しげ》しも幾代《いくよ》神《かむ》びそ　（巻十七・四〇二六）

■訳　鳥総《とぶさ》を立てて船材の木を伐るという能登の島山よ。今日見ると木立が繁っていることよ。幾代を経て神々《こうごう》しくなったのか。

旋頭歌《せどうか》である。「鳥総《とぶさ》」は、葉のついた梢《こずえ》の部分で、木を伐採《ばっさい》した後、それを切り株の上に立てて、山の神に供えた。梢は、船材としては不要な部分だが、切り株の上に立てるのは、山の神に返す意味があるからである。すべてを持ち去るのではなく、必要外のものは、もとの世界に戻す。それが基本とされていたことが、この歌からもわかる。

祝詞《のりと》「大殿祭《おほとのほかひ》（宮殿の平安を祈る祝詞）」にも、山から料材を伐《き》り出して宮殿を造営するさまが、次のように描かれている。

> 今、奥山の大峡《おほかひ》・小峡《をかひ》に立てる木を、斎部《いみべ》の斎斧《いみをの》をもちて伐《き》り採《と》りて、元末《もとすゑ》（根元《ねもと》と先端の部分）をば山の神に祭りて、中間《なから》（木の中間部分）を持ち出《い》で来《き》て、斎鉏《いみすき》をもちて斎柱《いみばしら》を立てて……

ここにもまた不要な部分（「元末」）を、山の神に返したことが見えている。ただし、ここで大事なのは、「不要」という捉え方は決してしていないことである。事実としてはそうに違いないが、使わないところは、そのまま神の世界にお返しする。そうした意識がここに現れている。そこに大きな意味がある。

マタギなどの狩猟民も、獲物を捕らえた際に、その耳や内臓を山の神に供えるが、これもまた神の世界にお返しするということだろう。南九州には、銀鏡神楽《しろみかぐら》（宮崎県西都《さいと》市）のように、狩猟民の信仰と密接に結びついた神楽の伝統があるが、そこでも舞台に獲物となったイノシシの頭（幸魂《さちみたま》と呼ぶ。サチは、獲物の意）が供えられる。

ここにもお返しするという意味があるに違いない。

新しく土地を開墾する場合も同様であった。そのためにはまず、対象となる土地の神の許しを得なければならなかった。

ここで興味深いのは、宮沢賢治の童話に、そうした古い時代の人びとの自然に対する心をうかがわせるような例が見られることである。「狼森《おいのもり》と笊森《ざるもり》、盗森《ぬすともり》」（童話集『注文の多い料理店』所収）と題する話である。以下、冒頭部分を要約する。

新たに開墾すべき土地を求めて、四人の男がそれぞれの家族とともに、狼森《おいのもり》、笊森《ざるもり》、黒坂森《くろさかもり》、盗森《ぬすともり》という四つの森に囲まれた土地を見つけ、そこに村を起こすことに決める。その時、男たちは周囲の森に向かって、「ここへ畑起こしてもいいかあ」「ここに家建ててもいいかあ」「ここで火たいてもいいかあ」「すこし木もらってもいいかあ」と許しを請《こ》い、それに対して森は一斉に「いいぞお」とか「ようし」と答える。

（宮沢賢治「狼森と笊森、盗森」要約）

これは、近代の作品ではあるが、古代の人びとの自然に対する考え方、意識をよく示す話であるように思われる。宮沢賢治は、科学者でもあるが、その作品には、古代的な感性が随所に現れている。この「狼森《おいのもり》と笊森《ざるもり》、盗森《ぬすともり》」も、古代に置き換えれば、村立て（村起こし）の神話として読むこともできる。

●人間中心の考えに反省を

ここで、冒頭に記したことに戻れば、いまの私たちは人間、つまり自分を中心に置いてあらゆる物事を考えるので、その結果、自然の中にどしどし踏み込んでそこを荒らし、必要とあらば、何もかもそこから持ち去ってしまうような愚を繰り返している。その結果、いたるところで環境破壊が起こり、そこから深刻な問題がさまざまに生じている。時には、手痛いしっぺ返しを受けることさえある。近年の異常な気候変動などは、まさしく環境破壊がもたらす悪しき結果にほかならない。それゆえ、ここで、古代の人びとの自然を恐れる敬虔な気持ち、自然を謙虚に敬う気持ちをもっと重く受けとめてよいのではあるまいか。古典を読み、古い時代の人びとの考えを知ることは、いまの時代の人間中心の考え――人間が一番偉いのだ、自然は人間のためにあるのだという考えに、反省を迫る意味をつよくもつ。それが、古典を学ぶ意味の一つではないかと、私は考えている。いまの私たちの世界の捉え方が唯一絶対であるという根拠など、どこにもないはずだからである。

ここでまた、最後に余計なことを述べておく。いまの時代の人間中心の考え、――人間が一番偉いのだ、自然は人間のためにあるのだという考えは、日本の場合、おそらく近代以降に形成されたものであるに違いない。ならば、これは、あきらかに西洋から流入した世界像の反映と見てよいだろう。

ここからは、全くの駄弁に類した指摘になるが、どうやら西洋から流入したその世界像の根底には、聖書によって培われた自然観があるように思われる。『旧約聖書』「創世記」は、神による天地・万象の創造を冒頭で述べる。人はその最後に造られるが、神は造られた人に向かい、次のように命ずる。「ふえかつ増して地に満ちよ。

また地を従えよ。海の魚と、天の鳥と、地に動くすべての生物を支配せよ」（関根正雄訳、岩波文庫）と。つまり、人こそがこの地上世界の支配者であることを、神が宣告したことになる。この宣告が、その後の西洋を支える世界像の基底にあり続けたように思われる。日本の近代も、西洋の枠組みの摂取がその始まりだから、人間中心の思考もそこで受容されることになったのだろう。だが、その思考が、いまや大きな危機をもたらしつつあることは、すでに繰り返し述べて来たとおりである。地球規模での環境破壊は、人類の生存をも脅かしかねないところまで来ている。ならば、その思考は、どこかで相対化されなければならない。古代の人びとの自然を畏怖する敬虔な気持ちを学ぶことは、そうした相対化につながる視点を確保するための有益な一歩となりうる。人文知の世界では、現在の知のみに絶対の価値があるわけではなく、過去の知もまた、振り返るべきものとして存在する。過去の知には、現在の知を揺り動かす意味が含まれているからである。古典を学ぶことは、過去の知との触れあいであり、古典を学ぶことの大切さはまさしくそこにあるのではあるまいか。以上を蛇足として付け加えておく。

あとがき

本書執筆の経緯は、「はじめに」に書いたとおりなのだが、「おわりに」でも少し述べたように、近年あちこちで取り沙汰される古典無用論へ何とか一矢を報いたいとの思いがあったことだけは、ここでも繰り返しておく。

本書では、これまで『万葉集』の研究者があまり取り上げて来なかったような話題を中心にした。そこで、副題を「教科書が教えない『万葉集』の世界」とした。『万葉集』の研究者には生真面目な方が多く、和歌の解釈にも往々にしてそれが現れることがある。だが、『万葉集』の世界はきわめて多様であり、時として猥雑な、場合によっては不倫・乱倫の関係が現れたりもする。それが宮廷社会のありようでもあるのだが、そこをきちんと押さえなければ、『万葉集』の世界は読み解けない。本書に類書と違うところがあるとすれば、そうした『万葉集』の世界の多様さについて具体的に述べたところであろう。読者の皆さまが、そのあたりに『万葉集』の魅力を感じ取っていただけるなら、実にうれしいことである。

なお、本書には、既に公表した論の一部を利用したところがある。この点の御理解をお願いしたい。

WEB版「国語通信」の連載時から本書刊行に至るまで、筑摩書房編集部の中島稔晃氏のご高配を忝くした。厚く御礼を申し上げる。

二〇二〇年一〇月

多田一臣

『万葉集』和歌さくいん

本書に収録した『万葉集』の和歌について五十音順に掲載した。一部の長歌などは、本文に掲載の形で省略した。和歌の頭の数字は歌番号。

3810 味飯を水に醸みなし我が待ちし効はさねなし直にしあらねば 224
3266 味酒を　神なび山の　帯にせる　明日香の川の　速き瀬に…… 191
823 梅の花散らくは何処しかすがにこの城の山に雪は降りつつ 15
2952 おのが齢の衰へぬれば白栲の袖の馴れにし君をしそ思ふ 13
4328 大君の命畏み磯に触り海原渡る父母を置きて 32
4260 大君は神にし座せば赤駒の匍匐ふ田居を都となしつ 259
603 思ふにし死にするものにあらませば千遍そ我は死に返らまし 74
1289 垣越しに犬呼び越して鳥狩りする君　青山の繁き山辺に馬休め君 240
4321 畏きや命被り明日ゆりや草が共寝む妹なしにして 32
892 風雑り　雨降る夜の　雨雑り　雪降る夜は　すべもなく　寒くしあれば　堅塩を　取りつづしろひ　糟湯酒　うち啜ろひて　咳かひ　鼻びしびしに　しかとあらぬ　鬚かき撫でて　我を措きて　人はあらじと　誇ろへど…… 226
489 風をだに恋ふるは羨し風をだに来むとし待たば何か嘆かむ 38
3835 勝間田の池は我知る蓮なししか言ふ君が鬚なきごとし 39
3404 上野安蘇の真麻群かき抱き寝れど飽かぬを何どか我がせむ 27
3227 神なびの　三諸の神の　帯にせる　明日香の川の　水脈速み…… 190
555 君がため醸みし待酒安の野に独りや飲まむ友なしにして 224
2298 君に恋ひしなえうらぶれ我が居れば秋風吹きて月傾きぬ 66
3931 君により我が名はすでに龍田山絶えたる恋の繁き頃かも 116
488 君待つと我が恋ひ居れば我が屋戸の簾動かし秋の風吹く 38
4420 草枕旅の丸寝の紐絶えば我が手と付けろこれの針持し 32
2926 悔しくも老いにけるかも我が背子が求むる乳母に行かましものを 164
4373 今日よりは顧みなくて大君の醜の御楯と出で立つ我は 33

3726 このころは恋ひつつもあらむ玉櫛笥明けてをちよりすべなかるべし 113
1078 この月のここに来れば今とかも妹が出で立ち待ちつつあるらむ 180
1456 この花の一枝のうちに百種の言そ隠れるおほろかにすな 274
1457 この花の一枝のうちは百種の言持ちかねて折らえけらずや 274
348 今代にし楽しく有らば来む生には虫にも鳥にも吾は成りなむ 232
1113 この小川霧そ結べる激ちたる走井の上に言挙げせねども 85
694 恋草を力車に七車積みて恋ふらく我が心から 71
560 恋ひ死なむ後は何せむ生ける日のためこそ妹を見まく欲りすれ 73
2390 恋するに死にするものにあらませば我が身は千遍死に返らまし 74
598 恋にもそ人は死にする水無瀬川下ゆ我痩す月に日に異に 75
695 恋は今はあらじと我は念ひしを何処の恋そ摑みかかれる 71
4078 恋ふといふはえも名づけたり言ふすべのたづきも無きは我が身なりけり 72
3465 高麗錦紐解き放けて寝るが上に何ど為ろとかもあやに愛しき 27
2356 高麗錦紐の片方ぞ床に落ちにける　明日の夜し来むと言ひせば　取り置き待たむ 124
1753 衣手　常陸国に　二並ぶ　筑波の山を…… 108
341 賢しみと物言ふよりは酒飲みて酔ひ哭きするしまさりたるらし 230
4425 防人に行くは誰が背と問ふ人を見るが羨しさ物思ひもせず 32
271 桜田へ鶴鳴き渡る年魚市潟潮干にけらし鶴鳴き渡る 236
339 酒の名を聖と負せし古昔の大き聖の言の宜しさ 229
3254 磯城島の大和の国は言霊の助くる国ぞま幸くありこそ 104
4250 しなざかる越に五年住み住みて立ち別れまく惜しき夕かも 216

4382 ふたほがみ悪しけ人なりあた病我がする時に防人に指す 33
3841 仏造る真朱足らずは水溜る池田の朝臣が鼻の上を掘れ 143
3846 法師らが鬚の剃り杭馬繋ぎいたくな引きそ僧は泣かむ 98
2354 大夫の思ひ乱れて隠せるその妻　天地に通り照るとも顕れめやも 130
1028 大夫の高円山に迫めたれば里に下り来るむざさびそこれ 239
490 真野の浦の淀の継橋情ゆも思へか妹が夢にし見ゆる 64
97 み薦刈る信濃の真弓引かずして強作留行事を知ると言はなくに 88
96 み薦刈る信濃の真弓吾が引かば貴人さびていなと言はむかも 87
3230 幣帛を　奈良より出でて　水蓼　穂積に至り　鳥網張る　坂手
を過ぎ　石走る　神なび山に　朝宮に　仕へ奉りて　吉野へと
入ります見れば　古思ほゆ 192
2925 みどり児のためこそ乳母は求むといへ乳飲めや君が乳母求むらむ 164
1770 三諸の神の帯ばせる泊瀬川水脈し絶えずは我忘れめや 190
4488 み雪降る冬は今日のみ鶯の鳴かむ春へは明日にしあるらむ 175
3293 み吉野の　御金の岳に　間なくぞ　雨は降るといふ　時じくそ
雪は降るといふ　その雨の　間なきがごと　その雪の　時じき
がごと　間も落ちず　我はそ恋ふる　妹が正香に 188
350 黙然をりて賢しらするは酒飲みて酔ひ泣きするになほ如かずけり 233
1591 黄葉の過ぎまく惜しみ思ふどち遊ぶ今夜は明けずもあらぬか 218
1076 ももしきの大宮人の退り出て遊ぶ今夜の月の清けさ 181
416 百づたふ磐余の池に鳴く鴨を今日のみ見てや雲隠りなむ 263
989 焼大刀の稜打ち放ち大夫の禱く豊御酒に我酔ひにけり 222
3854 痩す痩すも生けらばあらむをはたやはた鰻を捕ると川に流るな 145
596 八百日行く浜の真砂も我が恋にあにまさらじか沖つ島守 75

1071 山の端にいさよふ月を出でむかと待ちつつ居るに夜そ更けにける 178
1452 闇ならばうべも来まさじ梅の花咲ける月夜に出でまさじとや 167
347 世間の遊びの道に冷しくは酔ひ泣きするにあるべかるらし 232
793 世の中は空しきものと知る時しいよよますます悲しかりけり 205
351 世間を何に譬へむ朝びらき漕ぎ去にし船の跡なきがごと 203
346 夜光る玉と言ふとも酒飲みて心を遣るにあに及かめやも 232
587 我が形見見つつ思はせあらたまの年の緒長く我も思はむ 153
1462 我が君に戯奴は恋ふらし賜りたる茅花を食めどいや痩せに痩す 160
3839 我が背子が犢鼻にするつぶれ石の吉野の山に氷魚そ懸れる 140
822 我が園に梅の花散るひさかたの天より雪の流れ来るかも 14
50 我が作る　日の御門に　知らぬ国　寄し巨勢道より　我が国は
常世に成らむ　図負へる　神しき亀も　新代と　泉の河に…… 11
1710 吾妹子が赤裳ひづちて植ゑし田を刈りて収めむ倉無の浜 117
1463 吾妹子が形見の合歓木は花のみに咲きてけだしく実にならじかも 160
3838 吾妹子が額に生ふる双六の牡牛の倉の上の瘡 140
2950 吾妹子が夜戸出の姿見てしより心空なり土は踏めども 69
1460 戯奴がため我が手もすまに春の野に抜ける茅花そ食して肥えませ 160
327 海神の沖に持ち行きて放つともうれむそこれがよみがへりなむ 42
95 我はもや安見児得たり皆人の得かてにすといふ安見児得たり 54
973 食す国の　遠の朝廷に　汝らが　かく退りなば　平けく　我は
遊ばむ　手抱きて　我はいまさむ…… 36
3492 小山田の池の堤に刺す柳成りも成らずも汝と二人はも 76

多田一臣（ただ・かずおみ）
1949年、北海道に生まれる。1975年、東京大学大学院修士課程修了。東京大学名誉教授。博士（文学）。著書に、『万葉歌の表現』（明治書院、1991）、『大伴家持』（至文堂、1994）、『日本霊異記』（全3巻、ちくま学芸文庫、1997〜98）、『古代文学表現史論』（東京大学出版会、1998）、『額田王論』（若草書房、2001）、『万葉集全解』（全7巻、筑摩書房、2009〜10）、『古代文学の世界像』（岩波書店、2013）、『古事記』と『万葉集』（放送大学教育振興会、2015）、『柿本人麻呂』（吉川弘文館、2017）、『高橋虫麻呂と山部赤人』（笠間書院、2018）『古事記私解』（全2巻、花鳥社、2020）などが、編著書に『万葉集辞典』（共編、武蔵野書院、1993）、『万葉集ハンドブック』（三省堂、1999）、『万葉語誌』（筑摩選書、2014）などがある。

装幀　白尾隆太郎
カバーイラスト　いとう瞳
地図作成　YHB編集企画

万葉《まんよう》樵話《しょうわ》
教科書が教えない『万葉集』の世界

二〇二〇年一二月一五日　初版第一刷発行

著者　多田一臣
発行者　喜入冬子
発行所　株式会社筑摩書房
東京都台東区蔵前二―五―三　〒一一一―八七五五
電話番号〇三―五六八七―二六〇一（代表）
印刷　株式会社精興社
製本　株式会社積信堂

ISBN978-4-480-82382-3 C0095